U0458356

北风南枝

刘一秀 著

上海三联书店

目录

二

五

序： 烟云深锁旧时月

——刘一秀先生新著书后

伍立杨

　　一秀兄投身出版事业数十年，其原所在单位被誉为业界"四小龙"之首，又曾兼任鼎鼎有名的《万象》杂志执行主编多年，后又领衔某综合人文出版社。然历来是为人作嫁衣，尝自谦眼高手低，述而不作，今次操觚上阵，却让人惊讶于他的眼高手也高。

　　看内容，像是回忆录；论情境，又像是诗；说体例，直接得古人札记或笔记小说之真传；观场景，又仿佛微电影……然而他却信手拈来，举重若轻，屡有神来之笔。

　　一秀是皖南人，皖南乡村及其人其事，是他笔触所描摹的一个基点。在他的新著里，往事如不竭之泉，充满不由自主的回忆。作者以皖南故乡为书写对象，以大视角、长卷点击翻页式的方式，来展现特定乡村细琐、微渺到极致，又美到令人窒息的生命形态。

就创作而言，他几乎沉默了几十年，临近退休才不可遏制地掉鞅文场，当其捉笔为文，坚毅从容地指向了大地而不是虚空。成长经历中与时代氛围，与乡村环境，与大自然水乳交融的天然契合，他既未美化也没有丑化，他只是拿起他充溢美与力的大手笔，旁若无人，自在挥洒，水到渠成地构成了震撼心灵的力量。

有的像国画小品，《逃学记》《误入之境》《饾饤环列》《超级预感》，空白多多，弦外之音，袅袅不尽；有的则仿佛油画的重彩，如《老麻花》《乡村异事》，力道惊人。那些来自时间深处的咆哮、呻吟、呐喊……时间深处的光影和风雪……置身其间，历历在目。

捧读之下，心情为之一震，仿佛真的看到伤心桥下，惊鸿照影，它所引起的情绪波澜，惘惘依依，低回轮转，久之不去。个体生命为时代所牵引，反过来，这些浮世的微尘构成了时代无数的细胞，由其体现时代的欣喜和隐痛，它的喜怒哀乐，它的兴废存亡……也即生命最为真实的表现。

琐事提示的情绪，在回忆中，竟一至于此。普鲁斯特的巨著《追忆逝水年华》几乎是不依不饶地咀嚼他并不轰动也并不辉煌的旧日家事，一场戏，一个俪影，一瞬绮思，一句话，辗转复沓，并于此中展开无边风月，而成浩浩巨帙，令人不能不兴河伯望海之叹。这和高僧的天长日久地注视岩缝缓慢的水滴，其精神机杼可谓同一。

一个画面，一个特定的场景，一个念头，一个巧遇，一种思绪……为作者所攫取呈现。一段速写，一节素描，或类似一首截句，仿佛不经意地随手一挥、一抹、一叹、一记、一捋……言外语意还有千重万重，令人掩卷欲罢不能。精简、冷静，有时仿佛甚至是置身事外的叙述中，若不经意的从容一笔，稍加勾勒，境界全出，而余韵袅袅，令人心惊。

作者的头脑、手腕捕捉力极强，可谓神乎其技。极寻常、极幽微的人生际遇和事体，其中所蕴含的心灵惊悸，对人生影响极大，一种偶然决定必然，所产生的特殊触动，极平常中有洪波涌起，极平淡中有扣人心弦，极平庸中有如泣如诉：

感觉有一百年没说话了，听到略带东北味的皖江乡音，喉管里有股要涌出的酸涩。随后在一只空床铺躺下，温第二遍细碎摇晃的梦。这就算再次入学了。

故总挨饿，本就单薄、更加骨瘦如柴的躯体，在来东北前一军人出身的朋友赠送的宽肥军大衣里逛悠，冰凉的风一灌，整个身体不停地打颤哆嗦，就赶紧往宿舍里跑。

文笔仍似闲闲，而一种痛烈心境，郁然楮墨内外，长太息以掩泣，催人下泪。奈何今人惶惑如无头之蝇，茕独乏味，难以触景生情，加以百事乖违，故此类文章解人渐稀。鱼龙蔓衍，陵谷变迁，亦殊堪浩叹也。

其作悲天悯人，通地气，奔涌着可贵的平民情怀。灵活多变的叙事视角，风生水起的心理描写，旁逸斜出的细节刻画，非同寻常的内心独白，水到渠成的人鬼对话……透露出作者打造新文体样式的潜能。密不藏针，疏可走马，却有着持久的放大效应，充满张力。

书中对食欲和生存饥渴的描写达到了极致，底层小人物在这方土地上的繁衍生息，真实朴素，原汁原味，甚至有一种荒蛮、苦寒的感觉，满目无垠的萧瑟，在一秀先生这位文字驱遣高手的笔下，镌刻一般，直抵人心。绝无煽情锥心的铺排，却被他的力道深异的文字所俘获，而无法动弹。

这些几乎是两三代人所经历的生活，然就文体而言，只有一秀作了独此一家、别无分店的表述和呈现。

他的叙述语言冷静而又热烈地说出了渴望，朴素地直奔主题，油泼辣子一般三下两下就点着了火。这样的文本冲击力持久不衰，当读者被某种泛滥的先锋语言折腾得不知所措之后，看到这样独特而简捷的叙述，自然不免心眼为之一亮。

一秀是天生的文体家，读者可以凭语言一眼即能辨识之。他省略的是铺排，却并未省略对于生活的精切描述和敏锐洞察。冷眼热肠，足供咀嚼回味，足供拍案惊奇，足供涕泗滂沱……

非韵文作品写到今天，可以发现社会背景的渲染越发低落，传人渐少，是"骏马下注千丈坡"，这种现象，却并非文体的增进，实际正是观察力的退化跌落。一秀先生的优越却正在这里，他是高明的画师，随手一抹，即成佳章，中有妙谛。强弱巧拙的分寸感极得体，造成一种醒豁得力的句法效果。他的笔触中，社会背景的渲染烘托，仿佛国画精品的罩染一样，一层深似一层，一层密似一层，周到妥帖，但其中又往往不乏疏松的透风之处，乡村、市井、小人物、社会众生……扰攘的世道，因了文体的关系，好像裹着糖衣，回味过后，越见其愤懑与苦涩。读之胸臆充溢深重的嗒然。

他的对于生活、艺术、人间世道的见闻思索札记，在书中也占有相当的比例，这些札记筋摇脉注，枝动冠运，涉笔成趣。想象的奇妙往往表现为机智，而机智是对世界的一种主动，一种回拨，从而把主动权掌握在自己手里。其新奇在于作家对司空见惯的事物投以全新的一瞥。

作者叙述将平常的材料进行不平常的新综合，把不易察觉的趋势扩大出来，更加显豁，也更逼真。一秀作品最迷人最使人羡慕的就是想象新奇的妙语，眼睛每往前移步，就会发现语言的珍珠和生动而深沉的感喟。

想象的职责更多的是让我们去领略事物，而不是去探究其状态。创造也正是想象力中自然流露出来的智慧，星月驱使，华岳奔驰，能刚能柔，忽敛忽纵，魅力通常隐含于智慧之中，并不决定于外形。在此，我们不期而遇，见到不同寻常的宏丽与灵光。

作品以从容到似乎不动声色的笔法，凸显出活生生的事实，真龙归藏，其气内聚，九星流转，一气浑融。节制平静而又有一种看不见的澎湃，冲击在人心深处，给人以别样的情感深度和生命体验深度。

事与物的周遭弥漫起浓郁而神秘的生命气息；叙事的深宛将读者完全置于一场从未经历过的人生体验之中（或虽有经历而笔下所无），甚至生活中所先天存在的一些二元对立的范畴都被镶嵌在叙事的笔触之下跌宕起伏，那种叙述的调子，是恒久、深入的渗透，是辐射、持续的弥漫。这样的情绪哲学沾着泥土的气息、飘着时间深处的芳香，无可置疑地穿越终端、直击人心：

　　然而，或许正因这陌生的神秘勾引、诱惑与唆使，才有以后行过的千山万水、走遍的大江南北吧？结识的人，说过的话，做过的事，哭过的笑，笑后的哭，无论美好或痛楚，皆成了现世的记忆和回忆。也过不了多久，这些，会被遗漏被搁置被清零，像吹过的无厘头的风，贴耳而去，亲颊而逝，不分南北西东，终将归于沉寂，绝世消弭，不复存在。

　　想到对岸去，需趁早。

　　那场罕见的雪，一直在我心里下。

写于辛丑孟春

逃　　学

今日的阳光，有些谙熟。勾忆起约莫六七岁时，同样的初夏时节，在村后湖边的沙滩沙埂，独自玩耍的情景：牛羊闷头啃草，成群的鹅鸭把颈脖埋在浅水里，捡食螺蛳等细小贝类，和白嫩的茎和草根，长长的颈脖，时扬时俯；猪丢着尾巴，哼哼唧唧地拱土；白絮的朵云，很低，也不动，在湛蓝的湖水映托下，愈发虚幻，不知哪个在天哪个在水。

偌大的湖滩，除了我，别无他人，遗世独存，茕茕孤立。世界真宁静空旷博大辽阔啊！

心思寥落地回到村里，土坯房的柴门虚掩着，大人们全上工去了，家家户户空空荡荡，孩子们也没了踪影。连条游荡的狗都没有。斑驳的树影在初夏的罡风里搅动飘浮的阳光，一股燥热之气拔地而起。一切显得那么熟悉，又陌生。我在破败不堪的村子里，像个外星人，四处游晃，突然有种寂寞，孤独，伤怀，甚至惶恐，与末日感。也第一次深切地感觉到学校的充实与美好。

那天，我逃学了。也是一生来的唯一一次。

课　　桌

小学三年级，教室先是摆在一家农户徽派老祖屋的堂屋，后又挪到大队仓库，再移至大队部，最后才建起了三间简易校舍，但室内除了黑板，空空如也。所有人都得自带课桌板凳，也多极简易。放学铃一敲，部分桌凳又被学生扛回家去。

一时，家里有长条桌的孩子牛死了，可以随意凭心情挑拣同桌，但具体和谁同座，多数取决于家长间的关系和家庭间亲疏远近程度。我家永远缺桌子，唯一的带抽屉的桌子，被父亲永久占用，那时他是大队会计，桌上的墨水和笔是缺不了的，外加一只长长的总被拨得噼里啪啦乱响的算盘；桌面上总堆垒着厚厚的账册，而代表着权力与福利的公章和各种布票粮票之类，则牢牢锁在桌侧的抽屉斗里。长条凳似乎不缺，但总不能把四方四正的八仙饭桌抬去学校当课桌吧？

那时，别说多余的桌椅，家家连棵像样的树都稀缺。搁现在，简直不可思议。可三年级时，我确实无法再在别桌搭边凑合了，无奈，父亲真就把家里的饭桌搬去学校了。这解决了大问题。老师把八仙桌往黑板前正中间稳稳一放，不仅三面坐了六个学生，剩下的一方，顺理成章地成了他的讲台，那个阔气劲，甭提了。

我也当仁不让地坐在第一排正当中最显摆的位置，堂堂和老师四目零距离相对相接，天天活在老师凌厉阴鸷的目光飘飘洒洒的粉笔灰下，跑都跑不掉，躲也躲不开。

赶鸭子上架

初中一年级，我是在村小学念的。这似乎有些说不通。小学，怎么会有初中班呢？

要讲清楚，相当拗口费劲。那时候，小学五年制。转年赶上小学实行六年制，按说该上初中了，可乡中学教室板凳桌子有限，盛不下。我们这些偏僻路远农村的，自是不在考虑之列，只能就地消化。于是赶鸭子上架。好处是，统统不用考试，直接就读初一。也算捡了个便宜。

可最惊慌失措的鸭子，不是我们，是老师。初中数学该讲几何代数吧？老师生硬地照本宣科，类似于念。譬如几何，讲三角锐角直角钝角，三个内角和等于一百八十度，城里的孩子见多识广机灵聪明，估计不会懵圈；可我，听之宛若天书。始终弄不明白，那么细的两条交叉小直线，构成的角，与树杈所显示的度数，怎么会是一般大呢？说墙角是直角，这我懂，不直角，墙就得倒；可至于说它九十度，且与黑板上那两条直不棱登的线是一个度数，我内心是崩塌与恐惧的。由之觉得自己这下完蛋了，彻底没救了，简直就是个傻子，不配念书了。此情景，至今仍每于噩梦里重演，着急惊悸到浑身冷汗，猛醒，坐起，喘息不已。

当时的我，根本不懂什么叫抽象思维。

英语该开课了吧？干脆没人会。记得给我用二胡伴奏、每在"六一""十一"等重大节日独唱《绣金匾》的冯老师——用现今的眼光，冯老师是典型青葱小帅哥，面皮白白净净，面庞有棱有型——倒是自告奋勇代过几堂课，可最终放弃的，是他。仅有的几节课，也就领着大伙念二十六个字母，咬牙切齿，诘屈聱牙，满课堂的不和谐音；最心疼他的，是我们这帮光脚丫淌鼻涕的村里孩子。彼此舌头都捋不直啊。以至到现在，我的英语发音都不过关，受尽奚落，至今想起仍满腹愤恨。本来就不想学，这下老师都放弃了，大伙额手称庆。

想想几门课都没老师的初一会是种什么样子吧。就是放羊。不过，实在快活，嬉戏打闹，东村西庄，四处闲逛，爬树偷果，抓鸟摸蛋，捉鱼捞虾，等等。学校也觉得如此散漫下去终不是事，于是搞勤工俭学，发动我们去附近山上挖一种叫"甘草"的草药，下达任务，每人一斤两斤的，晾干，扎捆，上交供销社，为学校挣些外快。这是种细颈单株开碎小白花的半高草本植物，眼不尖的，即使长在脚跟前，混在杂草丛间，也极难分辨。我们像排雷的士兵，目光专注地逡巡在山坡上，手里握着锄头和铁锹，于万草丛里一旦得见甘草细弱的身影，一阵惊喜，如获至宝。先于其根部，细心地刨开四周土块泥巴，再用手指，沿细小根须，慢慢抠土，最终掏出根部发达的一蓬，香气四溢，煞是可爱。它既是种重要中药，也可制作成添加剂。后来知晓，这与东北采挖人参，走的是一个路数。

这样挨到学期即将结束，又变了。小学变成六年制，且学年升级，也由冬考改为夏考。形势所迫，不去乡中学，反倒真的不行了。可乡中学部依旧装不下。于是考试。天下大治，表明是公平公开公正的路子，我们终获得了一次与全乡孩子公平竞争、一较高下决雌雄的机会和权利。

皖南冬天之冷，是超乎北方人想象的。我还发现，人饥时，天愈发寒；青黄不接的春寒，比数九寒天的深冬冷；即便同样的气温，儿时的冬天比现在冷；而人越老，越不觉冷。那个年月，真冷到切肤浸骨啊！

我的后脚跟，一无例外地冻烂了，淌血，结痂；又贪玩四处癫狂，再出血；冻烂的脚后根与硬邦邦的破袜子粘连一处，一晚临睡扯开；一早又穿上，再粘连。如此反复。我至今仍有个难改的臭毛病，但凡皮肤有结痂处，总嫌其劣，总爱揭，一味揭揭揭，疼痛也能忍，出血也不惧，一揭为快。

去乡中学考试的那天，小雨加雪，十五里山路，南方丘陵黄土壤，泥泞，胶黏，趿滑，走一步退半步。是父亲把我背去考场的。半道，遇上一位同考的临村女同学，姓潘，约莫比我大两岁；见到这副场景，掩口偷笑。我装作不识，没和她打招呼。父亲分明是认得她的，也装着不熟悉。这位女同学，不仅成绩出众，人还长得靓丽标致，初中毕业即考取中专，毕业回乡教书，后改教从政，一路攀升当了主管文教卫的副县长，名副其实父母官，至今没忘我这个寒酸同学，没少帮衬我家及乡下一溜儿穷亲戚们。

我常胡思乱想，若当年父亲嫌天冷路远道滑不背我去考试，或没考取乡初中，或后来未能进入大学，现在的我，会是种什么样子呢？想想好生后怕。其实，也没什么可怕的。隔壁村的裴四愣子，小学就一直和我同班，在大队部上学那年，老师叫全班用"纸老虎"造句，他初生牛犊不畏虎地第一个呼地站起，张口就来："我们都是纸老虎。"当场被老师请出教室。他一身蛮力，矫健好身手，初中没考取，十三四岁吧，就出门打工。去年春节回乡，他来看我，都开上宝马X6了，他在临省江苏常州、苏州一带，为建筑工地提供混凝土，有自己的车队，产业老鼻子大了，人们都惧他三分，纸老虎变成真老虎，风光得很哩！

搜刮记忆，好像父亲只背过我这么一回。前些年，我和年迈的父亲提起这事，寡言的他，没出声，抬头望天想半天，说，忘了。

误 入 之 境

1979 年，夏，初二，午后，校厕所在一阵狂风暴雨后轰然倒塌。

肚痛，内急，匆匆跑至校后山坡蓬勃芭茅丛里，蹲坑。没带厕纸，那年月，也没专门厕纸。待一泡肮臭稀屎拉净，四处趔摸，见芭茅丛里夹杂有小半张破纸，枯黄老旧。上隐约有字有文，印刷体。没想许多，伸手从草蓬里掏过来。出于好奇，也没匆忙擦腚，抖落尽沾染其上的泥土碎块，再抚平，读，见纸头有文章名，《莎菲女士的日记》，旁署作者丁玲。当时，根本不知丁玲是哪路神仙，更不知"莎菲"是何方神圣，还写那样文字风格、那样露骨内容的"日记"。从半拉克叽、破损断续的纸片上读出的，是无比的惊骇和滔天的懵懂，世上居然有这样私密的文章？居然写那样内心蠢动的感受？居然在正规刊物上公开发表？后来上了大学，才晓得那是旧文新发。

我蹲在土疙瘩上，痴呆傻眼了很久，脑门上渗出层细密的汗，多少有些吓坏了，心神慌乱，感觉错愕。最后，还是揉了揉那半张旧纸，顾不上许多，胡乱擦了腚。

就这样，我误打误撞误入进了中国现代文学的神圣殿堂。

夜　　奔

黄昏了，我急切地从同学自行车后座跳下，旋风般赶往数公里外的山间马路。夕阳衔在远山的垭口，即将下沉。四处无人，暮霭沉沉，山峦幢幢，丘壑死寂。

这是条布满大小鹅卵石的乡级公路，年久失修，坑坑洼洼地裸露着，连牛羊也不愿踏足。一辆大拖拉机拐过山腰，突突轰鸣过来，我举起双手挥动，像见到救星，心脏狂跳不已。

是那种老式的带挂斗的高轮胎拖拉机，驾驶室是开放的，高高的烟囱，呼呼地往外吐着漆黑粗壮的柴油烟。

好心的司机把车停住，也没问我去往哪里。我一声没吭，就从拖斗的后屁股，急切敏捷地翻进斗里，生怕这车丢下我跑了似的。

夕阳已隐去半拉通红面庞，暮霭渐次四合，露出它阴暗狰狞恐怖的一面。仲夏的傍晚，风热且燥。

我半蹲式卷曲在颠簸的后车斗一角，双手紧抓车箱板，紧绷着的心，稍微平复。离家还有三十里。但总算越来越近了。

拖拉机哐哐颠簸了约莫半小时，在往左拐向乡镇的岔路口，停住。像商量好了似的，司机扭头大声问："该下车了吧?"

　　家，还在岔道口朝西去的十多里外，路是土路，也越来越窄。天色擦黑，路两侧密密的树林，东一簇西一簇的，莫名状的身影，望着瘆人。

　　我连句道谢的话也没说，翻身从挎斗上跳下，抱起书包，小跑。

　　蜿蜒的土路，于模糊长毛的惨淡月光下，在山间起伏，微微泛出灰白的带状。转过一座村庄，又一座小村庄，穿过一片复一片阴森窸窣的竹树林，再绕过孤零几户人家，有断续的狗吠，见隐约的火柴油灯的光闪烁，像朵朵鬼火。

　　快到了。我从读小学的村子北边沿而下，一道缓坡，穿过一片田畈，再爬上一道坡梁，很熟悉，隐约能看到坐落在湖边的村子的幢幢黑影了。

　　可离家越近，胆越突突。太熟悉了，那些坟茔地，老坟新冢，分别都埋着谁，又经常有鬼火出没；谁在哪棵树上吊死，舌头伸出老长；哪块塘淹死过人；狼或黄皮子神出鬼没的行踪。不敢多想，屏住呼吸，浑身冷汗热汗互淌横流，双脚磕绊着，蒙头往村子里直闯。

　　"咣当"一声，我疯也似推开已紧闭的家门，双腿筛糠，一软，跌坐在地。母亲正在灶屋里刷锅，她不知道我今天从离家四十多里的学校回家。昏黄摇曳的油灯下，母亲抬脸惊愕地望着我，正忙活的双手陡然僵住："是兵子吗?!"

　　那年，十五岁。

扁　　担

我参加过两次高考。不是简单的复读。

第一次,1982 年,十六岁,以高二生参加。校长、班主任兼语文老师王老师一直暗自扳手指头,考前某日,突然打保票地说,包括我在内五名同学,定能考上本科,彻底打破学校零蛋历史,一雪学校前耻。学校已多年没一个学生考取了。

结果,考取本专科两名。自然无我。老校长一片懊恼伤怀,我仿佛看到自己人生的路已到尽头。本就瘦小枯干,遭此闷棍,成了名副其实的瘪茄子。

回到农村家,天天随父母下地干活,是不叫自到的那种。全家人瞅我的眼神,皆怪怪的,多少有些窃喜甚至兴奋的成分,因平白陡添了个卖力干活的劳力。没人和我谈及以后及将来,连半句安慰开通的话也没。或许是怕伤我自尊吧。南方农村,偏远山区,整天累月抱年与天地斗,为温饱计,哪有温情滋补的鸡汤可饮。活着是第一要务,没那些斯文讲究。

干活真累啊。可我不言语，没抱怨，也根本没合计过如何改变，试图再来，东山再起。直到八月底某下午，正忙于烧灰，为秋种攒肥。平日寡言的父亲头也不抬地突然说："要开学了吧？听说今年实行高中三年制了。"父亲的意思很清楚，是要我进高三接读一年。"不读了。"我话音刚落，见父亲眼睛睁大，眉毛立起来，一转身，随手抄起巴掌宽的竹扁担，猛地朝我横扫过来，吼道："打死你！"

扁担结结实实拍在我大腿后部。我倒地，龇牙咧嘴，半天没能爬起。全家人皆默然。

这一扁担，直接把我扫进 1983 年的考场。它的分量和作用，丝毫不亚于朱老总当年挑小米和南瓜的那根。进城三十好几年了，始终没敢忘那根再普通不过的扁担，也没忘那无论怎么流汗劳作仍始终艰辛难活的乡下老家。这与忘没忘本没任何直接联系。

顺　　受

1983 年高考，我们是要先填报志愿的。

考完的当晚，大致估了下分数，告诉了班主任姚老师和一直关心照顾我的理科班主任王老师——两位尊师同是教语文的，只不过王老师还兼教理科班的生物课——便于第二天一早，找根木棍，挑起所有的破乱行李和不多的书本，顶着小雨，一路向西，赤脚步行四十余里，泥泞地回到南漪湖边上的家，正好赶上午饭。

屋前的稻场，朝南略有斜坡，又久雨，生了层近看似无的薄薄青苔。一路疲惫，我又光着脚，稍没站稳，结果一出溜，结结实实摔了个大跟头，四仰八叉，东西散落一地。正坐在大门口边歇晌的父亲见状，哈哈大笑，讨口彩地说："好兆头，莫非这回考中了。"

约莫过了大半个月，招生简章和各校各专业招收名额上了报纸，整整一版，极小极细密的字。我在一本学校来回反复逡巡，像个排雷的工兵，虽无十足底气，可又不愿随便放弃。按估的分，结合往年情况，是有望进一本的。最大的不决，是省内还是省外。模糊记得当时杭州有所商学院在皖有招生计划，且名额宽裕，就想填报。那时，别说村，连乡里，有线电话也没几部。而填报时间紧迫。在赶去学校快走到一半的路上，遇见从学校回来的同学，他说王老师已替我报了，填的是安徽师范大学历史系。

老师太了解学生了。一直疑虑不决悬愣着的心，终安妥地回落到腔子里。造化弄人。又大半个月后，当村里的赤脚医生头顶烈日急匆匆把录取通知书送到家里，我急切拆开，一看，录到中文系了。"历史系"成了历史。

后来知晓，当年的考试成绩，高出一本线二十多分，若真填报了商学院，满眼里只能是各种数字数据图表表格了吧。人生，的确无法随心所欲把捏操控，你活过或将要活的，既非冥冥也非凿凿，皆变动不住着，唯有接受顺应顺受，才是在者。

北　　上

　　三十多年前，二十啷当岁，八月末，顶着暴雨，独自从芜湖挤上绿皮火车，北上沈阳。被褥书籍等行李物件，办了托运，背只小挎包，中途于南京转车一次，人满为患，爬窗而进，于贴近厕所处寻了个立身之地。列车向北，虽慢，也算长驱直入，咣当晃荡到天津，才抢到空座位。

　　辗转三十多个小时，第二天后半夜天没亮，抵达沈阳。出得站来，巨大高耸的广场灯高举泛黄发旧的晕光，天气有些微凉。折回，在站内候车室长椅，和衣浅眠到第一班公交发车，晃悠至城北边沿的学校。

　　一路，空阔的大街寂寥无人。校大门一侧的小边门没有落锁，见有晨练的学生在操场慢跑。数着楼号摸到研究生六舍，看门的大爷睡得正沉，敲打门环多时，一只花白脑袋从小窗口探出，问了好一阵子来意，才放我进。上得二楼，又轻敲门板数响，大学师哥兼辅导员的查兄，惺忪着眼，上下打量我几遍，说"来啦"。

感觉有一百年没说话了，听到略带东北味的皖江乡音，喉管里有股要涌出的酸涩。随后在一只空床铺躺下，温第二遍细碎摇晃的梦。这就算再次入学了。

而今，老查于京已退休，也很久没见面了，只于微信里见到他点赞的心形、鲜红的花朵或高翘的大拇指；偶尔只交流一两语，仍关怀多多，乡谊满满。他对我这个学弟兼学生，爱护期许有余，也四处替我吹捧；每每褒扬鼓励语重心长春风化雨，有时也旁敲侧击耳提面命，教我做人做事读书做书。而我，却回回令他失望。每次公干到京，说到了，见个面吃顿饭，他都叫我别在外边吃了，去他家尝他的厨艺。见面，他眯着不大的眼瞅着我，报以皖江乡下人憨厚的笑。

那时，没有电脑，更无手机，流行喇叭裤，扎堆跳集体舞，彼此在脖子上学系领带，往头上喷发胶；在自习室正襟危坐捧读海德格尔至后半夜，苦闷彷徨发阵阵长呆，写些振聋发聩语不惊人死不休但唯有自己欣喜发狂的大块文章；也看《情深深雨蒙蒙》《加里森敢死队》，更于楼道里早早占座，守着台老旧电视，争看女排男足比赛，喜悦与牢骚共腹。而电视柜的钥匙，在看门大爷的裤腰带上拴着，开不开锁，何时开锁，全取决于他当天的心情好坏或高兴程度。

问　学

　　刚到东北读书那年，初秋时节来的，此地天凉得快，黑得也比南方早很多，一俟傍晚，街面就难见几个行人，显得恓惶，极不适应。学校倒是人多，可一个也不识，就有些心灰意冷，整天忧虑成灾，想想来日还长，永无出头之日，哀哀几不得活。

　　于是散漫，懒惰，白天睡大觉，晚上反不睡，读萨特加缪海德格尔维特根斯坦，虽味同嚼蜡，也不撒手。现代派的诗也读了不少，整个人像吸食了鸦片，神经质般呆头呆脑恍恍惚惚的，像个孤鬼游魂。烟抽得厉害，是劣质的五毛多一盒不带海绵过滤嘴的"小金花"，穷啊。最过分的，连导师的课也懒得上。

　　那是八十年代中期，每月靠五六十块钱的助学金过活，这对二十刚出头的男性来说，紧巴得不行，连吃饭都成问题。早餐是一律不吃的，故三年里，极少见过东北的日出，皆蒙头睡过日出三竿之后后后。中午及晚间，拎着饭盆去食堂，东北的菜又极单调，大白菜炖粉条的几率最高，无肉；此外是蒸鸡蛋，稀漓光汤的，难怪东北人呼之为"蒸水蛋"。偶有一道肉菜，伸脖子往直径近米的大铝盆里瞅，酱紫色的黏糊糊一堆，是纯炒猪肝，不见任何配料；因搁得久了，不见一丝热气，凝固成坚硬的坨状。打菜的师傅，操起大炒勺，先在大盒里好一顿刨；分量是足够多的，可没等吃，胃却先泛出恶心的状貌，有呕涌的感觉。对吃惯了小炒的江南人来说，猪肝当然是好东西，可这么做哪儿是菜，简直是对猪肝的侮辱与埋汰。

好在东北大米是举世一流的。每每打一瓷缸米饭，干嚼，也为美食。可十之八九我去得晚，食堂只剩下馒头。这又是绝对无法下咽的。故总挨饿，本就单薄、骨瘦如柴的躯体，在来东北前一军人出身的朋友赠送的宽肥军大衣里逛悠，经冰凉的风一灌，整个身体不停地打颤哆嗦，就赶紧往宿舍里跑。

不仅马，人瘦也毛长，这是真的。头发长得疯快，尤其胡子，更不争气，一天不刮，就满脸刺挠。也买不起刮胡刀剃须刀之类，上上届一也从南方老家来，且为本科校友的师兄，是工作过、结了婚、再读硕的，他有把金贵的电动剃须刀，有时去借，他也不嫌；可次数多了，我都开始讨厌自己了；有时他不在，就偷偷地拽开他从不上锁的抽屉，刮，像个贼。打此落下个毛病，离不开剃须刀，家里搁一把，车上放一个，单位有一只。有事没事总爱操起剃须刀，在脸上随意游走刮剃，这个时刻，人也极放松，有难得的自在与享受。为防意外，去年夏，孩子放暑假回国之前，特意微信她，嘱咐再买把德国产的 BRAUN，作为备刀。这品牌，是我几十年来用得最顺手最利索的电动剃须刀，没有之一。带底座，充电与自动清洗合一，洗涤液也需专配，的确奢侈了些。孩子得讯，倒是毫不犹豫地买了，可临回国收拾行李前，嫌底座体积大，而行李箱小，占地方，她顺手给扔了，只带回把刀。到家，她把剃须刀和充电线扔给我。我问座呢？她说，你不有仨座了嘛，都一个型号，通用。我瞪大惊愕的眼，嘴上没出声，心里忿忿地嘀咕"败家玩意儿"。

对东北，我的感受，是极复杂的，在爱与不爱之间，偏向于不爱的多。可这种不爱，往往比爱，更具有腐蚀性或杀伤力，仿佛爱了却没能聚首的恋人，心底总是极其复杂难以名状的，不思量，却难忘。譬如，因连导师的课都不上，引起他老人家的极大愤慨与恼怒。某日晚，宿舍一楼传达室看门王大爷，叉腰站在走廊，一声高过一声地反复喊我名姓。我忙不迭跑下去，大爷同样愤恨地说：你导师叫你马上去他家一趟。

我摸黑往校西区走。因去得少，记不住门径，等找到楼，再找到门洞，上得五楼，老师一脸严肃地坐在书房大书桌后，冷冷地看我半天。倒没提我不上他课的事，只简捷地命令道，从下周起，围绕专业方向，每周提交一份读书报告。我直愣愣站着，没敢坐，他老人家还和我说了些别的啥，记不清了。

下周某日，晚，我心神不定满怀恐惧地敲开导师的家门，先脱了脏兮兮的鞋，穿上师母递过来的布拖，臭袜子多日没换了，有浓重的异味不可言说，更平添了本就多多的愧疚和难堪。毕恭毕敬地坐在导师斜侧面的椅子上，再双手递过厚厚一沓稿纸的读书报告，记得写的是方方刚发表的小说《风景》，四五千言。导师从头到尾略翻一遍，哗哗的纸响，扯动我的心不住悸动。末了，他扬起两道剑眉，抬眼望向我："还是多读点中西古典美学领域专著吧。这些当代文学方面的作品，是仍需时间检验的。"

从老师家出来，冬夜黑如漆墨，一路飕冷，缩脖缩颈。回到宿舍，一夜没睡，摊开稿子，又认真补充修改了一遍，从头到尾一直激动亢奋。第二天囫囵睡到时近中午，也没吃饭，出了西侧校门，有家邮局，把稿子投到《当代作家评论》去了。

约莫一个多月后，接到一封大牛皮纸口袋的信，很瘪，很夸张。扯开信封，搜出薄薄一页信纸，是那家杂志的书稿录用通知，只短短的两行字，末尾署名"许振强"。他是这家杂志的编辑，我当时是知道他的大名的，后来听说去了美国，也换了国籍，彼此连面都没能见上。

处　分

　　1987 年初夏，大四，我们是整个校园胆儿最肥、最目空一切，也即将作鸟兽散的一群。但学习，依然不辍。

　　某个半夜，从熄灯最晚的"生化楼"出来，天闷气热无雨，心情就有些蠢动，就想要表达点啥。赶上那晚连片宿舍楼停电，更添了几分诡异和神经质。别的宿舍，都就黑早睡了，唯独 312 室，准确地讲，是刘春他们那个宿舍，咋咋呼呼，气氛喧闹，躁动不安。平日臭袜子脏衣服饭盆水瓶胡乱堆垒的长桌，扫出一大片净地。也不知打哪儿寻来的笔与墨，和一堆大字报纸，白的，红的；还有几根蜡烛，摇着立场不稳的光。整日痴迷现代文学、三句不离鲁迅郁达夫的老赵，如一尊古佛，盘膝坐在下铺，正在胡编文稿，而苦于无人敢动墨执笔。老赵就有些急，得癔症般"一秀、一秀"地连声叫，住在斜对面的我，没睡着，听声，翻身下床，拽门而出。

　　豆大的烛火下，老赵说一句，我写一行，洋洋几千言。刘春，躺在老赵头顶上铺，高垫枕头，半仰着，翘着二郎腿，像个清癯贼

24

道人，也即兴赋诗一首，凡三十余行，尽是些纠缠冲撞呻吟喘息的意象。我照录不缺。那会儿，他正痴迷于福克纳，一本从图书馆借来的《喧哗与骚动》，被他那瘦骨嶙峋、欲望狰狞的手，翻弄得支离破碎。

在刘春充满内分泌味汗腋味脚丫子味等混杂气息的熏染下，我低眉俯首在摇晃的烛光里，也诌了首诗，好像是呼唤什么的。才气不足词汇凑，记得用了几个较为生僻的古怪词。刘春当场就有些急眼，辱我小资情调过浓，责我鼓动煽动性不够，讥我发动运动性不足。当时，我也没太在意他。因为，我总觉，一个人，一旦成熟了，就会像生了孩子的女人，立马就彰显出大姑娘时期所没有的宽容度、慈祥感和包容性。

再后来，一众人等，翻出校墙，兵分数路，直奔几处邮电局。后半夜了，只有那儿才有浆糊。

第二天一大早，感觉整个学校师生，像听到集结号，都汇拢到7号楼朝西的山墙前。整个西墙，贴满半壁大字报。特别刘春的诗，我抄的时候，特意使了浓墨；更因其动词用得猛准狠，又极其暧昧隐晦，人头格外攒动，眼神尤其专注，表情仿佛燃烧尤甚。再，被举报。临近毕业，即将分放毕业证和派遣证的。情势陡然紧张危急起来。

那时候，毕业是时兴分配的。何去何从，党和政府说了算。我们又是师范类，白吃了人民大众四年白米干饭，外加红烧排骨小炒肉什么的，尽管一周才一两次，但终究拿人的手短吃人的嘴软。尤其刘春，急得不行不行的，几次在下课去食堂和宿舍的路上并排走，本来正常如初的，他突然薅住我的胳膊，摇晃，神色凝重地问："会不会开除我们?!"

那刻，我心底却泛出一丝不令其察觉的欣喜。心想，四年里，目空一切惯了的刘春，也有害怕成喷雾器下缩成一团的虫豸的模样。实际情况是，我和老赵，因都接到研究生录取通知书，虽说也担心惧怕，但，多少有了条后路，可刘春是落榜生啊!

某日黄昏，照例是长江沿岸闷热难耐的浑身臭汗日子。系书记，半百年纪花白头发的马老师，挨个找谈话，记得我排在老赵之后刘春之前。一进中文系那栋解放前老式砖瓦楼二层最靠里的办公室，尊敬的马书记早端坐在宽大陈旧的办公桌后面。见我惶恐地进，他起身扯亮四十瓦昏黄电灯泡，落回原座，摇着把宽大结实芭蕉扇，慈祥着同样宽大的额头，问我的姓名。我手足失措，掌心冒汗，嗫嚅着，语无伦次，甚至有些哭丧，早没了那晚的气定神闲和昂扬面貌。不记得咋回答完了他的问话，只清晰记得满屋的蚊子四处乱飞，各种盘旋、俯冲与狞叫。临了，马书记把蒲扇使劲左右上下挥了几挥，驱散蚊子的同时，多少有些不耐烦地说："回去写个检讨吧，深刻点，明天交给我。"看我还有些发蒙，接着说："放心，不会放进档案里去的。"

毕业临走那天，刘春也没和哥几个打招呼，就偷偷溜了。也许他怕夜长梦多吧，因为他分配得比较好。后来据讲，如遇大赦的他，是坐后半夜的轮渡，赶去长江北岸裕溪口，再搭乘火车，连夜直奔省城合肥而去了，那个离他老家肥东只半小时路程的大城市。他一点也没被他写下的反动透顶的狗屁诗耽误，如愿，甚至超出预料，被派遣到省级某中专学校，美滋滋当了"大学老师"。此后几年，他挺胸腆肚，意气风发，小马上道嫌路窄，雏鹰飞空怨天低。直到某一天，他突然觉得仿佛哪儿出错了，有点不对劲。

散　　伙

　　像我等上世纪八十年代初上大学的，发愤苦读四载，临走出校门前，哪有什么劳什子毕业典礼啊，哪有校长教授嘉宾讲话寄语啊，哪有学士硕士博士帽服啊。连与一处厮混数载的辅导员，也没出来送个行；充其量也只是凑在一起于教学楼前拍张全班福，临了还有几位缺席的。

　　更令人无法接受的是，早晨起床，扒拉开眼一看，上下左右原本乱七八糟各色杂物堆垒成山的床铺，只剩光溜溜床板了。一问才知，好几位同室同学于后半夜偷偷卷铺盖拍屁股悄无声息走人了。

　　学校位于长江南岸，不大的江城，那时还没状如游龙的跨江大桥，老家江北的同学，为赶江对面裕溪口的早班火车，都于深夜搭乘轮渡作鸟兽散了。轮渡，是需排长长拥挤的队的，在暑气蒸腾的盛夏。

　　那个年代，没有丝毫的矫性矫情，有太多的事在等候着去做，太多的梦想要追逐，太多的忧郁需升华，太多的陌生神秘之地待践履。

　　那可是壮怀激烈憧憬无限壮志凌云一切皆有可能的八十年代啊!

猪　　蹄

　　刘春是这么略带小愤恨地回忆当年读师范时的过往的："我们那个班,百分之八十来自农村。城里人真的富啊,每月家里还寄几十块,顿顿都能吃上五角钱一份的小炒,里面赫然有肉。"

　　这话,诚实不虚,我可作证。当年刘春的确穷,和我好有一比。大学四年,没见他换过鞋,一双二接头的尖嘴皮鞋,穿得呲牙咧嘴了,鞋后跟都磨出不规则倒梯形,铁掌鞋钉不知换了多少枚,一穿四年,总能于教室或宿舍听到水泥地上他脚下发出的尖锐刺耳走道蹭地声。

　　但有个例外。同学老赵,现浙江某大学教授,讲现当代文学,也来自农村,与刘春同宿舍。他家当时开了个不大不小的煤矿,家境略好,手头滋润,时不时请我俩到街边小店啃一顿猪蹄,红烧得油光亮一咬滋滋冒油的那种。打那时起,我就一门心思认定老赵是这辈子最铁最要好的哥们儿,联系一直保持到现在,和他偶通电话,语音也自然略降三度,温情温暖得很。吃人的,嘴软。

这不，上月，趁去杭州出差的机会，约了他。当晚他请撮了一顿，还是那么一副有钱人的做派与气度。我也没客气，在他点满密密一桌素荤之外，加点了一道菜：酱猪手。两人也不多话，觉得多说无宜，只忙着推杯换盏，吃的手嘴全是油。吃毕，我擦手擦嘴，由衷赞道："真好吃。"桌对面的老赵，微醺着一张酒脸，未予置评。

足　　球

在我看来，世上只有两类人迷恋足球：一类穷，一类富。喜欢是一回事，而迷恋是另一回事。沈阳人之迷恋足球，多属前者吧。

第一次感受沈阳人迷恋足球之癫狂，是 1988 年夏初的某个傍晚。当时我随一帮参加完省美学年会的学者，乘长途客车从辽阳返回沈阳，车由南郊入城，往北，刚过浑河桥，晕沉不定中，隐约见远处一大蒸锅式庞大建筑，像个点燃了的巨大火盆，烧到正旺，通体赤红，光艳四射；里面人声鼎沸，呼啸喧天，势若战阵。而离它还老远的道两旁，自行车密密匝匝，铺街盖地，状若游龙，连绵数里。

我大惊失色，忙问身边师兄："那边怎么了？莫非着火了？"师兄是当地人，似听未听，颔首一笑，道："九成是赢了！"我不解，满腹疑惑地望着他。半天，他微一侧脸，半嗔着说："你个傻拉巴唧的，那是五里河体育场，辽宁队正在踢球呢！"

现如今，独霸华夏的五里河体育场，早于十多年前，于巨大连串定向爆破声里没了踪影，现在成了名震一方的高档楼盘；师兄也在四年前的某个傍晚，被突如其来的心肌梗塞夺去了生命。

此后，我基本不再看球。

绿 皮 火 车

坐火车，仍是我目前出行首选方式。现在是高铁，原先是动车，再往前，唯绿皮火车了。

而以个人感受和体会，坐火车，一超过四个小时，就逐渐坐卧不安，手足无措，葛优躺也不灵；情绪开始压抑，心态波动，看啥都不顺眼，脾气转入急躁暴躁模式，势同末日末路，一副生生活不起的样子，像只铁笼铁栏后呲牙咧嘴闷声低吼来回转悠的困兽。

这毛病，按说是惯出来的。与往日"绿皮"比，如今的列车，早已是千里江陵半日还了，可依旧嫌其快得不够。这可算作科技长足猛进后，人类不知好歹得寸进尺欲壑难填好了伤疤忘了疼等可憎复可怜之劣根性的集中大暴露。

上世纪八十年代末，在沈阳读书。某年初秋，先生领着高我三届、刚留校任教的大师兄，和同届二师兄师姐，一道远赴福建，参加美学年会。随行的，还有位别专业的小师姐，大连人，美女坯子，她是去蹭会的。先生自然是坐飞机，我们没那个资格，也确飞不起。师徒两途，各随其便。我等一行五人，碰头会开了几次，掐算推演好了日子，早早从沈阳先挪到北京。接下来，一连数天裹足不前。原因简单，没票。

北京去福州的火车，一天只一趟，车票金贵。我们窝住在远离北京站的地下小旅馆。便宜啊，手头就那么点蝇头经费，祸祸不起。旅馆没窗户，长管白炽灯没日没夜没心没肺裸照着，燎烤得人没精打采的，忘了昏晨，也不知外面风雨阴晴，浑身长绿毛，整日迷瞪的。

大师兄领着我们，步行、人力板车、面的、公交车、地铁，各种交通方式，轮换交替，在住处与北京站间，每日数次来回跑来颠去，站队，排号，心里默念往前挪步；瞅准机会加楔子，几次眼见接近窗口，胜利在即了，可也离停止售票的时间凑近了。

生活，总这么诡异般凑巧或不巧，并不顺从你的意志，没想到这层，那是真的糊涂。于是挤，发一阵骚动或呼哨，一哄而朝售票口涌，人贴人，人擦人，人叠人，成堆。推搡喊叫骂骂咧咧，甚至动起"五把操"。管不得你有多急切，墓门形的售票小窗口，像瞌睡久了的眼，随时有耷拉并合下眼皮的可能，料与未料之际，"吧嗒"一声，小门，毫无征兆地合上了。众人怏怏，作鸟兽散。

回转的路上，又是这种交通工具。某次，地铁，肉贴肉挤进，到站，再被架拥着推下车。出车厢的刹那，闻一声尖细惊叫，见一半大女子猛回头，一把揪住紧挨她后背的我脖领。她认准是我碰掉了她的眼镜，掉进站台与轨道的空隙了。迅疾招来一群人，苍蝇般聚拢，看热闹。

待车驶出站台，往下细瞅，隐约见眼镜落在枕木的间缝。我费力拨开这女子那只薅着我的粉嫩的手，准备跳下月台去取，只觉另一只蛮力的大手，一把拽住我的胳膊，使劲将我扯开老远，京腔断喝："别介！"是闻讯赶过来的地铁工作人员。见他随后取来一根长竹竿，经验老到地缓慢把眼镜挑回。过程熟练。想必这是这场合常发生的事，根本算不得惊奇，更犯不着急赤白脸。

那女子，接过眼镜，前后左右翻来覆去地看，掰掰左腿，再掰掰右腿；慢吞吞戴上，晃动脑袋左右前后远近高低地望来看去；取下，又戴上。反复者三，终觉没坏。朝我乜斜白眼仁，嗔怪半目，转身挽上一位矮胖秃顶的西装中年男人胳膊，扭捏而去。整个过程，我都心有余悸诚惶诚恐。上下打量她：四十岁上下，微卷发，稍披肩，肤白皙，薄嘴唇，高挑个儿，体型不胖不瘦；下身穿黑色体型裤，那个年代极流行的那种，蹦紧的双臀，鼓溜溜的；上身着白底碎花对襟圆领薄衬衫，再配副薄框细腿椭圆形金丝边眼镜，整个一斯文贤淑文化人。可她薅住我衣领的细皮嫩肉小手爪，其力度与劲道，勒得我脖子好疼，丝毫不逊于随后那只紧急一把拽住我的首都工人阶级铁钳大手。

打此，对帝都女子，我是彻底坐上心病了。顿觉长安居不易，是真的。

回到旅馆附近，身高马大的大师兄挤着一对小眯缝眼，指着街边一溜咸菜摊，坏笑着对我说："去，多选几样，再去小卖店买瓶二锅头，晚上给你压压惊。"那是种平板车上铺长木板，上面整齐摆放各种盆盆坛坛罐罐，专卖朝鲜咸菜的。一连吃好几天了，见到就想呕，胃里泛酸水。

好不容易买到几张站票，一行人一大早，兴致勃勃挤上车。

都穷学生，每人只背帆布书包。门口、过道、车厢连接处、厕所等，凡能立锥之处，皆我等流窜之所。前后车厢来回走，低三下四轻声细语挨个打听有没有即将到站下车的；见有临时起座的，立刻蹿上前，歇歇腿，舒缓下硬绷生疼的腰腿。白天还好办，窗户上掀，长风灌车，秋后的华北大地，触目金黄，可目光游离地看风景，忘却疲惫。到夜间，车窗落下，腥臊味憋闷浓重起来，直冲鼻嗓胃。此刻，瞌睡虫爬满躯体，窗外锅底般漆黑；混沌蛋黄散的灯光，摇晃人生到怀疑恍惚的虚拟境界，直将人沉没沉沦到浑浊幽暗的模糊海床。一想到床，整个人就不行了，身子散了架，不由自主地朝下出溜，一屁股蹲坐在地板上，脑袋斜靠在所有可靠之处，多数是陌生人同样乏累萎靡的腿或背。这种时刻，彼此皆失了体面，没了隐私，卸了尊严，对相互间的偶尔甚至长时间肉贴与触碰，也毫不介意了。

还是大师兄有预见。只见他打开随身的帆布包，拽出几沓报纸和一卷塑料布，每人发几张。也顾不上其他了，一律钻入座位底下，铺展开，伸胳膊伸腿，躺身而眠了。好一块阔绰舒坦之地啊！就连平日极讲究、不收拾到紧身利落光彩照人不轻易出屋的两位小师姐，第二天晨曦初放，恹恹从座底爬出，尽管鬓乱发散，颜落容销，灰尘岂止满面，直呼睡得太香了。满车侧目。

两天一宿近三十多个小时的颠簸蹂躏，我们鬼魅般出现在福州街头。

三天的会，也没开出啥辉煌业绩，充其量也就见个面叙个旧、握个手联个谊、扯个淡撩个闲而已。但人气一直挺旺，这就相当不易了。大师兄作为先生的钦定代表，在会上发了言，讲了话，读了论文，记得说的是老庄，这是他常挂嘴边的下饭菜，倒也自如。他那些标榜独到的所谓心得与识见，我不止一次在他家狼藉凌乱的酒桌边掠耳过，间或讥讽揭短过他好几回；每次都惹他斥我还嫩，谦虚守拙点，别总抢白，还没轮到我指手画脚等等。二师兄也不善，在会议结束的宴会上高歌一曲，也是先生特意嘱咐的。记得他唱的是刘欢，高亢洪亮，声震室瓦，绕梁三分半钟，与歌曲的长短大致相仿，博来掌声呼声一片，此起彼伏的，带劲得很。他名列"校园十大歌星"之九，是经学生自由投票评选出的，含金量起码含三四个九；我每每在厕所水房耳闻过，震醒过我无数次的懒散垂思，也脑皮儿麻怵过多遍。最厉害的要数小师妹了。她玲珑身材，一袭长发，浅黄亚麻色，穿身长裙，淡蓝草绿色，作为会议结束演出压轴节目，技惊四座地跳了回杨丽萍的孔雀，逼真到打假的程度，惹得四面八方的学人学者个个心涌面潮，场面很是兴奋雀跃了一阵子，都夸东北人尤其东北女孩，通吃大江南北，好生了得。

我身无旁技，自知没趣地躲在最末一排的阴暗角落，觉得没给老师、没给东北争得面子，自惭形秽，好生寥落，一地恓惶。可我最终还是挺自豪蛮骄傲的，一个劲为师兄师姐拍红了手掌。整个会议，热闹纷纷，谈资多多，尤以东北组合轮番出气冒泡精彩绝伦演绎而马到成功名至实归，无论主次战场，皆大获全胜，斩获而归。

回程的车票，是会务组早就预订好了的。和二师兄去取票时，隐约听会务组分发车票的老师说，有二十好几位外地参会者要去泉州石狮等地玩耍，不走了，得去车站办理退票云云。此一重大信息，立马引起我的高度警觉，脑瓜飞快旋转。机不可失，时不再来——兔子要撞树了。我紧急趋上前，自告奋勇："老师好！这退票的活儿，交给我们去办吧，指定办好。"

晚上，吃罢散伙饭，我拽着二师兄，一路小跑，不一会儿就现身在人马喧腾的福州火车站。在售票处旁浓密婆娑树影下，我和二师兄手里各攥着十多张第二天发往全国各地的火车票，硬座卧铺都有，以北京上海的居多。还没等开腔，几个身型矮小的票贩子如蝇闻血腥般围拢过来。一顿交头接耳，讨价还价，最终每张票以购票难易程度，各加价三五十不等，出手。那时也没实名制一说啊。一晃间，我俩手头就平空多出四五百元。在当时，可是一笔沉甸到压死骆驼的巨款了。也不客气，哥俩平分。

那时，我正和现在的妻子处对象。当我辗转回沈阳，原本干瘪的背包，变戏法样，赫然多出了双粉白到令人痛彻心扉、在当时沈阳实属罕见的女高跟皮鞋，惹来她同寝同学们羡慕嫉妒恨了好几个月，都说她命好，处了个好男朋友。这双鞋，直令本来迟缓艰涩的恋爱之路随之大幅提速；直到三年后结了婚，这鞋，还时不时出现在爱人的脚上。

那时二师兄刚结婚不久，家安在老家锦州。他用这笔意外飞来之财，也给新婚不久的妻子买了双高跟鞋，通体洋红的。记得是半夜，车晃荡到锦州，分手前，二师兄高举了举鼓囊的手提包，兴奋地说："红色的，喜庆，给你嫂子一个惊喜！"随后一咧宽阔的大嘴，多少有些赞许地望着我，傻笑。

写至此，浑身猛地激灵，心里咯噔一下，继而满怀沉痛。细回想，二师兄已离去四年有余了，是猝然性心肌梗塞。据当事者回忆，那年春节刚过，他与几个朋友临时聚一起，在自家楼下一烧烤店吃喝，算彼此拜年了。不胜酒力的他，只喝了一瓶"老雪"，感觉不佳，给哥几个打声招呼，提前上楼回家了。当晚，他独自在家，媳妇禁不住劝请，去了小区麻将室，与姐妹几个"修长城"。

二师兄，我真的很想你！

您在那边还好吧？！

吃　食

平凹先生说得没错，人一过五十，连早觉都睡不踏实，整个人像烙饼似的，在床上辗转反侧，直把床单与被褥扭捏成麻花。各种不安生。

于是肠子就有些饥辘，满腹心思都在吃上打转，于是逐个忆起有生以来印象深重的几道吃食。

小时候在农村，最盼望的，是蒸鸡蛋糕。而吃鸡蛋糕最浓重的仪式或讲究，有二：一是谁第一个动勺，绝大多数是幺妹，因为她最小，谁也不敢得罪；二是谁最后一个下勺，绝大多数是父亲，因为他总是饮酒到最后，母亲都会端起残剩无几的鸡蛋糕碗，给父亲盛饭。而我，这中间，只能厚着脸皮壮着胆子冷不防来它两勺，像个贼，满怀愧疚与罪孽。年少时的我，体弱多病，一头稀疏黄发，单薄矮小，干不了重活，纯粹一吃闲饭的。在家，极不受待见。这在劳动力决定地位和待遇的时代，怪不得别人。

读初中，吃的最多最无奈的，是锅巴。学校离家十五里，中午吃不起食堂，母亲每晚都把锅巴留着，抹些猪油，把锅巴烤到金黄色，脆生生的，一咬嘣嘣响；第二天一早，用只干净的袖套——两头都带皮筋的那种——勒紧，系牢，塞进我书包。那就是我的午餐了。几年下来，练就一副铁齿钢牙，受益至今。

读高一，离家四十里，住校。大我四岁的堂叔与我同校，高我一个年级。他是个人精，学生头儿，智商情商高，上到校长下至食堂伙夫，无一不熟，且交情深厚。某日中午开饭，见他神秘地从食堂后门出来，端一小盘菜，径直走向坐在教室台阶上正苦咽咸菜的我，将那盘菜，扣进我的饭盒。板栗烧仔鸡。对我来说，简直就是烧天鹅啊！可堂叔前年死于白血病，从发病到入土，八个月。那年初夏，我正在广州开会，他突然打来电话，说急需一种药，最近的药源，在香港。我匆匆脱会，急急赶到深圳，找来所有哥们儿朋友商议。上天眷顾，第三天，香港的朋友就把花巨资购到的药送到罗湖口岸。我一日不敢耽搁，飞回老家。可还是没能挽留住他。

进了大学，最难忘最解馋最深情的一道菜，是红烧猪蹄。同班老赵，父亲经营小煤矿，家盛银值，每月有五十块钱的零花。在我看来，这简直就能买下整个芜湖城。他看我瘦小枯干，还成天咧着个贪吃的瘪嘴，就隔三岔五领我去镜湖边的饭馆，叫一份油光锃亮的红烧猪蹄，大快朵颐；同去较多的，是时下微信微博里外号"蠢春""软春""水壶春"的刘春。老赵现在杭州某大学做教授，去年初夏，我出差到他脚下，当晚他请我，甫一进饭馆，就叫我点菜，我装糊涂，说不懂，推他点。他就密密麻麻点了满当当一桌，回头问我，行不行？还加点啥？我想都没想，毫不犹豫添了道红烧猪蹄。他隔桌望着我，继而大笑。

读书到沈阳，第一道惊世骇俗的菜，是木须肉。江南人哪见识过把鸡蛋和肉放一起炒的。三十一年前的五月，我一路彷徨摸到沈阳，记得是后半夜到的南站，被一家旅店用面包车拐来拐去拉到北海街，花十元钱，住进四人间房。枕着行李。眯眼熬到天明，打听去学校的路径，先坐公交到老北站，见道两旁成排的自行车，一水倒伏在地。很是纳闷，觉得沈阳人怪怪的，自行车不直立并排摆放。后来知道，那是被肆无忌惮的春风撂倒的。也是饿了，愣愣地进了家稍干净明亮些的小馆，翻着菜单找肉食，待看到"木须肉"三字，没见识过，觉得新鲜，就点了。可等菜上桌，我一脸懵瞪，扒来扒去，没吃几口，胃就有些往上反。

参加工作到报社，单位食堂差，每日中午，部主任汉广大哥，领着一屋人打414，输家每把一块两块的，填坑，积攒到够数了，一行男女数人，嘻嘻哈哈出了报社大门，往老博物馆旁边一条脏乱差小胡同深处钻。那里，有家极低矮阴暗的苍蝇馆子，可一道炒干面，外加一碗清水骨头汤，放几撮香菜末，令人百吃不厌。每天食客压压一片，皆闷声不语，满屋只听喝汤声响。

前几日晚间，我路过该处，突然忆起，食欲大开。可沿街兜了两圈，那家棚户店早没了踪影。炒干面不知搬到何处去了。我多少有些失意，把车停在道边，翻出手机电话簿，找到汉广大哥名下，按号码拨过去，手机里悠悠传来一个女生柔媚声音：这个号码是空号，请查证后再拨。

多年没联系了，大哥，您还好吧？！

拉　　架

大二开学不久，秋日傍晚，闲极，苦闷，瞎转，不觉就到了女生宿舍楼下。我是想约对象去看场电影的，但事先也没相约。这是那个年代，我们唯一堂而皇之的公共娱乐方式。

女生宿舍楼也没现在森严看门的老太太，更无围墙或铁栅栏之类。娴熟地上得二楼，右拐对面第二间屋。敲门，里面静静的，喊"谁啊"。遂半拉门从内推开，探进半边脑袋。

喊话的这位，是别班一女生，姓王，皖南屯溪的，现为黄山市，极清秀可人，但性情乖张，常独来独往，做孤愤状，不好亲近；与女朋友同宿舍。

整个宿舍，只她一人在。同在一个大班上课一年半还多了，自然认识，但从没单独搭过腔。

她也不请我进屋坐坐。

正尴尬僵持，想带门离开之际，从身后突冒出一男生，抢步推门而进，只奔那女生而去。随后，两人围着中间一张大木桌，老鹰抓小鸡般，转圈跑起来，谁也不言语。

我大致明白过些许味来。无非是处朋友不成，老羞成怒来找碴了。不能不管啊。正义感陡起。几步抢上前，先一把抓住那男生胳膊，再双臂抱住他的腰，将其架出宿舍，复连推带拉至楼下。

果不出所料。这男生是外校机电学院的，与那女生谈了段时间恋爱，被甩了；不死心，还想处；来找过数回，总不得方便之门而入。那会儿宿舍楼也没安电话，更没手机之类，只能碰运气靠堵了。

我的正义感遂变成同情心。一顿好言相劝，温语相慰。狂躁的他，逐渐平复下来。我陪他一路往校外走，刚哄骗他出得校门，他突然又立住了脚步，想返身的样子。

好人做到家，难事管到底。我下贱地说，近乎哀求：咱俩去看场电影吧，我请你。又一顿拉拽。

时间过去三十多年，这年八月中旬，我出差上海。几位自毕业未见的同班同学，相约见面，有同班亢俪、分别在沪上三中学教书的"大鼻子"老瞿与夫人霍氏、华师大教授、室友老彭等等。那位外班女同学刚好到上海探望工作的女儿，闻讯也来了。酒过数旬，我拎着酒杯凑近她，压低嗓门提起此事。她说倒是有这么号人，至于那桩事，没有，别瞎编了。说完，还大大地白我一眼。

架，白劝了；忙，白帮了。

电影票谁报销啊?!

选　　举

当今社会，最具公平性、凝聚力和正能量的，非高考莫属。

三十多年前，高考时的作文，是看图题。图里一人，扛把铁锹，四处挖井，每个坑，都挖不几下，皆不见水，于是换地儿接着挖。其实，水源就在脚下不深处。平素最怕写作文。记得高中曾一口气用上百条成语，插花连缀式写了篇命题作文，有的用得妙，有的纯属望文生义，不知所以，通篇饾饤环列，令语文老师疑窦丛生不可卒读愤恨不已。老师像发现了新物种，作为批斗典型，于作文课上高声朗读，全班哄笑不已，臊得我无地自容。

按说题意清晰明了，不难写，也不知咋糊弄的，120分的语文只考了90多分。但数学考了接近满分，总算找回点差距。其实，最爱的是历史，尤其考古。报志愿时，知我喜好的老师替我报了历史专业，可等接到录取通知书，却是中文。一脸无辜。

这也好，报到开课第一天，见大教室后排坐着位脸刀削般瘦成猴子模样的，就引为同类，有亲切感。此人与我个头相仿，蓄盖耳长发，发色枯略黄，非焗，营养不良耳；单眼皮，薄嘴唇，总绷着，面色苍白，平时不笑，偶尔咧嘴一乐，前几齿微突，满脸的不屑与嘲讽意。刘春也。

过不两月，市里选人大代表，教室后墙公布选举人名单，一个大班，百多号人，以姓氏笔画为顺，列列在榜。咱俩站在一处，从刘姓里找，不见彼此，愕然，愤愤地找到辅导员唐老师。

老唐刚留校不久，还没结婚，住单身宿舍，在 7 号楼。他根本没惯我俩毛病，见他半个屁股搭在床边沿上，一脸死水地用眼扫了我俩几遍，问："你俩哪年的？一个十六一个十七，有屁选举权啦！"这个没趣讨的，没尾巴可夹，灰溜溜走人。

臀 部

我一直渴望当兵。

1982年,十六岁,高二,高考失利,打击是毁灭性的。觉得此生只能回家种地,再也没机会穿的确良衣服吃城市供应粮了,以后的日子,挑粪下地,耕田育秧,种禾割稻,当一辈子农民吧。于是就想到当兵。那年夏,同样高考失利、大我四岁的叔叔,也报名参军了。我也想,嘴上提过。可还没付诸实施,就被父亲一扁担打回学校。

随后的一年,离家三四十里,每周回家一趟,只为挑半袋米,装一大瓷缸咸菜或酱板。衣服都极少换,床单被褥一年也难得洗换一回,结果全身起满皮癣,瘙痒难耐。也不知去医院,没钱。实在扛不住了,一位家境稍好的同学,拽着我,从学校所在的小山头,一路小跑到乡里,垫钱给买了长途客车票,一路陪我,进了县城;到了县医院,替我挂了号。年轻的皮肤科男大夫问怎么了,从未进过正规医院的我,胆怯地说浑身痒,胸部腹部臀部起红疹,总觉得后背有蚂蚁爬。大夫撩起我破旧肮脏满是骚腥味儿的衬衣，略微窥视，俯首边写诊断，边调侃地戏谑："学习不错啊，描述得很准确，知道说臀部，绝大多数不是直接说屁股，就是把臀部说成殿部。"最终还祝我高考成功。只几分钟，给开了两小盒黄油似的膏药。回校后，搽不几回，灵验得很，痊愈。那年，考上大学。

愧疚的是，只记得那位同学姓张，忘了他的名，更不知他现在何处，过得怎样。

巧　合

少不更事，一时兴起，拿着婆——我们湖北沔阳老家人管祖母叫"婆"——刚添置不久的筛米筛糠用的竹筛子，当盾牌，大小轻重正合适，和村里的小伙伴舞枪弄棒嬉戏打斗。结果可想而知，筛子被枪刀棍棒戳得千疮百孔。等疯癫完，静下来一看一想，脑袋轰的一声炸响，浑身冷汗直冒，遂溜出老远，只远远地看且听见几回婆颤巍着一双小脚，低沉着嗓门咒骂，发泄切齿的愤恨："哪个死砍头的——"随后好多天没敢在奶奶前露面。

婆是裹小脚的旧社会过来的农村老太太，走路一瘸一拐的，眼睛不太好，有倒睫毛的毛病，看上去总眼泪汪汪的，总爱眯缝着眼，抵近着人面瞅人，令人难堪不已。孤儿兼童养媳出身的她，穷苦低微久了，吃饭急吼吼的，总是把饭菜一次装个够，混在一块，堆得冒尖，蹲在墙根或坐在门槛，频率极快地连饭带菜一股脑拨进嘴里，咬不几咬，急忙下咽；没等完全咽下，又拨。然后微闭着眼，仰着脖，一个劲地打嗝。这是撑的。整个过程，生怕旁人夺了她手里的碗筷似的。我发觉，吃饭时，婆的脖颈，比平时要粗出许多。

每次我千里之外回乡，得转换多种交通工具，先火车，再汽车，接着三轮车，最后步行数里羊肠小道，多是傍晚甚至更晚才摸到家。说来也怪，还没临我去前屋探望她老人家，总能于屋外漆黑的稻场听到她窸窣的脚步，弱弱地低唤我的乳名："是兵子回来了吧?!"她老人家眼睛一直不好，听觉却极敏锐。

祖孙见面，对面坐下，她双手捏着一根细枣木拐杖，眼皮耷拉下来，没了言语。大家说些什么，她也不插话，更不问。询问她身体怎样，她迅疾应声道："还行还行。就是眼睛看不太清了。"说明大脑依然灵光。她九十岁高龄去世那年，我的女儿出生，一走一来，人丁未减，平衡了，也正常不过。

可奇怪之处在于，记得护士把孩子刚从产房抱出来，我接过来看了两眼，又放回摇篮，急忙跑到走廊给老家打电话报喜。电话打到隔壁村代销店，掌柜的是我小学同学，姓罗，他知晓了我的话意，在电话那头用老家沔阳口音对我大声嚷嚷："你听，你听到炮仗和锣鼓声了没? 这么巧，你婆正入土。"我举着手机，靠在医大二院妇产医院走廊雪白的墙上，整个人僵住了! 我抬手下意识看了眼手表，记下了这个多少有些巧合的时间：1998 年农历八月十五中秋节上午 11 点 45 分。

更巧合到不可思议的是，女儿出生的时与分，与爱人手机号码后四位数完全一致，1145，她那时用的是数字模拟手机，只八位数;

身长 51 公分，也恰好是我手机号码后两位数。

　　这么多的巧合，蕴含或意味着些什么呢？二十几年过去了，也没显露，也一直没想明白。数也，定数也，真就是纯粹巧合吧。

雨　天

　　从清晨到此刻下午两点，从五楼朝东的落地窗望出去，小雨一直下着，虽不大，但淅淅沥沥的，最润物无声了。许多天了，一直为农户刚种下的庄稼忧心。谁叫我农户出身呢。

　　终可出苗了。

　　干旱日久。科技发展到只需指尖轻轻一点即可纵览全球资讯的地步，可万千百姓仍不免靠天吃饭。丧气没用，愤懑白搭。

　　不知为何，总是杞人忧天，替农户和田地里的庄稼操心担心。平素也总喜欢春夏之交的阴雨天气，究其因，有其私。春耕夏种大忙，对乡下半大孩子来说，唯有雨天是可以不出门干活的。对我而言，可装模作样捧读从老师手借来的"三国""水浒""红楼"，以及从乡文化馆借阅的《考古》杂志，满幅死人骨头和棺椁陪葬品的那种，在别人看来，这是无法理解的病状，于我，则偏偏是真的入迷；虽也伴有恐惧，但每每会被内心无可名状的刺激乃至兴奋所替代。还有那本节省了几个月菜金才买到手的《东周列国志》，翻来覆去地读，想象着"百里奚五羊皮"之类的悠悠古事，忘了昏晨饥渴。

这类故事害我不浅，本来数理化不错，却在高一分班时死命跑去文科，被理科班主任拽出，不几日又偷偷跑回。虽说最终全班唯我一人勉强挤进了大学，可遗毒贻祸深重难除，沦落至今，只会于编稿看稿之余，写些苍白琐碎浅薄无用的文字，聊以自悦，权当自慰，消时遣日渡涯，仍乐此不疲，当真无可救药了。但仍喜于雨天捧读历史，两厢无愁，如庄稼之淋甘露，一片怡然。

家　国

最近忙得邪乎，很久没和家里联系，抽冷子给母亲打个电话，没唠几句家常，她把手机递给父亲了。

说实话，我不太爱跟父亲说话。他草民一介，却满肚子家国情怀宇宙洪荒大道理，动不动就教训这儿提醒那儿，也不管我已知天命了。但躲不过。

我随嘴问身体如何，他拉开了长腔，说还不是老样子嘛，就像草，渐枯渐黄了，其他没事。然后是你你你该怎么怎么的，要听谁话跟谁走好好干什么的。我插不上嘴。最后，只听他叹声气："唉，你也老大不小了，说多，也没多大益处了，就这样吧。"挂了。

我手举电话，耳对嘟嘟嘟手机声，一阵发呆发傻。

放　　鱼

　　乡下孩子，觉得最痛快淋漓的，莫过春夏两季，皆因了水的缘故。一入秋，太阳虽依旧毒辣，甚至比盛夏更猛更狠，可水，是轻易下不得的。

　　皖南农村，沟河塘湖密布。梅雨过后，三五伙伴结群，牵着水牛，背着各种渔具，四处流窜，横行乡里，操塘搅沟，捉虾摸鱼，为乱一方。村人皆不敢言，谁会为一点公产，去与一帮小崽子较真理论呢。时常会捞到河豚的，不敢吃，刺刺棱棱地把玩一阵，激得河豚鼓囊成一团带锐刺的肉球，随手扔在塘埂路边，经烈阳暴晒，不一会儿就咽了气，本似鼓涨的气球微瘪着的唇吻肉厚小嘴张开了，成圆圆的空洞的 O 形，随即腐烂，恶臭弥漫，刺鼻不已，令人掩之不及。

　　胡作之登峰，在暑假。其时汛期刚过，村后几百米处连结长江的南漪湖水落潮退。于是一帮伙伴，扛着铁锹锄头，在长满湖草的河滩裁切长条整块的土方，堆垒成坝，拦截湖岔，方圆数亩，遂成一"潭"死水；过一两日，等大湖的水降到一定高度，于坝上开一两处窄口子，埋上长长的圆鼓隆冬的尼龙鱼兜子，水位有落差，鱼见状纷纷朝外游，自然落入网兜。或在坝子内靠堤一侧再围一小坝，朝内朝外各开一口，朝外的口子上也安好渔兜，等成群的鱼游进小坝里，大伙儿瞅准时机，飞奔过去，三下两下，用泥块先封死朝里的水口，再封住朝外的缺口，操起网捞子，在水面不大的小坝内疯狂捞抓，一群人大呼小叫，刺激爽快无可比拟。老家将之称为"放鱼"，又叫"打坝子"。这是正经事儿，每次"打坝子"都能抓到几十上百斤鱼获，小孩子干了大人的活，父母们都乐观其成，欢喜非常，也不像平日抓鸡赶鸭般逼我们下地干活了；于我们，既能疯玩，又能为家里立功，一时名正言顺趾高气扬不可一世，不啻于驱匈逐倭保境安民开疆拓土封狼居胥的真男儿伟丈夫。真是天大的美事。

此时是要携带锅碗瓢盆米油盐酱的，打湖草，搭窝棚，就地埋锅造饭，入夜，马灯高挑，睡在湖滩。人一张狂便显恶。天擦黑，便矮下身形，蹑手蹑脚，娄阿鼠般偷偷摸进邻村人家菜园，黄瓜南瓜茄子辣椒瓠子毛豆白菜一把抓，鱼虾是现成的，新鲜地下锅，烂煮一气，香飘四野，馋坏了星宿和吴刚嫦娥。

每天一大早，满篓成筐的鱼虾就挑回家了。吃不了，开膛破肚，用大粒盐于缸里腌了，再晒成咸鱼；虾，好办，干水一煮，成通红色，摊晒成干，囤着慢慢享用。会过日子的，将咸鱼干虾挑进镇子，卖给街里人，贴补家用。偶有若干奖励，母亲会去公社街里仅有的百货公司，扯几尺稀罕的"的确良"布料，叫乡下裁缝做件衬衫，那个拉风显摆嘚瑟，不提。

这种野里野气、厮混放荡的生活，有瘾，可耽误人。许多儿时伙伴，就此而放下书不念，告别学校，夏天"打坝子"，冬天拉小网，久之，就成了职业渔民。大哥就是典型代表，本来学习尚佳，因整日与鱼虾鳖蟹打交道，且乐此不疲，结果初中刚毕业就辍学；现在苏南大运河旁，支个棚子，靠倒卖沙石为生。悔之亦晚。

偶尔也会出人命的。某年夏末，长我四岁的大姐，与和她同龄的堂姑，充数与村里成人劳力一道，去十多里远的湖心洲上"打坝子"，工程规模很大。村里有个约定俗成的规矩，按人头分份，谁家出的人手多，分的鱼虾就多。某日傍晚，她俩结伴摸水回村，不像男孩熟悉地形水情，又都不会水，手拉手蹚一人多深的河沟，赶上前些日子湖东山区暴雨，山洪突涨，水流湍急，蹚至中流，水过腰身了，几个涌浪滚来，她俩本牵着的手，失散开，脚下又稀烂河泥，双双滑倒，没入水中。大姐瘦弱灵巧，胡乱扑腾，懵懂爬上浅岸；可怜憨胖的小姑顿时没了身影。

后来知，她被滚水冲倒，没再能爬起，顺流浮沉，最终夹入下游的长长木排缝里。木排拖着她，下行西去，穿过方圆三十里的南漪湖面，再拐入进长江的河道，凡数百里，生生将其带进长江。木排到目的地马鞍山当涂县，起排的刹那，小姑已腐烂不堪的躯体一冲而起，吓得拆排人魂飞魄散，惊悸四奔。这是时隔大半个多月后当地派出所沿途侦访而来告知的。可怜的四爹，孤身仓皇赶往当涂，面对不复人形的小姑的尸体，嚎啕大哭一场，那时穷，四爹买了几张芦席，一裹，选块野地，草草安葬。

那年，小姑十八岁。

刀　疤

　　夏季夜短，清早，天刚蒙蒙亮，就被母亲从床上活生生拽起，跟着大姐去村外山坡、田埂、湖滩，四处砍柴，备一整天家里的柴火。大姐早打开架势在屋外稻场等着，她总和母亲起得一样早。

　　拎着把大姐一早就磨得锋利铮亮的砍柴刀，刀把一尺多长，背弧刃直的刀也有半尺来长，两眼迷迷瞪瞪，大姐挑着高高的柴筐前头走，我赤着脚一步一趔趄地跟随在后头。清晨的露水打湿脚面和裤腿，人也精神起来。大姐真是干活的一把好手，见她哈下腰，许久才立起身缓一缓，一把镰刀在她手里有节奏地呼呼作响，柴草一溜溜地顺势倒下，排成长长的一条。她就这么一路砍下去，懒得搭理我，更不指望我，两只粗壮的黑辫子在脑后背间挑来荡去的。我装模作样地这儿砍两刀，那儿挥几下，就是个陪衬与摆设。赶在早饭之前挑回满满两筬子（皖南一种用细竹子做的简易高腿挑具）柴火。某次，一边弯腰砍柴一边打起瞌睡，结果一刀砍在左腿膝盖处，伤口很大很深，血，顿时像从崩裂的水管滋出的水，飙出老远。大姐慌忙跑过来，抓把土，把刀口捂严实，脱下我身上破了若干窟窿的汗衫，简单捆扎上。回到家，也只拽下汗衫，换成旧布条绑紧，没怎么细致处理，照常上学跑跳嬉闹，不几天就收口结痂，好了。可一道两三寸长的疤痕，至今赫然在膝盖处留存。

那个年代农户家的刀，常用常磨，甚至一日数磨。一把崭新的刀，不出三两季，就磨损成弯弯的月牙形，却更为锋利。谁家若没几把锋利锃亮的刀，日子就很难过，也过不好，就不算正经庄户人家。各家的刀，爱惜备至，是极少外借的。即便一个家里的，也各自有各自的刀。每个人的性子不同，刀的性子自然也不一，各自有使唤刀的习惯习性。尤其磨刀的技巧与分寸掌握，更是人各不同，锋与钝，厚与薄，开与阖，平与斜，讲究的是刀口手口眼口心口合一，最终追求的是刀人合一，进入到神秘武学的境界了。

兄弟姐妹五人，我居中。记忆里，很少穿过专属自己的新鞋和袜子，多是捡哥姐剩下的，而以大姐的为多。最尴尬的莫过于，到乡中学读初二了，仍穿着大姐的一双敞圆口黑绒面女式布鞋，是鞋背上有搭扣带的那种。一双带底的棉袜子，居然两种颜色，一看就是临时搭配拼凑的。正因此，受尽了街上同学的奚落和取笑，心里至今阴影不散。过去农家，一般都是过年前才添置双新鞋新袜，且是大年初一的早上，挨家挨户拜年前，才穿上的；而袜子，也一律要把崭新的袜底剪开裁去，再缝上厚厚的绣满花朵或图案的袜底才行，硬邦邦的，但耐磨耐穿。

捡　　拾

　　闲来忆往，总结起来，共捡拾过两回半东西，记忆中的兴奋与刺激，如昨。它们都发生在读小学的童年。成年进城后，反倒没捡到过任何东西，不可谓不是某种遗憾。

　　老家皖南一带，丘陵连绵，河湖塘众多。屋后几百米，就是波光粼粼的南漪湖，方圆三四十里，一般比例的中国地图，都有标示。这给养猪，提供了便利。

　　只要天不够冷，都是要放猪的。而猪，是那个时代农家最大的私有财产，尤其下崽的老母猪，其重要程度，要超过一个精壮劳力的，故家家把母猪视为家庭成员，极尽呵护，珍惜非常。谁家能把母猪养好，一年下一两窝几十只猪崽，是家道旺盛、家境殷实的切实表征和牢靠体现。

　　那时，姐和哥，都能随父母下地干农活了；大妹，能做饭了，幺妹还小；放猪，成了我早起第一大紧要任务。

　　多数，天刚蒙蒙亮，被母亲呵斥着从床上爬起，双眼朦胧迷离的，有时眼皮被眼屎粘住，揉擦半天才睁开一条缝。脸也顾不上洗，就赤着脚，用粪叉挑起粪筐，将早就在圈栏里嗷嗷乱叫的母猪和猪崽放出来，人猪一路浩荡下坡，鱼贯着朝湖里走。

必须蹚过一片浅水，把猪赶到几里外的洲子里去。我们称之为龙岭嘴。初夏，长江的水还没涨起来，湖还浅，两个湖岔间的浅滩，清冽透亮的水，刚贴过脚面；有细小晶莹的鱼，欢实机灵地追逐跳跃，但你永远甭想捉住它们；湖洲心，湖草萋萋丰美，连片的芦苇，刚抽出新鲜的嫩芽；滩涂上，散落着蚌壳、贝壳和螺蛳。这一切，是猪的最好口粮。

快到洲子了。突然见不远处，有一物快速朝湖里爬去。我眯瞪着的半醒半睡的眼，迅速睁大，大脑飞快运转。经验提示我，是只王八，也就是甲鱼。刻不容缓，我下意识第一时间扔下粪筐，手拎粪叉，飞奔过去。王八可不傻，见状，四爪在地皮上胡乱划拉，撩起细碎的一溜水花。在它将入还没入深些的水域前，我顾不得其他，上前结实的一脚，踩住它的脊背，急切探出右手，牢牢掐住其尾部左右爪窝，将其翻转过身来。生擒之。

当天，隔壁生产队姓陈的会计来找父亲讨教业务——父亲那时是大队会计——都乡里乡亲，晚饭自然留在我家。昏黄的油灯下——那时村里还没通电——姐兄妹五个，上不了桌面的，远远偷望着那碗热气腾腾活色生香的红烧甲鱼，唯见父亲和陈会计推杯换盏，高斟低饮，喝得吱溜乱响，我们个个馋得口水三丈。一旁坐在灶口的母亲，低垂着头，闷不出声。

此一。

猪放出去，还得找回来。

某日，放晚学。我赶着一群猪往回走，到屋后坡沙埂边的草滩了，见一只大白母鹅，静静伏在一处茂密的草丛里，觉有动静，仰脖顾目四望，却不起。我好生奇怪，停下脚步，细看，再轰撵，母鹅极不情愿地走开。原来它在草地上孵蛋。

窃喜复大悦。客气，是绝对不行的了。我蹲下身，见五六枚硕大的鹅蛋偎成一窝，用手摸，还温热。四下瞅了瞅，脱下破旧汗衫，兜着鹅蛋，乐颠颠回家。

母亲正在灶台上辛苦做饭。看我光着上身，却把汗衫纠在一处，捧在手里，有些怪。正要骂，我微一露托着的几枚鹅蛋，再听我一细说，母亲警觉地问："哪家的鹅？"

"不晓得。看背上的记号，不像是村里的。"那时各家的鸡鸭鹅，不是在背部或翅膀处涂上印泥红，就是要剪出不同的图型，以示区别。这只母鹅，显然是隔壁村的。

母亲凝想片刻，把鹅蛋挨个拿起，半高举在眼前端，眯起眼，翻转着，就着亮光，来回端详。

"快成形了。不能吃了。"母亲自语道。

我不明就里，傻站一旁，满脸可惜的懊恼与丧气。母亲找来一堆旧棉絮，细心包好鹅蛋，再小心塞进灶笼子里。吃罢晚饭，就着热乎劲，把一包鹅蛋挪到鸡窝上。如此反复多日，终于出了四只黄绒绒的雏鹅。有两枚寡蛋，母亲将其埋在灶坑的热灰里，不一会儿，烧成漆黑一团的滚烫铁疙瘩；敲松，掰开，顿时香飘满屋。我和两个小妹分而食之。味之极美，不可言其妙。

此二。

第三次，某日放学后，夕阳在静谧的湖面撒万点碎金，大哥和我，从屋后几十米的高坡撒丫子往湖滩草地冲去，一显矫健身手。突然，一只斑斓野鸡振翅飞起，吓人一跳。到坡底，我随嘴对大哥说，前两天，同在此处，也见一野鸡惊起。精明的大哥嘴角泛起诡异的浅笑，没有接话。

第二天傍晚，大哥手捏一根茶杯粗结实棍子，叫上我，来到后坡冈。他先在嘴边竖起食指，令我别动；自己压矮身形，前后脚试着探巡，分开草丛，下到坡中间，在昨日野鸡约莫飞起处，立住；凝神屏息前后左右查看。但见他突然举起木棍，朝一旁的草丛使劲砸去，又迅速跃起，伏身，双手撑住某物。

整个突袭过程只数秒间，一只做窝孵蛋的野鸡，拎在大哥手里了。

这也该叫是捡来的便宜吧。算我半个功劳。这回，总算全家七口，齐齐围坐一桌，美美打了一顿牙祭。

老 麻 花

　　小时候，山水相连的江苏高淳，总有人挑着两只箩筐，上覆一层白棉布，宝贝似的，跑来安徽，扯着副怪声怪气的高淳腔，叫卖麻花。一根不大的麻花，三四寸长，大蜡烛粗细，七分钱，一咬嘣脆，满口香，那个好吃。由衷佩服江苏人会做生意，不仅门清我们安徽乡下农村小朋友的内心喜好与美丽愿望，且将之无限制拉升并提高，令人欲罢不能。

　　而那时，一枚鸡蛋，拿去代销店，换盐酱油煤油，个儿大点的，也是七分多钱。不止一次偷摸从鸡窝或抽屉里掏出鸡蛋，换一根麻花，然后躲在屋后身的湖坡，双手捧着，一毫一厘的，那个舔那个嚼那个咽，内心交织着罪孽恐惧颤栗和兴奋喜悦甜美，各种纠缠与冲撞。如今回想，一枚鸡蛋换一根麻花，不值。鸡多辛苦啊，在那个穷困艰难年月，地上连一粒碎米都没，好不容易土里刨点烂食，积攒些营养，才呕心沥血下枚蛋，容易吗？

　　前些日，媳妇出差天津回，携回几根粗壮当地特产大麻花，撕开包装，献殷勤般递给我一根。我上嘴一咬，软绵绵疲沓沓，既不香甜，也绝无脆生之感，简直是对童年记忆的毁灭性打击和侮辱性摧残，立马吐进垃圾桶，啥破玩意儿啊，这不长面团子刷层深油漆嘛，狗都不理睬。

老　家

我的老家在皖南。

推开屋后门，往北走，只百十来米，一道陡坡下，有方圆三四十里地开阔的一座湖，名字很文艺，南漪湖。

在正规的中国地图上，都有它的标示，像一枚菱角，分成两瓣，两头朝上翘起，类似鸡心形。有根花线粗细的河，于湖西北角，蜿蜒曲折，将湖水牵引进别的河道，最终在芜湖马鞍山之间，汇入滚滚东去的长江。

关于南漪湖的形成，有个神奇的传说，与刘伯温有关。话说当年朱元璋攻入南京，改名应天府，公元 1368 年建大明，定都于此。仙人军师刘伯温受命勘察地理，他四处奔走，觉南京以西风水不凡，潜龙九条，以为大明祸患。遂运术捉龙，收入一囊；其地脉遂崩塌，陷落成湖。另一个说法，与刘基有关。说他在挖完玄武湖，取土垒成皇城后，见城以西，地势低洼，每每春夏长江上游涨水，滚滚淫流自西直撞南京，威胁京都。故于皇城西六十里，以铁水浇筑成基，起南北二十里、几十米高巨坝，拱卫京师，以蓄洪水，南漪湖遂成。此坝名东坝，现仍名，有城镇，自古繁华，是我每次从南京下机，驱车回皖老家的必经之地。众以为，后说靠谱。

浩浩荡荡的长江洪水，被东坝挡在南京城以西、长江在安徽南部折向西北流向的皖东南、古之曰江东的肘窝部位。每临夏季，大水涨起，南漪湖满满当当，淹没沿湖圩区和沟沟坎坎；惊涛怒卷，骇浪拍岸。几百年来，将我家屋后一直朝西数里的土山，拍打侵噬，雕塑成几十米高的笔陡悬崖，其色玄黄，是我等儿时探险猎奇的绝佳之地。如数年来，也不时有多少乡下年轻奇绝女子，因奇情孽缘，一时想不开，舍身跳崖以殉情的，故而此地也鬼气森森，单身不敢靠近。

老家村子小，只十几户，皆姓刘，百十年前，由湖北汉川逃荒讨饭而来。而西边隔壁，有座大村落，六七十户人家，裴姓多，故称裴村，皆老户，当地人。说话也古怪，讲一口外地人不知所云的"匄国话"，古中原口音吧！最摄人心魄的，有气派森严又典雅妩媚的徽派建筑，黑白分明地罩满全村。每户，高耸着青砖墙，青砖是立一层再平一层砌起的；粉白的墙面与黛瓦，瓦是老式的半圆弧的小瓦，密密压压；飞翘的檐翅下，是随处可见的砖雕石雕和木雕；屋里皆木制隔板，有天井回水堂；有一踩咚咚作响的楼梯，通上二层，那一般是内室女眷们的卧房和绣楼。整个村子由敦实长条状的青石铺路，户户相通连，路两侧是整齐划一的排水沟，左拐右转，最终通向村子正南方长方形的硕大池塘，夏日则开满碧绿粉红的一塘荷花。

小学，就是在这村子念起的，学堂设在一家徽派老屋的正中堂屋。那时还是人民公社，什么时候主人从田里地里收工回来了，我们就该放学了。十几张各式各样的桌子，仅一高小毕业的乡村老师，领着二十几个脏兮兮的穷孩子，从"人口手啊窝鹅衣乌余"念起，再念"我爱北京天安门"，再念"一切反动派都是纸老虎"。念此，老师突发奇想，叫我们用"纸老虎"造句，大家都闷头不语，唯有外号"裴四愣子"的自告奋勇："我们都是纸老虎。"气得老师从讲台跑下来，拧起他的小黑耳朵，拽到大门外，罚站一堂课。

除了上学，我很少深入这村子的其他部位，因为它高门深院，总透着股阴森森的气息。二年级学校就搬到大队部仓库了，我更少迈进这村。只几回，家里闲散放在湖滩上吃野草根的鹅，傍晚随着村子里的同类，误入了别人家的笼，母亲叫我去寻。我每每担惊受怕地在村子边沿没头没脑乱转，不敢踏入一步，还被凶狠的狗咬撵出老远。另一回，约莫三年级，学校发神经搞勤工俭学，分派我和另位别村的同学，住进这村一家农户。按说村子挨村子，父亲是大队会计，本人也该属当仁不让的村级"高干子弟"，主人家也认得我，没把我当外人；可我却像一只遭遗弃的狗，呜咽一声的胆子都没有，晚上睡在这家徽式老宅的楼上，耗子满地乱窜；地铺旁边，赫然有具通体暗红的高头棺材。一宿哆嗦惊恐，体若筛糠，如陷地狱。

裴村，自古出戏子，名声遐迩，是唱旧戏的那种。是否徽派京剧的前身？没考证过。这也有个传说：裴家先祖，夏季晚上，下湖捕鱼捉鳖，累了，上得岸来，往一截黑乎乎的树桩上一坐，拔出别在腰杆间的烟袋，抽起烟来。一袋抽完，随手在木桩上敲烟灰；陡然觉得，木桩抽动起来。这人知道，是坐在龙身上了，就死撅撅不起身。天色渐明，这龙，挺不住了，发了人声许愿："我这儿有三顶官帽，一顶白天戴，一顶晚上戴，一顶白天晚上都能戴，你想要哪顶吧？"裴家先祖也没多大文化，一想，便宜不占白不占，还是要顶白天黑夜都能戴的帽子吧。于是，后代就成戏子了，十里八村大江南北皇帝后妃地演。

历史如戏，斗转星移，今是昨非，毫不留情。现在陡然想起，我曾亲见，三十多年前，这个繁盛兴旺了几百年的大姓村落，某户人家，最终只剩下一位瘫痪了半个身子、走路一瘸一拐的傻儿，守着一连片庄严秀丽、里外数进的徽派大宅，一年四季靠沿村乞讨过活。如今，人与楼，都坍塌了，化为萎顿的泥土，不复见原先的模样。

这村子历史有多久？我问过多人，答案不一。数年前，我领孩子回老家，天气好，四处乱晃，有叫孩子多识于家乡鸟木虫鱼风情风物之意吧，就信步进了裴村。这村子，此时早破败不堪了，多数人家都在不远处南山岗马路旁，起了瓷砖加玻璃幕墙的新式楼房，不伦不类的，倒也光鲜。村里到处残垣断壁，惨不忍睹。在一户还算完整的住宅前，我牵着尚小的女儿，感慨万千地说："这房子，起码也有二三百年了。"哪知，话音刚落，屋里传来句苍劲有力的回话，是位老者："是洪武年间的。"好耳力，硬嗓门。我于几十米外透过敞开着的陈旧大门，但见漆黑模糊的门洞，正端坐着位赤膊的老者。"是隔壁村刘家老二吧？回来啦？不认得我啦？我姓裴。"三问连发于有六百多年历史的沧桑老屋里。我急忙高声回应："您老好！恕罪恕罪！真有些记不起来了！"

从破落的村子东头出来，有条坡沟，见沟底成片苗壮的稻秧在风里沙沙，溪水顺着山坡脚跟，曲曲折折，潺潺湲湲，叮咚哗啦地淌。山坡上，有成林的阵阵松树，青翠松风过耳，与不远处湖浪的拍岸呢喃，交相应和，闻之有忘忧之效。没有路，我和女儿一前一后，手抓疯长的蒿草和纷乱的树枝，朝上爬，磕绊处，有石碑隐现。坡上方，东向百十米，就是我家了。

这是老家有名的唤作"狮子口"的地方，是山冲的溪水流入湖的出处。在临近湖的末梢，溪水成浅滩，中间有一块圆形的高地，突出，像舞狮的绣球。上有青松棵棵，水草环绕，清新静澈，娇媚可怜。这就是风水学上所谓的"水口"。坡西面，即裴村临湖的后崖身，一条用巨石铺就的石梯，百米高，呼为"百步梯"，层层叠叠，不知何年建成，如今，失修弃久，断裂坍塌破碎无形了；许多大条石，也被人抬走，做了新屋的地基。"百步梯"下，曾经浩渺的南漪湖，如今，围湖造田，泥沙淤积，植被湿地严重破坏，曾经大片的芦苇与湖滩草地，不复再现，湖区日渐萎缩。据史载，有明一朝，这里舟楫便利，商贾云集，皖南物资经陆路汇集于此，水道直通京师、太湖，舟楫云集，帆影猎猎，繁华一时。

这里，一直被家乡人视为风水宝地，故两旁不高的山坡间坟茔幢幢，谁都想为子孙后代觅得荫庇。我壮着胆子，扒开沉积的枯草和衰落的树丛，一路探摸墓碑过去，一路数，宣统，咸丰，道光，嘉庆，乾隆，雍正，康熙；在临近坡顶，也即"狮子口"狮子头部探望湖区的豁然开朗最高处，一块即将陷没身形、歪栽欲倒、残破不全的墓碑右上方，残露"崇祯十九年"字样。其他，不详。

　　我掏出手机，"咔嚓"拍了张照片。

寡　　淡

那时，人民公社大集体还在，分田到户"暗潮"还没波及皖南。

春夏之交，公社派来位驻村的政工干部，姓陈，四十来岁，高挑清瘦的个头，整天披着件灰白色卡其布风衣，也不嫌热；扁平脸，戴高度近视眼镜，镜片瓶底厚；不怎么开笑脸，总爱斜眼看人；留着三七开头型，七分的部分，头发较长，盘旋到右耳的上后梢，再耷拉下来。总之较甫志高不远。据说，是别的大队初中语文老师。

不知怎的，矛头偏偏对准了父亲。后来看，是父亲太憨太笨太天真。见到这么个带着政治任务下来的公社重量级人物，你一不打溜须，二不点头哈腰，三不主动配合，人家咋行云布雨、雷厉风行开展工作？拿啥政绩往上汇报朝上攀爬？如此悟性差、没觉悟的人，居然当了二十多年的大队会计，不收拾你，整谁?!

办法很简单，查账。把各生产小队的会计，集中到窑厂旁边的大队部，集体查父亲的账。十天半月过去了，核来核去，有七八百块钱对不上账。那些日，父亲像只困兽，在屋里乱转，把家里那张横排仨大抽屉、一侧竖带仨小抽屉的办公桌，翻腾个底朝天；将散乱的大小账册，高高地垒在桌头，查来翻去；算盘珠拨拉得惊心动魄。我们大气不敢出，耗子见了猫，尽绕墙边溜。时不时听见他咆哮如雷，声震室瓦："谁动我的抽屉了？""谁拿了柜子里的东西了？啊？"打此，自今，我对父亲，再没个好印象。

从十七岁开始当会计，二十多年里，大队书记队长不知换了多少任，有的都埋土里了，上哪儿核实去。时值初夏，闷热多雨的江南梅雨时节，父亲被专政组一把大锁，关进了大队砖瓦厂工人们住的阴暗潮湿土坯房里。

但毕竟偏僻农村，没城里那么紧严。勒令，清早一早去，傍晚放出来。中午要送饭。平时，这都母亲的事。某个礼拜天，母亲领着哥姐，随生产队去十几里外的圩区出工，挣工分。只我和两个小妹在家。临出工前，母亲把我拽到灶间，交代我中午煮点饭，抓点咸菜；再看上午有鸡下蛋没，下了，就摊个鸡蛋，给父亲送去。

那年，我九岁，小学三年级。中午，六岁的大妹在灶下烧火，我脚踩矮板凳，在灶上忙活起来。照平时母亲抄菜做饭的样子，折腾一气，用两只碗，把饭菜分别盛好，再各用只小碗扣上，不至撒落；找两块帐纱布把互扣着的两碗包缠捆牢，整齐放进布兜里，拎着。也傻，顾不上领妹妹们吃，就一手拎着午饭，一手牵着四岁的幺妹，沿窄窄的田埂，穿过一片田番，爬过一道不高的山岗；再捡条荒路，绕过一座村庄，只为了避开这村几只出了名的恶狗。三四里地，朝窑厂走去。

个子矮，见关着的大门锁着，也不知道敲或喊。挪到一侧高高的铁窗户下，踮起脚尖，使劲伸直手臂，指尖终于够着了铁窗沿，才边拍边叫。在里面蒙头大睡的父亲，这才发觉我们。

父亲被关了两个多月，放出来时，已是盛夏。某日夜，一家人坐在凉床上乘凉，平时不太言语的他，不知怎么就唠起送饭的情景："关几天倒没什么大不了的。只是那份煎鸡蛋，味道寡淡，好像忘了放盐。"

咸 鱼 味 道

几日了，办公室里，隐约有股腥臭味道。是那种勉强能承受的惨淡的生命之重的气息，仿佛来自生活底层的俯首煎熬、忍辱承载和砥砺前行的低伏喘息，混杂着泪的咸苦与汗的艰涩；既陌生，又熟悉，令我于潜意识的最沟壑处，浮沤般泛起对少小时的磨难和艰辛生活的回忆。极神秘，不可喻。

我左顾右视，百思不解，继而痴呆发傻，茫然出神。最后在堆垒着杂物的墙角处找到了答案：是母亲前些日寄来的一包为我特制的咸鱼，家乡腊货，百吃不厌。在始终开着空调的房间里，开始泛潮，有些变味不能食用了。年终岁尾，务杂事繁，年终决算年初预算，焦头烂额，满头雾水，一时忘了带回家去，辜负了她老人家的一片心意。

那个站在漆黑夜里的人

小时候，怕黑，不敢走夜路，觉得到处是鬼。其实，现在都知天命了，仍怕。一想到孤身于漆黑的夜，就魂飞魄散，体若筛糠，牙齿颤栗，几不能活。

那时，村里没通电，休谈电视，收音机也属凤毛麟角。唯一的电器，确如本山大叔所调侃，手电筒。可电池也买不起。有心灵手巧的，将几只手电筒的后屁股接在一处，把耗废了的旧电池，一股脑塞进去，那也只能拧出微弱的光。这活，我干过，但用的是竹筒。竹子是屋前后到处皆有的，找根大号电池粗细的，截取两三尺长，打通中间关节，搜罗来家里所有废弃的电池，一节节填进去，再将竹筒两头，用细铁丝拧紧，接上电线。灯泡就晨星般亮了。

农村土坯房，泥砖与泥砖间不严实，透光；两扇木头大门，对开对关，也不密封，与墙体，更有老大缝隙。一入夜，一盏大如黄豆的煤油灯，灯捻子含蓄地吐出红舌，有气无力地摆动摇晃着，时时有缩回去的感觉。赶上父母不在家，哥姐去别人家玩耍，我和两个小妹蹲在屋里，大气不敢出；恐惧地瞅着大门，再扭头看看后门，总觉不安全，想起吊死鬼淹死鬼尤其喝农药死去的女鬼，浑身起一层鸡皮疙瘩。再碰上起风夜，门板吱呀乱晃，头皮一阵阵发麻，遂找出木棍锄头扫把之类，把门闩死死顶上。

家穷，几人挤一张床。可上床睡觉，绝不敢睡外沿，也一律侧转身，脸朝里，朝墙，瞅不得一眼窗户，因为根本没有窗帘。夏天还好些，冬季，则把头缩进坚硬的被褥，只留窄窄的缝隙或微小的孔，大气不敢出地残喘。

到如今，每回家乡，天一黑，基本还是不大出门的。乡下，茅厕设在外面，且离屋有段距离，一般都在屋后几十米处，还西北角。卫生起见。老家屋后，是黑漆漆一大片杉树樟树林；再往后百米，是黑咕隆咚方圆几十里的南漪湖。起风天，树风吼吼，乱影幢幢，浪涛涌涌，如泣如诉。内急，这时母亲会插上电源，茅坑的灯亮了，再递给我一把手电筒。我还是不敢挪步，每每拽上她老人家，陪我走过几十米黑似锅底的夜路，还是亦步亦趋瑟瑟跟在母亲后面。进了茅房还不敢叫母亲离开，哀求她在外候着。偏有便秘的毛病，每次都害得她老人家在外边呆站许久。说也奇怪，站在黑夜里的母亲，也没出声，为了省电，把手电筒也掐灭了；我独自蹲在茅房，心里却很安适，无一丝一毫的恐惧和哆嗦。等磨叽多时出来，双膝都酸软了，见母亲抱着手默默立在黑暗里。

我不止一次听她念叨："等我没了，看你怎么上厕所。"我心里一抖，想，真要到了那一天，就不回老家了。

还是城里好，一入夜，四处灯火通明，再黑的夜也亮如白昼，绝无鬼的匿身之处。最重要的，出恭也无须出屋的。

枪　　毙

清晨做了个噩梦，说要枪毙我。至于具体是谁、因为啥、在哪儿枪毙的我，就不详细透露了。

双手都被反铐上了，迎面的子弹——不是背后——已推进枪膛，我还大义凛然视死如归地和他们理论，站立高台慷慨演说意气风发挥斥方遒的那种，一点胆怯害怕淌汗流泪痛哭喊叫下跪求饶屈膝投降撕心裂肺都没有。

好像要等谁下达执行枪决命令似的，刽子手迟迟没扣扳机，但为时也不多了。紧急关头，我忽然想起该给老婆打个电话，好歹告诉她银行存折和储蓄卡密码之类。于是吵吵，叫对方把电话拿过来，我要打最后一个电话。对方也仁慈。电话接通，我向媳妇平静地说他们要枪毙我。还没等说主要内容最后遗嘱，你猜怎的？只听老婆恶狠狠地回应："毙得好！就该杀！"我就有些激动，颇受刺激，接受不了，声音就有些拔高："真的，媳妇，真要枪毙我。那个啥卡的密码……"没等我说完，她笑了："怎的？还有私房钱呗?!"

　　没被子弹打死,却活活要被气死。肢体就有些摇晃,胳膊就开始扭动,一挣扎,反剪着的双手挣脱开,就撒腿开跑,刚迈步,踢翻了被子。

　　从床上坐起,窗外刚麻麻亮,披衣从书房出来,穿过客厅,转弯推开爱人卧室。闻动静,她朦胧间抬起蓬乱的头,看向我。我幽幽地问:"咋这么不够意思呢,临死都不救我?"

乡 村 异 事

一

我们老刘家，十九世纪中下叶，是从湖北下江南的，逃荒。

也是因太平天国在皖东南靠江苏南京一带其势浩大，与清廷湘军反复搏杀，当地人早被杀了个溜干净，真正的千里无人烟，这才给老祖宗腾出块地儿来。近二百年了，口音还是沔阳腔，把祖父叫爹，父亲叫伯，管叔叫大小爷。

三爹家的七爷，比我还小一岁。在他那辈，几房男丁里，排老七，故呼。按说学习成绩尚可，念书比我晚一届。赶上三爹家孩子多，一女五男，七爷在哥兄弟里，居中。家里，那叫一个穷，叮当都不着响，每每青黄不接，三婆东借几碗米，西挪半斤盐，连柴火都不够烧，凑合着苦等救济粮下来。这么硬挺到八十年代初，赶上第一波打工潮，十四五岁的七爷，就不去学堂了，跟在大人屁股后面，颠颠出去混生活。人精明，懂事早，也惹麻烦。这不，早早和湖下头另个大队村子里的姑娘谈上了，一来二往，生米熟饭，就有了。

那年月，农户家，虽穷，可人的脸面金贵，轻易丢不得。男方提亲，女方要点彩礼，是常情，也不多。可这实在愁坏了三爹，他家除了一溜三间半土坯房，虽带瓦，也四处漏风，除了农具，就几张东倒西歪的木竹床，一年四季挂着几顶大窟窿小眼的破旧蚊帐，夏天挡蚊子，冬天多少遮些寒。别无长物。

这日，初夏溽热天，三爹聚拢来村子里亲老哥几个，加上全家老小，坐在堂屋，商议七爷的婚事，主要是筹钱。东借西凑，仍不够。三爹就有些烦躁，仅有的几根劣质烟也抽没了，就起身去里屋。大伙以为他去寻烟了，没在意，却许久不见他出来。三婆就在外间喊，喊了几遍，也不见回音，差点骂"老东西"。待起身推开虚掩的房门，一看，三爹已直直地挂在里屋靠墙边的屋梁上，舌头吐出老长。三婆一声狞叫，晕死过去。一村人全炸了。

当天女方家就得了消息，也蒙了。本来好好的喜事，猝然间变成了白事。都乡里乡亲的，彩礼钱一分也不要了，简单给女儿添了身新衣，和七爷，在三爹的棺材头前，拜堂成了亲。两家人都明白，是三爹的一条命换来了这门亲。一出一进，新媳妇要进门，哀上喜，也没人议论，都祝贺。最重要的，是新媳妇肚子里怀着一口人呢，等着添丁。

可丧事喜事刚办完不多久，新媳妇先开始发魔怔，看人目不转睛的，再后来，本来好好的一个人，有说有笑的，突然间就大叫一声，口吐白沫，仰面一倒，不省人事。反复多次，有些吓人。有明白事的，叫三婆大老远从南边山脚底下，请来一"马角"，往来阴阳两界的那种，是个半拉老女人。信不信，由你。一大早，这女人来到七爷家，屋前屋后转了圈，东瞅瞅西看看，然后在堂屋中间打坐，眯缝起双眼，双手掐指状，干瘪的嘴嗫嚅着，口里念念有词。不一会儿，见她睁开眼，在屋顶屋墙四处瞄，最终目光停落在东山墙靠近房顶处，那儿有个不大的窟窿眼，透着天光。"马角"立起身，淡淡地对站在一旁的七爷说："把那个窟窿眼，用稀泥巴糊上吧。"

真就没事了。一家人平平安安的。前年，我春节回乡。正站在自己家院场前发呆，见从村东头大路上嗖嗖过来辆摩托车，车近身边，突然刹住，风一样下来一年轻小伙，个头比我还高，黑黑瘦瘦的，笑呵呵直爽爽大大方方叫我声"小哥"。我一愣，不认识，呆呆立着没言语。母亲闻声出来，向我说："这七爷的大儿子，你不认得啊？"

今年我又回乡，也是在家门口，见七爷抱着个小孩，远远地和我打招呼。我走近前，问这孩子谁家的，七爷咧开嘴，憨憨地笑道："我孙子，我孙子。"没等我开口恭贺，七爷接着说："还有一个，双胞胎，俩男孩。"我抬眼，不远处，见七婶正抱着另一个孙子，转过墙角，走过来，高门大嗓，满声喜气地喊："回来啦！"没成想，大人间的这一阵寒暄闹腾，惊得这两小崽子齐声大哭，像有感应，商量好了似的。一点面子也不给我。

二

村东一里许，是另一个村子，叫牛路巷。按老家口音，把"巷"念着"hàng"。

不过十来户人家，掩映散落在葱郁碧翠的毛竹林里。竹林连着平展如茵的湖滩，一年中的三季，湖滩上有茂密青嫩的湖草，是周边几个村子放牛的好地方。一条曲溜拐弯的土路，细若牛肠，一下雨，满是深重的牛蹄印和硕大的牛粪堆，一片泥泞，散发着牛粪里青草腐烂后的气息，在竹林树丛里隐现，复迷失。这正是村名的由来。

在南方农村，牛是金贵的。本分厚道殷实的人家，才养牛，才养得起牛。牛，是家庭的成员，有时比成员还重要。

老张家，养了两头牛，一老一小，都是母牛，还母子关系。

老张家的主人，不姓张，原姓李，早年从圩区入赘来的，按习俗，改了姓。

这年春季某天，从几十里外山边的村子来了个牛贩子，相中了老张家的老母牛。

也巧，赶上家里有事，临时缺钱，再加小母牛业已长大，肩臀渐圆，也拉得动犁，也快开怀了。老张就动了卖牛的心思。几番下来，一番讨价还价，最终以五千块钱成交。

这天一大早，牛贩子牵着老母牛走了。一上午，老张坐立不安，望着空了大半边的牛栏，心神不定。几次下意识像往常那样想去放牛，待走近牛栏，见只剩下一头母牛犊子，总微抬起头，望着他，心里就翻江倒海，难忍。人和牛，有年头了，不像养的鸡鸭鹅，和猪羊，随便卖，随意杀，人牛间早就有了扯不清道不明的情感。

动了情的老张，看了看即将正中的日头，换了双结实的布鞋，从衣柜的里层，摸出卖牛的那沓钱，朝南边山里的方向，一路小跑，追过去。

牛牵回来了。小牛犊见到妈，一阵跳，一阵舔，母子俩复一顿拱，哞哞直叫。相安无事，磨角相庆。

这日，老张如平时一样，牵着老牛，小牛跟在后面，来到家附近的塘埂上，吃草。一开始好一幅牧牛图，后不知怎么，母牛突然就有些烦躁，不听主人的牵拽。老张也生气，随手用竹条抽打了几下。母牛就红了眼，猝不及防，冲向老张，猛抬头，扬起牛角，狠劲一挑，硬是将身材本就瘦小的老张掀起一米多高，远远地抛落进水塘里。

按说老张是会水的，塘也不深，可他连扑腾几下的动静都没有。待村里人发现，把他捞起，人早没了气息，也没见多大外伤。

镇公安部门闻讯急急赶来，看着谁也不敢靠近的两头牛，有些发傻。联想到传言汹汹的疯牛病，最后，从稳定大局出发，决议，杀了。

　　警察又急急返回镇里，取来枪，半天也没人主动上前开枪，南方偏僻小镇，真没几个打过枪。最后换上胆子大的，压上子弹，小心翼翼接近牛，先老后小，连开数枪。双牛倒毙。再找来一台挖掘机，刨一大坑，再撒满石灰，将母子老小两牛，深深埋了。

　　镇里考虑到老张家人牛两空，经慎重研究，补偿了他家五千块钱。

错杀的母鸡

母亲从菜园干活回来，还没进院门，见自家一只老母鸡从东墙根拐过来，咕咕咕地低唤着，身后跟着群小鸡崽，叽叽喳喳的，一边胡乱奔跑，一边四处啄食。

母亲就有些奇怪，一开始以为是别人家的，再仔细一瞅，那只麻黄色的母鸡，分明是自家的。可它最近也没抱窝啊？母亲站在院门口没动，眯起老花了的眼睛，仔细反复地数，共十二只小鸡崽。再细合计，明白过来了。

近一两个月来，这母鸡一直没在窝里下蛋了。在农村，一只不下蛋的母鸡的下场，是再明显不过的了。她老人家还寻思，生为阳家鸡，今日去，明儿来，哪天给杀了，炖汤吃肉，免得浪费粮食。敢情它是把蛋下在外边树丛草棵里，然后孵出来一窝鸡崽。

想到这儿，母亲就有些感动，觉得错怪了这只鸡。进屋，从稻仓里舀一瓢稻子，撒在院中央。老母鸡和小鸡崽齐发欢，全聚拢过来，这顿吃，场面极其忙乱温馨。过了好一段日子，仍不见这母鸡在窝里下蛋。这天吃完早饭，母亲留了个心眼，远远尾随着母鸡。见它蹓跶到屋后，扭脖子四处打量了数番，一头钻进杉树林子。母亲蹑手蹑脚跟着进去，绕来绕去，在一极隐蔽的杂草丛里，见那母鸡隐身蹲卧着，闷头专心下蛋。不久，又一窝十几只鸡崽在屋前后撒丫子乱跑。

母亲欢喜之余，就有些发愁，鸡笼本就不大，已有大小二十多只了，装不下，闹腾。再说，哪来那么多稻子喂养呢。第二天，母亲用一只箩筐，把新孵出的鸡崽，装了，送给了五六里外的大姐。一年左右，这只母鸡简直成了英雄母亲，连抱数窝，成活率极高。母亲都捉了小鸡崽，分送给亲戚邻居，有讲究的，折回十几个蛋给母亲。无不欢喜。

去年春节，我回乡过年。这日一大早，天刚放亮，我还高卧未起，但闻院子里鸡飞鸡跳鸡鸣鸡叫。母亲在捉鸡杀鸡。我温着喝鸡汤的美梦，又睡了个回笼觉。临中午了，大姐回娘家，见一只鸡窝脖子躺在厨房门口边，还没收拾。她凑近前看了看，大惊失色，忙高声问母亲："姆妈，你咋把这鸡给杀了呢？"老太太应声从灶间出来："咋啦？"岁数大了，大清早麻麻亮，眼睛本就昏花，她把那只母鸡当成另一只不下蛋的鸡，给错杀了。

剩下的这一天，母亲一直闷声没怎么开腔，表情沉郁，怅然若失，一脸不欢。冷不丁来一句："老糊涂了，老糊涂了……"随后发出一声长长的叹息。

前些天，幺妹在微信家庭群里煞有介事地发了张照片，是一片茂密的树林灌木丛，看不出其他啥。我就回了一个问号。她叫我仔细看，且在照片某处用红线，圈了个圈，提示。我仍丈二和尚摸不着头脑。她干脆道出秘密，说家里又有只母鸡偷摸在外边下蛋，极隐蔽，不仔细瞅，根本看不出；并交代，这只母鸡，是那只误杀的老母鸡孵出的后代。

一碗番茄汤

那年，在公社上初三，母亲一早塞给我一毛钱，作为中午饭资。因为前天晚上没做新鲜米饭，全家吃的是剩饭加地瓜，故没有锅巴可带。

中午放学，我独自往镇子里走，饥肠辘辘。记得是秋季，有零星的细雨。所谓镇子，也就直不笼统一条窄街，破乱不堪，一下雨，满街泥泞，污水四溢。街中间，一座石头古桥，长条石铺面，有雕栏画柱，弯拱如月牙，名飞鲤桥，将街分为两截。镇子也因此桥而得名。桥南左侧，临河，是新华书店，可卸拼的木板门，曲尺的玻璃柜，店面挺敞阔。一位富态的中年妇女站柜，短发齐耳，漆黑油亮，在微胖的脸两旁，像两撇括弧，拢着，显得干净利落，却很少见她笑脸。我一直不解，她拥有这世上最令人艳羡的工作，为何却总苦瓜着脸呢?!

我怀揣一毛钱，在沿街几家饭店门口踌躇良久，来回踱步，望着呼呼直冒热气的肉包子，口水咽下数回，胃里翻江倒海，心头煎熬挣扎。最后还是一咬牙一昂头，径直去了书店。书不多，相中的，买不起，其他，多不合胃口。小人书倒是一溜，但不能买啊，属课外读物，不正经。

折回包子铺，复一番艰难卓绝的思想斗争。一转脸，发现街边一老妇，手捧着几个通红水果，鹅蛋大小，圆不溜秋的，煞是可爱，在卖。好奇走过去，问是啥，说是番茄。从没见过，更不知它还叫西红柿。那时，母亲把患病的外祖母接来我家，也上不起医院，六十刚过的人，目光无神，满脸焦黄，骨瘦如柴，卧床不起，据说是肝炎，吃啥吐啥。全靠大队赤脚医生隔三岔五打一针，服点也不知管不管用的药，维持着，总不见好转。

我问这果咋吃，卖果的老妇答，切成瓣或块，可做鸡蛋汤。结果，一毛钱，买了仨。

傍晚放学，我瘪着肚子，前胸贴后背地回到家，从书包里掏出三个番茄交给母亲，母亲稀罕得不行，从碗柜抽屉深处摸出一枚鸡蛋，给外婆做了碗蛋汤。她老人家一口气全吃了，边吃边喘边说，味道好味道好。吃完，没吐。

后来知晓，肝炎，是种最需要营养的病，很磨人，需富补。可那时穷，一大家七口人，连烧灶的柴火都缺，饭都吃不饱。就这么又拖了一年多，外婆去世了。当时，我正在离家四十里外的别乡读高中，住校，也无人递我信，没回去。

多年后偶听母亲念叨，临死前的外婆，瘦的只剩五六十斤，虚弱着声腔，反复念叨我的小名，一再提起那碗番茄汤。

从曼谷到芭提雅

一大早，旅游大巴在曼谷至芭提雅的高速公路上疾驶。母亲一直望着窗外，嘴里不时发出"啧啧啧"的声响。

我不知她在感叹什么。

外边的景致其实很平庸，除了蓬大的棕榈与高高的椰子树，就是疯长的荒草，以及连片的水塘，偶见一种长有手掌般肥厚宽大叶片的植物，开着洁白或粉红的巨大花朵，倒是夺目。那些水塘，据当地导游讲，不是养鱼的，是卖土后留下的大坑，积水而成。泰国的土地，百分之九十属私有，在低洼的湄南河平原，再平常不过的土，却成了金贵之物。

母亲突然扭过头，唤着我的小名问："我们是坐这车从沈阳一直开过来的吧？"年迈的她，肯定是被反复倒腾的旅程暂时弄懵圈了，一时忘了前天晚上坐飞机长途旅行的事。我多少有些惶恐与不安。母亲虽说身体还算硬朗，但明显老了，总丢三落四。这使我想起前天后半夜，经近六个多小时的飞行抵达曼谷，站在闷热的机场出口，等酒店的接机车。车好不容易来了，可开了好半天，也不见停。阑珊闷热的夜，灯光恍惚，路不见人，车也少。坐在后排的母亲用手指捅我的后腰，压低声腔，紧张地问："这是往哪里去啊？我们遇上坏人了吧？"我扭头苦笑着安慰："机场一般离市区都挺远，快到了。"

到芭提雅的第二天，出海，也是一大早。我事先没告诉母亲今日的行程，怕她又胡乱担心。等走到码头栈桥，要上游轮，母亲突然止住了脚步，扯着我的后衣襟，神色慌张起来，复一番喊我的小名，执拗着不上船。按说她在老家皖南是见惯坐惯了船的。我说话的口气明显有些不耐烦："你不上去，谁留下来陪你？岸边也没别的去处。"母亲也急了，和我嚷嚷起来："我们都不去了好不好？临走前你爸告诉我了，说前一阵子，在哪个国家，一堆中国人坐船旅游，结果船沉了，淹死好几个，电视上播的。我们不坐船好不好？"我无语地抬头望着蓝天白云，再朝大海深处碧绿连天的波澜看去，有微微带咸的风拂面，心里一阵踌躇和悸动，捏着母亲枯枝树皮般粗糙的手，却觉得有种说不出的软和。

还是爱人过来好一顿劝，细心地说，再连蒙带骗，才有了这次难得的海岛之行。

要结束行程了。回程的航班又是半夜。机场人欢马叫，乌乌泱泱，满是高门大嗓说汉语的国人。在大厅一角，我找了个宽绰僻静的地方，把一个随身的包搁在地上，叫母亲坐上。我们去排长长的队。半个小时，一个钟头，我折回来看母亲，见她手里平白无故多了几只空纸口袋，花花绿绿的。问她怎么回事，她满脸喜色地跟我讲起来，我听完，只能苦笑。她是把旅客丢弃的纸袋，不是当成废品，而是当着日常用品，捡起来，打算带回家用，且反复强调："多好看的袋子啊，扔了多可惜啊！"

母亲的确老了。在她眼里，所有人都是可怜人。看着那些脑满肠肥大腹便便穿着随意趿拉着拖鞋的外国佬，她每每都由衷发出"真可怜啊"的叹息与伤感；对那些形单影只深更半夜拖着旅行箱无头苍蝇般四处游逛的年轻人，更是满怀怜惜，多次煞有介事地问我，他们在外边瞎跑啥啊，不在家和父母待一起好好生活。然后把重点落在我身上，"再不要到处乱跑了，安心在家待着，好好工作，对媳妇脾气好点"。我是很读了些老年长者们写的有关晚年境况与所思所想所感等精彩文章和皇皇大作的，只不过这些作者，不是文坛名宿就是政界贤达；有那么几位，也曾晤对过，每与之攀言，他们和蔼可亲循循善诱人情练达融通圆润语藏机锋老于世故神龙见首不见尾到令人恐惧惊骇的境地；其书内容，多涉过往历史风云际会和现实纵横捭阖场景，也痛定思痛痛心疾首痛快淋漓，仿佛窥尽洞明了人间奥秘人生智慧人世沧桑，可给我的感觉，老油条老乡愿老世故老滑头老妖精的成分居多。大字不识几个的母亲，既不关心扑朔迷离的历史，更不懂得明枪暗箭的政治，她只会关注眼不前儿瞅得见的现实，身边人的现实，哪怕这些人是她不认识不熟悉的，她都于心底发愿，希望他们都能平安地活着，待人和气，不折腾，别出事。

如此看来，母亲虽然明显老了，总忘事，爱唠叨，捡垃圾，认那份叫人哭笑不得的死理儿，可终究还没到糊涂的程度和地步，这是我莫大的福气吧。

到对岸，需趁早

小时候，总想到湖对岸去。这对当时的我来说，似乎是最大最渴望的诉求了。然而一直没能成行。

无数回，我站在屋后的高冈，朝三四十里宽的湖对岸瞭望，赶上天气晴朗，能见度好，可依稀看见北岸高高的山峰上粗壮的树木，山脚下紧靠湖岸的村庄，白白的粉墙和黛瓦，以及袅袅炊烟。再仔细看或听，能隐约依稀分辨出狗吠鸡飞猪跑的状貌和声响。那里，有老亲戚，也有老刘家的女儿嫁过去的新亲戚。每逢年节，多有走动。尤其春节，拖家带口地串门，总是一艘小船划过来，再两艘小船划过去，装满那个年代少不了的槽子糕红糖包廉价烟酒之类的礼物。可总不带我。这，强有力地表明了我在家以及村里的地位和价值：上不了台面，排不上座次，不配吃酒宴，无关紧要一个人。

这愈发勾起我强烈愿望与神秘冲动。直到前年春节回乡，和村里的老辈聊起家族的来源，说因家族纠纷，一位老妈子用一担箩筐，星夜出奔，将一对三四岁小兄弟，一路从湖北汉川，挑到皖南南漪湖，在湖北岸落脚，暂息在一座东倒西歪的破庙里。日子久了，与庙里起了纠纷，和尚就撵这没血缘关系的娘仨走。没料到的是，这老妈子会点五把抄，毫无惧色，操起一根扁担，一顿舞一顿揍，居然把几个和尚打跑了。这老妈子，就算是我们这支刘姓的老祖宗了。还说，她的坟，就埋在对岸的湖边。

第二天，天气晴好。我拽上大哥，开了车，朝西，往湖对岸绕，去寻祖。约莫走了个把小时，一直把车开到无路可走的地步；再步行，反复打听，终于来到要找的大致地点。原先的坟茔地，因无人认领，早被清理平整了。一片片高耸密实的杉树林，在冬日湖风的吹弄下，发出呼呼吼吼的声响，数里无人，宛若遗世荒境，发人悲苦之忧。

我紧贴喃喃的湖水站着，隔着一湖风起浪涌的大水朝南望，是一片莽莽苍翠的绵延树群和隐隐竹林。虽是冬季，也碧绿悦目；挨近湖面的赭红色山崖，本有十多丈高的，也只成了一条若隐若现的线。对岸就是我现在的老家。隔着十数里，我默默看着，有点不太敢确认，觉得陌生，甚至好奇，乃至怪异，比当初年少时站在屋后高处眺望湖的北面，更神秘更陌生。

然而，或许正因这陌生的神秘勾引、诱惑与唆使，才有以后行过的千山万水、走遍的大江南北吧？结识的人，说过的话，做过的事，哭过的笑，笑后的哭，无论美好或痛楚，皆成了现世的记忆和回忆。也过不了多久，这些，会被遗漏被搁置被清零，像吹过的无厘头的风，贴耳而去，亲颊而逝，不分南北西东，终将归于沉寂，绝世消弭，不复存在。

想到对岸去，需趁早。

搬　　家

母亲终究还是决定搬离老祖基屋，去镇子里住了。

当然也带着父亲，虽说他俩的关系几十年里一直不好，争争吵吵，磕磕绊绊，但没分开。按母亲一直来的老话讲，都是为了子女，不让人笑话。可为这，没人领她情，反而备受孩子、亲戚和乡亲们的诟病。

但提出这个想法的，是父亲。大年初三，我被单位因疫情而召回值班的傍晚，有早睡习惯的父亲，耷拉着脑袋坐在床沿，当着看电视节目的幺妹的面，仿佛自言自语："腿脚不利索了，走几步路，就脚板拖地，天气一冷，气管爱出毛病，感冒咳嗽老犯，离村医所又远，叫不到车，来往不方便，总连累你妈。"父亲有两大毛病，一哮喘，二眼睛倒毛。后者，打青壮年起，就伴随着他；前者，是步入老年后的毛病。论起来，都遗传。

幺妹听后，没吱声，摸身到灶屋，和正在洗洗涮涮的母亲一五一十复述了。没想到母亲听后，从灶台上直起腰，满腹委屈："我也不中用了。腿脚还算行，比你爸强。他们从外边一回来，总挑三拣四，不是说饭菜做的没过去好吃，就是嫌我脏；更嫌鸡笼味道大，不清理，虱子满地爬，弄得床上都是，回家住两天，咬一身大包，痒，抠得淌脓水。"话里说的"他们"，是指常年在外奔生活、上学的儿子媳妇和孙辈们。她接着说："你爸真不行了。上个月，去镇里剃头，回来也不搭车，自己走，到高架子岔路口，他往右，反方向朝县里去了。多亏遇到开班车的熟人，停车问他上哪儿去，说你走反了，才把人带回来。这不，前几天，要去镇里领养老金，怕走丢了，叫我一起去的。怎么搞啥？"

母亲后来同意到镇里住，说到底，还是考虑父亲的因素多。她成了一根父亲始终嫌弃、到老却无法扔掉的拐棍了。这些，幺妹一开始没对我讲，怕火躁脾气的我听后着急。她把情况先说给我爱人听，问怎么办。

回东北，忙单位的事，没顾得上给母亲电话，等疫情越来越严重了，才想起问询。手机打过去，例行聊几句，不痛不痒的，问家里都谁在，疫情严重，莫四处乱跑。母亲说不就那几个人嘛，幺妹回婆家了。我撂下电话，回手给幺妹打过去，话音刚接，就劈头盖脸骂过去，数落她不该回去，不小心把病传染上，带回家里如何了得。她支支吾吾，说没瞎跑，公公婆婆拌嘴，回去看看劝劝；叫我不要担心，农村安全。随即挂断了电话。她既瞒着父母，也在瞒我。

其实那几天，她挟持着老实巴交的丈夫，开着那辆破中巴车，先后跑去大姐和二妹家，征求她们的意见。大姐在镇里住，姐夫常年在南京一带做木工，二妹全家在镇江一处菜市场卖鱼丸。姐妹仨反复商议，最终达成一致意见，在镇里靠近医院的地方，买间房，让二老住。镇子也不大，只一条直街，八爪鱼般，朝两旁伸些须子。有大姐在身边，好照应。

这个计划，在农村，在我眼里，无疑是惊心动魄又惊天动地的。我是在幺妹把房子都来回比较掂量选择好了且交了一万元的押金后，才听爱人轻描淡写说起的。仿佛我是个外人，这事与我，彻底无关一样。我第一反应，如雷轰顶，张大了嘴，半天说不出一句话。

母亲是十多岁时，以童养媳身份来到刘家的。那时刚解放不久。如今快八十多年了，很少长时间离开过这个叫刘家湾的村子。大字不识几个的母亲，是长房长媳，吃饭上不了桌，干活却排在前。父母刚结婚，就被分家过，一间四处透风的茅草土坯屋，床由两块木板搭拼成，一只煮饭的小铁锅，竟然没有锅盖，只好用草帽替代。那时，父亲在大队做会计，东跑西颠的，俨然把自己当公家人，不顾家，还养成了酗酒的恶习，以及由酒而来的各种堂而皇之习性。在生产队，母亲是一直被当成男劳力使唤的，她不惜力，也不服输，样样农活走在先，还拉扯前后我们五个孩子。

因长期超强度体力劳动，母亲小腿部的血管高度硬化扭结，肿胀疼痛。夏天从田里地里干活回来，一屁股跌坐在石头门槛上，用粗壮的纳鞋底大号钢针，扎破血管，放血。深紫色的血，小孩撒尿般，滋出老远，淌满一地，引来一群蚂蚁。放着放着，觉腿肚子痒，拧过来一看，一只肥大蚂蟥正叮在腿肚，快钻进大半条身子了。母亲一扬手，径直拍去，啪的一声脆响，掌起蚂蟥落，复一股血汩汩涌出。

母亲是家里的"外交部长"。回娘家，走亲戚，亲戚里婚丧嫁娶随礼，哪家添丁进口办月子酒，谁家老人做寿孩子办周岁，保媒拉纤当月老做红娘，如今农村讲究多，恨不得老母猪下窝崽也得办个庆功筵。诸如此类，母亲都念在嘴边，挂在心间，从不缺漏，怕因此丢了脸面，遭人说道。父亲在大队做事，一度把着大队公章，大小好歹算个官，公社下来干部，三五成群的，大队穷，也没个食堂，照例迎进家，来人一桌饭，吃后满锅碗，都由母亲变着法子应付。

母亲很少离家的原因，多与鸡鸭鹅猪有关。这些禽类，简直是她的半条命。母亲出门，在别人家，顶多吃个午饭，天擦黑前必定回到家里。无论怎么拽拉挽留，如何解释宽慰，她谁的情都不认不领，总心直口快地说："不习惯。睡不着。鸡子鸭子没人喂，没进笼，晚上被黄皮子拖走，你赔啊？"噎得人半天无语。最令人哭笑不得的是，前些年，好不容易几千里跑来东北我家，没住几天，要么半夜陡然坐起，要么天没亮就收拾起床，在屋里四处转悠，嘴里河南口音念念有词："回去（ki）吧，回去（ki）吧。"听着，愁闷不安。

还有菜园里的四季时蔬，都是她辛苦一棵棵一垄垄栽的，那几乎就是她的杰作，更令她念兹在兹，放心不下。赶上旱天，水塘在坡下，她拎着只笨重的木桶，上下折返，一天浇好几遍。为防村里散养的猪羊鸡鸭鹅糟蹋，她用破鱼网和废塑料，将菜园围成严严实实一个大圈，谁家牲口跑进去了，她会毫不客气地找人算账。其实，几棵菜，也不值几个钱，可她一句话就直捣要害："不是菜多少的事，是要赔我的辛苦钱。"每回，除了惹一肚子气，哪里会得一文钱。

我是打心眼不情愿父母搬去镇上住的。近年来，我不知怎的萌生了要在老家盖几间房的念头，也偶尔向父母提起过，父亲无语，可每次都引起母亲的激烈反应："癫狂婆子，城里啥都好，你不好好地做事搞工作，跑回来做么事？"甚至威胁："你回来，我就走，去行个死。"临了还不依不饶，恶狠狠咒骂一句："妈的妈的！"大凡此时，我不敢正眼看母亲的脸，那是张我再熟悉不过的怒其不争的扭曲着满面皱纹的脸。可我不死心，仍想盖。

我是上世纪七十年代末在镇里——那时叫公社——读的初二初三，那时的我，瘦小枯干，一头稀疏的黄发，病恹恹的，哭丧着脸，像个人见人嫌的灾星。同学都十里八村的，每天早晚风雨无阻步行十五六里上学，午饭是锅巴，连口凉水也喝不上。镇里的同学也不少，可他们不爱搭理我这个穿着补丁摞补丁破衣烂裤、脚上套着不同颜色旧袜子、有时穿着大姐剩下给我的女式布鞋的乡下人，没少遭城里人的白眼和嫌弃。这多少养成了我的孤愤，也包括强烈甚至变态的自尊与好胜。我始终不爱同镇里的同学讲话往来，更别提打交道了。直到现在，此种隔膜与不爽，仍无法改变和释怀。

父母怎么能离开住了百多年的老屋基场子，跑去与农村人毫不相干、平素少有瓜葛往来且形同陌路、志趣不合的镇上住呢？听幺妹说，母亲这回是决绝的。家里的十多只鸡，都抓给亲戚家代养了，此前买好的鸡吃的稻谷也送走了；将来母鸡下的蛋，会专门搁着，等我们回去时吃。幺妹二妹大姐真辛苦，不到一周，镇里的房买下了，楼下楼上的墙，也新刮了层灰，等疫情缓解天气暖和的时候，再贴墙布。家具也添置齐全，父亲的床，铺在客厅与厨房的交接处，免去他爬楼的不便和辛苦，蹲便也将会换成坐便。一切都城镇化了。定制了新大门，厂家也来量好了尺寸，这愈发显得像个新家。幺妹还说，等新门安装好后，再在门前搭个雨棚，拉几根钢筋横条，晾晒衣物。这是为母亲着想。只是空调和地板因疫情暂时没货。她们叫我别管了，都会一件件到位的。这一切，都不关我的事。

昨晚，满心戚戚的我，还是没能忍住，给母亲打了个电话，照例先聊了些闲话，包括眼下病毒流行有没有口罩戴等等。我确实想回避搬家的话题，但最后还是问她搬到镇里住后感觉怎样。"慢慢适应呗，会习惯的吧。"从她的语气，多少听出一层淡淡的失意与无奈。我说："实在不习惯，再回老屋基场子住吧。"她不置可否地说嗯嗯嗯。

让一对年高八十、在农村牛马般辛苦生活了一辈子的乡下老人，拼着老命，去适应陌生的环境和城镇的生活，对普天下做儿女的来说，是喜是忧，是功是过，孝顺如否，只有老天知道。我能做的，仅是出些钱了。

偷　　窃

一

老家有种叫"六月白"的桃，成熟早，个儿大，但树高，叶子也密。某日小叔和我摸进隔壁村人家后院，他胖墩，我猴瘦。分工明确。我上树摘，往下扔，他树下捡。先是被这家的狗发觉，汪汪扑咬，人随之而出。小叔抛下我，撒腿就跑。抓贼的只顾撵他，忘了树上还有人。我爬伏在高大浓密的树冠上，大气不敢喘，听追撵声渐远，瞅四下没人了，急速而下逃之夭夭。后来咱俩在村头会合，小叔跟我说，他这是从电影《小兵张嘎》里学的，先把鬼子引开。

二

夏天，偷过别人家塘里的鱼。

把蚊香细心碾成粉，下锅和大米炒，炒到半熟，装进瓮里，倒入高度烈酒，用塑料布捂紧盖严，待酒劲慢慢渗进米里去。得是有月色的半夜，否则不敢打手电筒。偷摸将调制的米，撒入鱼塘。然后缩头缩脑抱膀子靠蹲一旁，就等。鱼吃了炒熟的酒米，外加蚊香的迷糊作用，鱼们一律晕晕乎乎浮上水面，慢悠悠地游来游去，像个失去意识的酒鬼。遂下网兜挨个捞。

那个祸害啊！鱼不会这一会儿都全吃，间歇地吃，间断地晕，逐渐地死，而我们不可能候它们一宿。到冬季起塘，塘底现一层死鱼骨头。

而这些鱼，都是"沉脚鱼"，这是老家的叫法，即活在水的最下层的鱼，比如鲤鱼鲫鱼黑鱼等。

三

村里的专职剃头匠老韩和"韩老妈子"，曾写过一文。他俩虽分别是上海芜湖流落到乡下的城里人，半路结为夫妻，可像农户一样，勤劳勤快，擅于持家。屋后经营了老大一片园子，且垒起高高的院墙，再四周插上密实的竹条，以防鸡鸭鹅猪的侵入。一年四季瓜蔬果不断。

某年，种了厢西瓜。我和小叔摸进去，这儿看看那儿摸摸，还没熟，吃不成，极懊恼，可又不死心，坏水就冒出来了。掏出随身小刀，在西瓜身上极细心地打出一小空，撅屁股拉一坨屎，用空蚌壳，将便便挑进去，再把西瓜皮严丝合缝盖上，封好，涂上用尿和成的稀泥。不细分辨，看不出任何破绽。

随后，随后，随后，过了约莫大半月，见"韩老妈子"坐在大门槛，拎着把雪亮菜刀，在面前的斩刀板子上，操着口上海腔，边剁边骂边哭边流泪。我们远远地站望着，屏气息声，满腹不安，内心懊悔，觉得太过分了，对不住平日里她与我们的好。但又不敢上前承认。后来，后来，后来，时间是最好的老师，彻底忘了这事，该咋干还咋干。

寿　材

十多年前，七十岁不到，父亲就"言者有心，听者无耳"地反复念叨，要给自己办寿材，同时还不停唠叨给母亲也办一口。他俩同庚。

在南方乡下农村，把棺材叫作"寿材"。上了点岁数的人，给自己张罗寿材，那是在为自己寻后路，有备无患。那些无儿无女的，就多少显出些悲壮来。买来木料，请来木匠师傅，还得管人吃喝和工钱；做好了，用猪血的深漆油一遍，放几挂鞭炮，往屋里犄角旮旯随便一搁。做寿材的过程，无论主人还是师傅，都是轻松愉快满面笑容的，绝无丝毫的悲戚与沮丧。村人也习以为常了，关系近便的，还会围着正做或已做好的寿材，评头论足，说恭维的话；也有建议，说这棺头若再厚实点再往上昂翘些，就更中意美满了。

别以为这些随便说说的话是有嘴无心唠着玩的，那话里包含着极深厚极虔诚的含义。棺首厚实并高昂，意蕴着后代后枝的福气福分与发展发达。事主们听着，心里就很受用，觉得这辈子自己没过好，子孙后代将来有望出人头地，是种莫大的慰藉，是积了德的福报。

堂而皇之当着全村人的面做寿材，是对家境的直接检阅，更是对子孙后代孝性的公开考验。家境殷实的，会花钱买来上好成材的木料，自家有树的，不管多金贵多不舍，也会毫不犹豫地锯倒。先把木料沉进门口平日淘米洗衣的塘底，浸泡一年半载，再捞起，剥皮，晾干，裁板。这样处理后的木材，更结实，不变形，不生虫子，耐用抗腐。一般人家，选杉木松木的多。这两种树，是南方普遍通常的树种，生长快，木身直，木性实。一方水土长一方树，人栽树，木装人；人埋后，子孙在坟茔四周再栽一片树，待长成材，打家具做农具起屋盖屋，也接着装人埋人。

刚上大学那年，寒假回家，在西屋屋顶的串架上赫然摆着一具红漆寿材，因毫无心理准备，着实吓得不轻，从此不再去西屋睡觉。那是当年父亲为爹准备的。老家人称爷爷为"爹"，奶奶为"婆"。七年后，爹去世，躺进这口生前就打好的寿材上了村子东边的小山包，睡在了太婆的脚边。那年那月那天那时节，没人给身在东北的我递信，我也刚毕业工作不久。记得是初秋的雨后，我接受任务，正于新发现的阜新查海古人类遗址实地探访考察，空旷荒凉又神秘诡异的绵延坡岭上，成片过山的杂树林密密匝匝苍苍莽莽，秋风起处，树风森森吼吼，预演着即将到来的北方惯有的寒气与泠泠。当时的我，总觉不得安生，有些恐慌地在刚发掘的凌乱遗址四处闲走，随手捡起几块深褐色陶片，把玩端详，还相互剐蹭着，一不小心，陶片锋利的边沿剐破了手指头，淌了满手可怖的血。回头一复盘，爹正是那时刻走的。

备下寿材的老人，脸上会有光，心里很踏实，觉得不知哪天突然死了，不至于连个睡躺的地方都没有。讲究的家庭，每年会在那个时段，隆重地把寿材抬出来，摆在屋前院子上，按旧时的老办法，用新鲜的猪血，熬炼出浓厚的红色，将寿材从头到脚漆一遍。难免，空气里会经久不散一股刺鼻的猪血的重口味，腥臭。每年一次，经久反复刷漆了的寿材，油光锃亮，通体散发出沉稳敦厚的朱红色彩，闪人眼目。老人们，瞅着自己将来最终的归属，会发自内心呵呵地笑，仿佛这辈子没有枉活，值了，心情一放松，还会多活几年。

这才是农人们给自己做寿材的终极目的与潜在诉求。乡下人一辈子地里田里土里刨食，命运的安排，无可选择或逃脱，他们的看淡生死，是迫于生存早就亮出的那柄悬在头顶的无情剑的威逼；是宿命的屈服，及这屈服下自我安顿的主动抉择和坦然受活。如此想来，这更像是一种自尊的抗争和体面的拒绝。

乡下人的死，是那么的轻率草率。沉重的生存压力，繁重的体力劳作，死，往往是再轻便、再直接不过的解脱选择。夫妻吵嘴打架了，刚平息不一会儿，就有人偷偷于无人的屋里悬梁自尽，等发现，悬着的尸体还温热，脸上仍淌有未干的泪痕。湖边一村十七八的小女孩，谈了场恋爱，父母不喜，她就从几十米高的悬崖，纵身跳下，淹没在水沫飞溅的浪涛里。姑家的大表妹，小时候少言寡语的，成家后，没日没夜干男劳力的活，都儿女双全了，和在外打工临时回来却不怎么顾家的丈夫拌了几句，傍晚，一转身趁黑喝了该给虫子吃的农药。大伯年轻时爱玩"猴子"——南方一种"掷骰子"的赌博形式——年尾农闲日，在邻村聚赌，与一赌徒因赌资犯了言语，都乡里乡亲熟识无比，当场互骂先人祖宗的话是有的。可这人突然间就没了言语，默默退出赌桌，回到家，取了根麻绳，跑过一道田垄，居然吊死在大伯家门口，引出一场滔天巨祸。

对寿材，从小，我就打心眼恐惧和厌烦。还是上小学时，人民公社时期，一个农村大队小学，也发疯发癫出幺蛾子搞勤工俭学。我被分到隔壁村子某户农家，同吃同住同劳动。这村子，有五六百年历史，一村的老式徽派建筑，年头久了，到处阴森潮湿，一到夜里老鼠成群撕咬，蛇蝎悄息出没。天黑了，主人端着盏随时都要熄灭的煤油灯，把我领上一踩吱呀作响、到处有窟窿眼的二层木楼，在靠木墙一侧的稻仓边，临时打了地铺。一张破竹凉席，搬两块砖头当枕。深夜，吹灭灯，我恐惧地闭眼，再睁眼，大气不敢出。突见头顶上方的屋梁上，悬着个硕大长方梯形的黑物件，不时有耗子蹿上跳下。那一夜，一宿未眠，待清晨的霞光透过房顶间的漏瓦照进来，定睛一看，原来是具落满灰尘的寿材。我顿时魂飞魄散，双腿打晃着冲下楼梯，招呼也没打，急匆匆穿过一道田沟，胸膛咚咚咚地跑回自己家里。

父母的寿材做好已十多年了，双双并列地放在屋西边矮偏房。

里面堆满了杂物，一把锈涩的锁挂在门边。去年底回乡，我好奇地俯下身，透过窄窄的门缝，往里瞅，隐约见多年没漆过的寿材，都有些泛白了。这有我未尽的责任。

山　芋

过三更了，才显困乏。关了客厅空调，打开卧室窗户，拉下竹编帘子。躺下。有轻微的风，拂过脸颊，和肚皮，与脚趾尖。

天见亮未亮之际，凉爽的风把我从仰躺吹成蜷曲。这期间，浅眠，似睡非睡，恍惚半知觉，于受神经衰弱困扰二十多年的我，已是种难能的休憩。顺手扯过预备在侧的毛巾被，裹住。不成想，竟一觉到天明。

我是极其怕热的。许是出身长江南，火炉地带，热怕了的缘故。

南方沿江一带，一过端午，像泛出水花的壶，天正式开热，山芋就栽不成了。栽也白栽，反正结不出硕壮的果实；类似不足月而早产的羸弱婴孩，骨骼间架没搭成，个头自然偏矮趋小。因氤氲地气上升，暑气开始蒸腾，苗根扎不牢靠，产量至少减半。

所以抢种。抢时辰，赶在端午节之前，哪怕当天，须得把所有能耕种的山地，统统插上山芋苗。

栽山芋，是桩相当辛苦费体力的活儿。先在收割后的麦地、菜籽地打垄，起一尺多高、半米见宽的圆锥形地垄；矮了或窄了，都连累地瓜生长，影响收成。地若够大够宽够阔，能平行起十几、几十条垄，并排伸出百米远，像条条蜿蜒游弋的巨蟒，势甚壮观。再打窝，用锄头每隔三四十公分在地垄上挖个坑。再插苗，把山芋苗浅埋在坑窝一侧。再点灰，把事先烧好的草木灰、晾干打碎的六畜粪肥，一把一把地挨窝撒下。再浇粪或水。再拢土。

1981年端午节将到，我在离家四十多里的临乡读高一。刚吃完午饭，家住学校附近的姨娘来学校找我，说她家的山芋苗多出许多，让我挑回去自家栽。两大包袱刚从育苗地剪下来的新鲜山芋苗，至少三四十斤重。我翻山越岭蹚河摸水，一路小跑，挑回家，已是太阳低低垂西了。心慌体晃，一屁股坐在条石门槛上，大口喘气。那年夏，天大旱，河露床，塘见底，水恶浑，这一路，连口干净点的野水都没喝上。

只休息片刻，狂饮了几大碗凉茶水，赶在天黑之前，我又撒丫子跑回学校。

时至今日，每当回乡，和母亲唠到过去日子，她总提起此事，每每以手擦眼，眼圈发红，随后伸出青筋暴鼓、粗粝扭曲的手，摸我的脸。

寻　祖

百多年前，可怜的老祖先，据讲是只有七八岁的小兄弟俩，被祠堂里一位大脚老妈子，用一根扁担，两只箩筐，挑着，沿长江往下，从湖北汉川，一路逃荒到皖南郎溪，在方圆几十里的南漪湖边，落脚于一座紧靠湖北岸的破庙里。传奇的说法有二：一不是逃荒，是逃脱同族宗亲的萧墙仇杀；二是这老婆婆身手了得，会些功夫，凭一根扁担，硬是赶跑了破庙里的几个和尚，领着两个孤儿，靠打渔为生。后从湖北岸挪至南岸，几代繁衍下来，成了个小村庄，名刘家湾。

十多年前，村西口山冲上的那座石板桥倒塌了，在搬用石条时，从溪沟捞起一块桥碑，擦洗干净后，一大串姓名里刻有我两位祖宗的名字：刘裕先，刘裕元。各捐银两元。

前年底，趁出差武汉的机会，同学开车，拉我去汉川，靠仅有的口口相传的细碎信息，寻亲问祖。车在江汉大平原圩区大堤上穿行，平畴一望辽阔无际，高大整齐的防风林纵横排布，深秋季节，灿烂金黄的稻谷正等待收割，一路走镇串村。我特意买了几瓶酒，备用。在田二河镇，数番打探，好不容易找到想找的一座刘氏祠堂。望着面前相迎的刘氏后人，除了相近的口音，无论神情神态还是身型长相，心既无灵犀，也无神秘通感。细细翻看厚厚几摞家谱，也没见到"裕"字辈记载。只得寥落而去。

中国实在太过阔大了，在巨大悠长的时空序列里，人口大范围长距离迁徙，把曾经清晰的来路，渐次迷糊到草蛇灰线的程度，而伏脉千里，仅成为口头的传说，和语焉不详的记忆，演绎成家族神话。

就像我，二十啷当岁青涩年纪，受命运驱迫，或不可名状的机缘牵引，只身背着几件行李，携几本书，从皖南一路北上，凡两三千里，落户东北，这种奔波闯荡求活的经历，不知来路的茫然，会否再度发生在后人身上？也不得而知。

一 只 蚊 子

夫妻三十多载，年轻时，连理枝般日日黏在一起，毫不嫌弃；岁数渐老，随着身体状况等诸多因素影响，习性却朝不同方向改变，显出差异，尤其对神经衰弱长期失眠的我来说。于是，各霸一屋，分睡。

即便分睡，但也绝少把房门关上，算是某种默契或姿态吧。

前几天，周末，晚上与朋友饮，喝的有些多，半夜歪斜着上了楼，掏钥匙开门，费了半天劲才捅开。也没声张，稀里糊涂躺下，这半宿觉，睡得腾云驾雾，各种意识流于脑壳里穿梭闪烁，口干舌燥，一大早爬起找水喝，扭头一看，她把房门关得严严实实。

近来虽各自忙单位的事，言语少，可也没吵架啊。就有些纳闷。水也没顾上喝，抹身推门而入，不解地问："咋把门关上了呢？"

她脸朝里，侧身躺在被笼里，闻声，转身一百八十度，低沉着嗓子说："昨晚早早躺下，有只蚊子在头顶嗡嗡叫，挺烦人，起来打，怎么也找不着，怕飞去你屋，就把门关上了。"

　　贫贱夫妻以及悲欣交集程度，取决于早春一只冬眠醒来的蚊子盘旋狞叫的恐怖指数，与它冷酷叮咬并吸血的容量多少。

梦 想 睡 眠

　　动物，很少有失眠的。每次回乡，天刚擦黑，就见父亲屋前屋后四处找，把鸡往笼里赶。鸡们也极配合，主动往家里走，很少有闹情绪，躲躲闪闪，执执拗拗，存非分之想，夜不归宿的。

　　要知道，鸡也是按大小分拨论帮的。老母鸡爱凑在一处，往往由一只自命不凡趾高气扬得意洋洋的红冠大公鸡领头，秩序也井然，有条不紊，闲庭信步，把自己当主人，有食同吃，不争不抢，咯咯咕咕，气氛和睦；当年孵出的生梆子二愣子鸡又是一伙，贼头贼脑，有事没事乱扇翅膀，动不动撒丫子瞎跑，确应了那句"鸡争鹅斗"俗语，为一根蚯蚓，半截菜帮，几粒碎米，蝇头小利，争抢不断；还四处拉屎，出没无常。母亲就极见不惯这类行径，每每瞅见，愤恨地说："讨嫌鬼。等你再长些分量，一个个全杀了，吃肉。"别看她嘴上这么说，心里却怜悯得很，总会在它们进笼前，于院中央，撒下满满一瓢陈年稻谷，让它们吃个肚满嗉圆。我也不怀好意地打趣："嫌弃，以后就别让母鸡抱窝了，落个清净。四处也没这么多鸡粑粑，还干净。"母亲接话答："还不是为你们准备的嘛，桌上好多一碗菜。城市里饭店做的鸡肉，像木头渣子，哪有吃头，没味道。"我站在一处，尽量抿嘴，不笑。

鸡一旦进笼，就彻底安静下来。一个个老实俯身蹲下，缩起脖子，眯紧眼睛，快速进入梦乡。深更半夜，很少闻听鸡窝里夯翅惊叫的，除非有"拜年"来的黄鼠狼。

我一直羡慕家禽们的好睡眠，觉得自己矫情脆弱可怜兮兮，活得不如鸡鸭鹅猪，每晚把眼睛瞪到午夜过后，强睡难眠，压力重重，整个人，烦躁得像一闷锅还没炸裂的爆米花。

等好不容易把心思捋平，睡姿调正，刚迷迷糊糊，还没等入梦，但听一声雄壮嘹亮的鸡鸣，把我所有有关睡的企图和渴盼，如一窑没烧好的窑，彻底敲碎。这个时刻，想再睡，是徒劳的。鸡鸣声一声接着一声，声声入耳；一声高过一声，声声醒脑；一声比一声呼吁强烈，催促主人快下地干活，别误了农事。且这叫声一户连着一户，一村唤着一村，户户村村齐凯奏，氛围极类似"车辚辚，马萧萧，行人弓箭各在腰"。一时仿佛这世上所有的公鸡闻听集结号般，比着谁叫得响谁更雄性。

天下承平已久，闻鸡起床吧！

过不一会儿，听屋门响；再听，鸡们在院里跑叫。那是雷打不动的事儿，母亲第一个起床了。

马 兰 头

临走前的那天上午，五月皖南的阳光，还没到毒辣的程度，却突然想吃消火败毒的马兰头了。

母亲一拍大腿，可惜且叹地说："怎么不早说呢。你驼子叔昨天还讲，前边大田上一田埂的马兰头，长老高，没人吃，他都砍了，扔田里，做肥料。"

我不太懂物候，虽出身并在南方农村长大。马兰头，小时候吃过，后来进了城，只在饭店里吃过，也偶于名家谈吃的书里读到，比如汪曾祺蔡澜等。至于它长什么样，不确切。听母亲这么一说，就有些怅然若失。

忽母亲又发话了："有有有。牛栏巷'小贱'家种的有。"

母亲说的牛栏巷——老家人把"巷"读成"hàng"——是村子东头另一座小村落，不足两里地，十来户人家。她说的"小贱"，娘家和母亲同一个村子，二十多里远，三十多年前嫁过来，印象里是个灵巧标致的农家女孩；她男人，和母亲这边还沾点亲，论起来，矮母亲一辈。

昨夜里下过几场断续轻雨。母亲麻溜地换上胶鞋，随手拎只竹篮，就出了院门。我一溜小跑，跟过去。母亲停步，回身，拿眼瞪我，她是在嘱意我也换双雨鞋，别把脚上油光锃亮的皮鞋弄脏了。

通往牛栏巷的路，一改过去泥泞的模样，是新修好的"村村通"。可下了水泥路，先是茂密的竹林，见新竹蹿出一米来高，竹箨散落一地；几侧着身子穿过去，又是各种果木树，挂满层层密密各种新果；再七拐八拐，是稀奇古怪的景观树，皆皖南地区所特有。其中一种，无主枝干的蓬头状，婆婆娑娑，一人多高，浑身长满尖锐的鳞片状刺叶，近不得身。这是植物亿万年里竞争进化的结果，绿油油的，四季常青，俗称"刺拱子"，据说与恐龙同寿，可恐龙没了，它仍在。

随着长江中下游，尤其三角洲一带的迅猛发展，城市街路小区公园对绿化的需求急速增长，卖树，尤其景观树，成了周边农村农户的一大额外收入，安徽乡下多受其益。有些稀有品种，一棵能卖到数万元。每行乡间丘坡，总见累累土坑，如枪击后外翻的创口，新鲜的红土裸露着，怵人的眼，也无人回填回植。老家院子水井旁，有棵三十多年树龄的桂花树，是我上大学前就栽种下的；现已枝叶繁满，冠形似伞，高举过院墙。被一位苏州老板相中了，出价五万。母亲曾特意电话问我卖不卖，我回说您问他可否再多加一个零。其实，出再多钱，也不卖。每至中秋国庆，桂花簇簇，满树金黄，每晨，细密花屑落满院子，香气四溢，扑鼻到冲鼻掩鼻甚至捏鼻的程度。按母亲的讲法，是"香得太难受了"！这对患过敏症的人来讲，就遭了大罪了。于此，就想，美，有时也是以极度残忍的方式展开并呈现的。

等走进"小贱"家被树木竹林重重包围的凌乱院子，母亲高声相唤，旋即从屋里出来个矮胖中年女人。天气挺热了，可她仍穿件大红肥厚羽绒服。完全不是记忆里那个清秀苗条的小媳妇了。

她先怔怔地望了我一会儿，随后唤出了我的小名，我不住地点头，算作回应。后来听母亲讲，"小贱"嫁过来，前后生了一儿一女，家底薄，负担重，田里地里拼命，落下一身毛病；尤其心脏，先是吃各种药，正方偏方中医西医的，导致身体突然吹气般发起胖了。后动了大手术，往血管里下了几个支架，欠下一屁股债；再也做不动农活了，人却愈发胖，脸上两堆浮肿的肉。儿子在外打工，女儿正上大学。夫妻俩种几亩薄田地，村里把几个自然村的垃圾清理活儿承包给了他们家，算救济。每早晚，夫妇俩各挑一副肥大塑料袋担子，在几个村子里转悠，每月几百元，也卖些废品，多少算有了份固定收入，看病打针吃药，勉强能过。

马兰头就种在她家屋墙根边，两垄四五米长的空地，用破旧丝网围着，树荫遮举，一片阴凉。一垄刚掐摘完不久，另一厢正青嫩蓬勃。母亲和"小贱"蹲下身，一顿薅，我也俯身加入。手指尖掐摘嫩苗叶的感觉，脆脆的，手掌间沾染上碧绿的清汁，很凉爽。不一会儿就满满一篮。

回转时，走了另外一条小道。在另一竹林拐弯处，母亲立住，环顾，喃喃自语："这苏北的养蜂人咋就走了呢？还打算过些天来买点蜂蜜，给你寄去的。咋说走就走了呢？"我朝一旁树林的边沿处望，有搭帐篷的痕迹，路边的泥地，现很深的车辙印。养蜂人又往天涯别处寻花去了，那是受他们选择的生活方式所迫。

午饭，就有了一盘爽口无比的马兰头炒香干丁。开饭时，没等家人围拢，我就忙不迭举起筷子，深插进，用力夹住，满满地塞进嘴，顿觉满口野菜的清爽，夹杂微淡的苦涩，和着自家产的菜籽油香，与城里饭店的味道，大异。再一次折服于母亲的厨艺，绝非那些戴着夸张高耸白帽、动不动显摆刀法、言必称这派那系、美其名曰主厨大师者所能比肩的。

下午了，车已发动，准备赶往机场。正趴在摇落的车窗边絮絮叨叨的母亲突然嚷开了："别走别走，等等等等，马兰头忘给你带了。"见她扭头急忙跑回厨房，拎出一小塑料袋，里面包着的是过水后切得蒙细的马兰头和香干丁。"回去，把锅烧热，添菜籽油，起烟前，大火翻炒，少放盐，别放酱油，快速起锅，炒老了不好吃。"

到家，我没按母亲的吩咐去做。把切好的马兰头与香干丁搁盆里，淋了些东北小磨芝麻油，再加点盐和白醋，略微搅拌，简单又迅捷。没经受火气锅气的马兰头，焕发出了别样的滋味与神韵。

这完全得益于我于东北生活了三十多年来的秘笈体悟：越炙热的南方，越钟情于热火烈汤，求的是祛湿；而寒冷的北地，更偏爱于凉菜冷盘，要的是化燥。别无它。

发火与怕火

小时候，在农村，看见菜园里各种蔬菜，在浇完人粪肥后，长得尤为茁壮。那个年代，化肥很稀缺。可浇后，至少三两天内是不能吃的。

某年随母亲回娘家，三姨还小，做饭，把外公昨天才浇完大粪汤的韭菜割了几大把，炒了盘菜。结果满屋子缭绕与韭菜味纠缠不清纠结一处的复杂气息。从田头收工回来的外公一闻一问一看，顿时暴怒，气得火冒三丈，朝着三姨，一顿好骂。吓得我大惊失色，气不敢出。

此前和此后，从未见外公如此暴脾气过。恰恰相反，他是个对人和颜、讲话悦色的老实巴交厚道庄稼汉，更是个干农活的好把式，一辈子干活打头阵出死力，生产队长当了几十年；还是个好党员，听惯了党和政府的话，从不占队里丝毫便宜；不抽烟不喝酒不赌博，衣食不挑，吃饱就行，平时也少言语。最令我敬服的是，别看外公一生艰辛于农事，但总是一身整洁，从不邋遢。这与他一生务农的身份极不相符。他老人家活到九十二岁，无病无灾的。仅仅因一场小感冒，躺下就不吃不喝了，也没上医院。一周后去世。

接到母亲电话，我还是请了假，几千里飞回老家。按母亲意思，我是完全可以不回去的。傍晚进了外公的村子，见大门外一帮道士正在做"过桥"的法事，影影绰绰诡异神秘，咿咿呀呀在唱经，更有面小铜锣敲得人心魂不定心慌意乱的。我进屋，见外公睡着般躺在棺材里，枯瘦干巴，但一脸的安详。我跪下，磕了几个头，和母亲一起跌坐在一旁的稻草堆上。

夜深了，三舅凑近我，说外公临死前，有气无力反复说"不烧""烧得难受"。三舅似乎是在征求我的意见，希望我这个在外读书的外甥拿个主意。我明白了，说："那就遂了他老人家的遗愿吧。"

第二天天没亮，没有锣鼓炮仗，一伙人默默抬着口暗红色大棺材，冒着密密的小雨，艰难行走二十多里，把外公送进了家族老坟山。

邮　　差

　　小时候，最羡慕的人，是公社的邮差。看他日日骑着自行车，奔行穿梭在乡村之间，像阵旋风，刮过乡野，送信送报还兼送杂志。那个年代，只有邮局才有杂志之类的读物卖。好生羡慕，望之若神。

　　因父亲在大队部做事，家里是能时不时读到"人日"和"安日"的。记得初中时，还有份《新农村》，三十二开本的杂志，薄薄的一本，不会按期来，偶尔露峥嵘那种，但这也如饥似渴，爱不释手。农村孩子，触目皆土，没见过世面，难免小气啊。

　　最倾心的，是那两份报纸的文艺版。文章大多读不懂，却对版面上的小报花痴迷不已，寸许大小，每每剪下，贴在破烂课本与练习册上，以示装饰，心里的美艳，不可名状。

　　后来进报社做了一段时间文化版编辑，念起儿时旧癖，遇到可心的文章，也不忘在画版之际，插配报花一二，感到惬意无比，圆了大梦般。可有时被值班老总签版时圈掉，心里就愤愤然，暗地咒骂，觉得这领导只会改文排字，缺乏美术美学思维，死板呆板刻板。后来明白，唯有这样的，才会做到老板级。但悔之已晚。

这种从看报，到收集报花，再到进报社做编辑，做报花给读者看，是某种命定的安排或作弄吗？不得而知。

现在回想，之所以羡慕邮差，根本就不是因为报纸报花乃至杂志，是他胯下那辆二八大杠自行车，绿汪汪，亮闪闪的，一按车铃，叮铃铃清脆悦耳，在阳光下欢笑，气派气势气冲斗牛气贯长虹。羡慕之余，更嫉妒恨，气不打一处来：凭啥就他能骑呢？当年憋着老大的劲儿发誓，长大后，唯愿做个小邮差，什么执金吾阴丽华的，没劲。

桥 头 书 店

上小学那几年，为数不多几次进镇子里的机会，都是随生产队去公社交公粮。社员们一路肩挑背扛板车拉，然后排长长的队，来回三十多里山路。粮站里的干部，穿雪白短袖衬衫，敞着怀，脖子上系条湿毛巾，手拿长长的铁钎，挨个粮袋来回反复地插，检验粮食的成色，然后招呼着把一袋袋粮食搬上板秤，过磅，登记。

而所谓的城，不过是下雨一路泥、天旱满道土的一条窄街，街中间有座明代古石桥，而已。桥东头有家新华书店，板门老式房，一位中年胖阿姨值柜，卖各种文具，极少的书，和许多连环画；柜台上方，挂一溜领袖像。她留着齐耳短发，黝黑铮亮，明显抹了头油或花露水，通体散发一股淡淡的幽香，沁人心脾；头顶侧，总别着一枚鲜艳的发卡，煞是好看。

那时就想，做城里人真好，天天大米饭，顿顿有肉吃，风刮不着，雨淋不着，太阳晒不着，还有小人书可翻，就暗暗下定决心，一定要做城里人。

梦　游

少时，骨瘦如柴，体弱多病，最惨的，莫过于头晕。

夏天，躺在竹床，觉屋顶旋转，四壁颤晃，随时有塌倒之虞。晚入睡，枕头垒起尺高，近乎九十度竖着脑袋。上学，走在田埂，冷不丁一阵眩晕，一头栽倒水田里，不省人事，许久方醒，挥臂拍打，发现有噼啪水声，待爬起，浑身精湿，书包书本全被打潮。多亏水浅，否则淹毙。

还梦游。夜深人静，迷瞪从床上爬起，磕磕碰碰摸出房间，晃晃悠悠至大门，复跌跌撞撞走出屋子；要么实在找不到出口，误把家里唯一像样的破旧老式大衣柜当成房门，里面也没多少衣物，抬腿钻进去，四处摸索，撞来顶去，惊得一屋人无不骇然。多数时刻被家人喊住，有时是自己突然醒悟，大汗淋漓，惊恐地折上床铺。

最遭人嫌弃的是，表情呆滞，整天耷拉着一颗与体格不相衬的大脑袋，瘪着一张永远吃不饱的阔嘴，目光里透着深不可测的恐惧和忧虑，干不动体力活，四处游走闲逛，逃避家务农活。这在农村，算是废物典型了。

是读书，救了我。也仿佛做了一场大梦，懵懵懂懂进了城，也娶了城里媳妇，坐办公室，楼上楼下电灯电话 BB 机汉显传呼机模拟机手机 3G4G 即将 5G，绝非一枕黄粱，来日更可期许。

暴瘦的尴尬

　　人一瘦，脖子上的赘皮就显得格外松垮耷拉，类似一圈圈胶皮轱辘，生硬地累堆于脖颈，老相丑态再明显不过。原先尺寸正好的衣领，也赫然宽绰出许多，支棱不起来，每每有往脖颈下出溜的颓势，时不时得伸手往上提提，拽直，才不显出难堪与窘态。最好的办法，是干脆把衬衣最上的衣扣扣上。这样，脖子的难堪与丑陋，就全掩盖了。

　　然而，这分明是年老人的习性。年轻人，是乐于甘于不系纽扣而袒胸露怀的。鞋，也无端大出了一号，不合脚了，走起路来，脚板在鞋里逛荡，踏在地面，也不如往常的实诚，发出吧唧吧唧的拖沓声，很讨厌，觉得自己像只外星来的不合时宜的怪物，与周边的环境与氛围不协调。这，正是落伍的信号。

　　裤带的扣眼，也一扣紧似一扣，不断往里收紧，像正潜进洞里去的泥鳅或黄鳝，缓缓往里缩，逼近预留的最后的底眼，最后连底眼也把持不住了；裤子有渐次下落的危险，则满抽屉找来锥子等尖锐的铁器，自己动手，在裤带上再钻出一两个眼儿来。这，是羞于且懒得去求助修鞋师傅的。

最厌恶的是裤管，感觉无端比原先肥阔多多，经北方浩荡无忌的长风一吹，发出啪啪的丢甩声，立马凸显出双腿的麻秆状，羸弱复无力。这使人猛然想起八九十年代流行一时的喇叭裤，不论男女，长裤一律盖过脚面，委垂及地，像两只倒扣着的大喇叭，在路面上扫来扫去，一时大江南北引为时尚，蔚为壮观。

都说有钱难买老来瘦，对此，我是有异议的。我甘愿老来胖些，如此，多少能掩饰住某种年龄上的落魄和凄惶，恰似弥勒佛，胖者福，胖则富态，总之一胖遮百囧，喜气洋洋哉。

相 貌 事 件

傍晚偶过一家刚开业不久的羊汤馆,遂停车,掀帘而入。店是清真,无客,冷清。糊弄肚子,点了一碗羊杂汤一炒干豆腐一份米饭。

菜饭上得快,我更快,呼呼噜噜五分钟解决战斗。起身到逼仄前台结账,二十二元。上了年龄的服务员老大姐一边擦桌子一边怜惜着叹:"这么快,你们做领导的,就是忙。"我回:"不忙,也不是领导,打小饿出来的习惯,吃饭快。""不对,是领导,像领导,你像那个啥。"老大姐极认真,立起身,专注地想,样子甚可爱。我逗闷子地问:"像谁?""像那个啥总经理?"老大姐仍在思索,贼专注。

没等我再接茬,她像猜中谜底似的兴奋地说:"对,像李那啥,我说错了,不是总经理,是总理,中间多个'经'字。"

须交代一句,我与总理是同乡,一方山水养一方人,自然有些像的。

唬人的手表

戴了只几千块钱的手表，却数度被人夸赞，每次都得解释半天，是闺女给买的云云，不值几个银子。皆不信。过分的，酒桌上，把表硬从我手腕上摘下，正反前后地反复看，鉴别甄别，结果无语，搞得双方及一桌人都很不好意思，于我，则几有炫富不成露了穷的馅儿，仿佛鲜亮灌汤包里兜的竟是一包腌菜水。内心之羞愧与汗颜，接近不敢再戴的恐惧了。

可戴习惯了，不管时针走还是不走，总不能让左手腕空着是吧，那样的话，整个人显得没有分量，轻飘飘的，压不住这世面上的滚滚红尘与冲天戾气。究其因，也就是表面儿上镀了点模拟金的铜，发出夺人眼目的光，只是这光，因了老外的某种秘而不宣之技，不那么贼而已。这就类似去国外读了几个月半载最长不超过一年的 MBA，回来就身份显赫与众不同鸟立鸭群了，其实，和老刘戴的这表一样，都是面子活，唬人的。我之唬人绝非成心，某类人真实的良苦用心，就不好随便揣摩了。还是刘春说得对：表，还是戴国产且走字的好，免得出纠纷，还尽惹出些意料不到的尴尬局面与气极败坏情绪。

标 配 套 餐

我是惯于独自去填肚子的。多数，去的是一家老店，羊杂馆，清真的。

多多数，是在大酒后的第二天，浑身软绵无力，傍晚八点多，迟迟地去，这会儿客少，无须等座。随便找处空桌坐下，熟识了的店小二一见，也不和我商量，扭头进了后厨，约莫十多分钟，先一碟裹面油炸花生，一盘苤蓝咸菜丝，泼泼满一海碗羊杂汤，上浮一层香菜末，一小份尖椒炒干豆腐，里有十多片薄柳牛肉，再盛一小碗冒尖东北大米饭。这些逐次上来，就围成了我二十多年来每吃不厌的标准套餐。

当然滴酒不沾。

那年，我从深圳回转沈阳，孩子刚出生，家也从不远处的顶层七楼的单间，换成三室一厅的新居，条件是大为改善了，可我很长一段日子过得不畅快，从北到南，三四千公里，又从南返北，巨大落差造成的心底幽暗深处的那点别扭和尴尬，想想搁谁身上也是在所难免的。

于是就有事没事约一帮同学好友喝酒。且轮拨来。

这家小店紧挨小区北围墙。老板是个中年油腻矮胖子。从他沙哑着嗓子与比我更老的老主顾聊天扯淡的语境里得知，这店是他祖辈传下来的手艺，以"煎回头"最拿手。

总酗酒，胃艰涩，就好喝口羊汤，滋补下，就总来。一开始也瞎点乱吃，几乎把菜单吃了个遍，诸如扒牛舌，扒胸口，扒羊脸，爆肚，炒羊杂，红烧牛肠，牛腩炖番茄，林林总总，花样多多，都说不上好坏。可因了那碗羊杂汤，心里总是流连的。

一开始，服务员是两个小丫头，十七八，一看神情气象，十之八九来自郊区城乡接合部，绝无农村女孩的纯朴实诚样儿。后问，果然。青春期，长得鼓鼓囊囊，不怵人，对客人也爱搭不理的。几次来，没座，也不招呼。老板见了，把脑袋探出高高的柜台，朝她俩嚷："快给大哥找个地儿。"

吃来吃去，终于把菜固定在老几样。可尖椒干豆腐盘太大，每回总剩下一大半，望之罪过。沉默了多回后，某次埋单时终小心小意地和老板商量，改成一半量的小份，钱照常付。矮胖子也不思忖："就这几样，以后统共收你二十五吧。"

后来服务员换为一男一女俩中年人。男的精瘦，见我就诡异地笑，仿佛遇到一起恶作剧过的同伙，心照不宣地不怀好意。在依次摆好标准套餐后，总不忘往桌上摆头蒜。我纳闷，他咋知道我肠胃不好呢？我捏着蒜，掰开，再仔细逐个剥去蒜皮，就着一勺勺羊汤，悉数嚼下。

某次，快晚十点了才去，羊杂汤售罄了。胖老板走到近前："大哥，给你上碗牛肉汤吧，包你满意。"牛肉汤不像羊杂汤，一般是清汤喝，放不得辣椒油的。喝到半道，有些别扭勉强，清汤寡水的，不够麻辣，还一股牛腥味儿。就扬手把胖子唤过来，"用苤蓝丝加细牛肉丝，多添些干红辣椒，大火爆炒一份吧"。

打此，这店，就多了份菜品。后听老板说，这菜还挺叫座，总有人点。

我还惯于一人独往洗澡。也是老店，与羊杂馆隔一条街。绝大多数，是在喝完一大碗滚开羊杂汤大汗淋漓之后，泡个热水澡，再捏个脚，有时竟迷瞪酣然睡去，这对失眠多年的我，不抵于捡到意外的便宜。

不成想，在浴池，多回遇到胖老板，双方光着身子，彼此一照面，大哥老弟地互道，然后各自往身上抹香皂和各种洗液，满身洁白的泡沫，花洒喷头的水流，很足很沛，哗哗地淌，声响很大。我俩像陌生人，无语；其实，想说点啥，也着实听不见的。

破 烂 背 心

睡觉穿的跨栏背心，箭牌的，衣标上的字迹都模糊不清了，后背磨得薄如蝉翼状，纤维透亮，勉强坚强顽强牵强地维系着，其脆弱处，成了几眼窟窿；这窟窿，不是戳或扯出的，是生生磨出来的，看上去不那么扎眼，甚至极其妥帖，符合自然生成的模样。这就是生活本身的样子吧！久经磨砺，奋力坚持，披沙拣金，服软不服硬，有啥胜利可言，挺住意味着一切。

像我等这些从穷苦乡村出来的，少小时留下的习惯习性，进城厮混再久，也极难改变顺应。最顽固者有二：一喝不惯牛奶，几乎从来不喝，喝即跑肚；二穿不惯睡衣，觉得那无异于穿雨衣洗澡。按母亲操持家务料理子女生活的话讲，再穷再难，冬季也要让孩子穿件"沤冷"的衣服，不能光膀子直接穿棉袄，那是"要饭花子"的做派，会叫人瞧不起的。记忆里，没一件专为自己定制的内衣，都是捡剩的，且满是补丁，补丁多了，穿着睡觉，就硌得慌，索性啥也不穿，脱光光上床，这样反而把被子搂得更紧，更暖和。

可总这么睡，招人嫌弃鄙夷，于是，跨栏背心有了用场，并一直是我的喜爱。据闻刘春现在即便妇女给买了成摞睡衣，可上床安眠时也啥都不穿，光不出溜，像条老泥鳅。这是需提出隆重表扬且应大力彰显并传之后世的历史好传统，没忘本啊。

唱　戏

在皖南老家农村，一入冬，农事渐歇，尤其临近年关，有唱大戏的习俗。以村为单位，戏台一般搭在人口多的村子，队里出大头，富户拿小头，集资，邀来戏班，也都是乡村草台野戏班，可生旦净末丑皆有，不可小觑的。连唱数日，皆古装戏，分大戏小戏，大戏无外乎王侯将相，出将入相，范蠡勾践伍子胥刘备曹操诸葛亮唐玄宗郭子仪之类的，意味大同小异。

唯小戏可观，时迁娄阿鼠书生小姐丫鬟婆子和尚道士，汇历史与现实于一台，随意穿越，更不怕穿帮。唯穿帮才是好戏。但见乡音俚语，咿呀嘈杂，男欢女爱，打情骂俏，偷鸡摸狗，上蹿下跳吵吵闹闹的，好不热闹。平头百姓们搬条板凳拽把椅子，抱天抱宿地看，以妇女居多，小媳妇一批，光棍地痞嬉皮笑脸摇头晃脑，惹出许多打架斗殴调戏流氓事件，在所难免。也去看过，实无法入戏，不比地雷战地道战平原作战红灯记龙江颂沸腾的群山更好看，快快回到村里，又家家闭门四处无人，好生寥落，寂寞得很，又没得书看，总不能天天撺麻雀吧，那时就想，要在这儿过一辈子吗？就有些惶恐，顿觉永无出头之日了。

年前给母亲打电话，手机嘟嘟半天才接通，还没听到言语，话筒里传来丝竹与锣鼓的响动，呕哑嘈杂的。她老人家正在看戏。

超 级 预 感

　　小时候，走在满是蒿草的田野和山间小道，后背有时突然感到莫名的惊怵，抽搐，及至头皮发麻发凉，下意识充满警觉、不安甚至恐怖。

　　立住，警觉地朝路两旁和前后，雷达扫描式地看，见草丛有轻微晃动，继之剧烈起来，伴着沙沙声响。随即见深草纷披状向两侧倒伏，只瞬间，但见一条手腕粗细的斑斓大蛇从十几米远处，迅疾截路穿奔而过。整个人顿时僵住，浑身毛发竖立，冷汗湿透全身。呆立片刻，返身狂逃。

　　这是人的某种与生俱来的超预知预感能力吧。

贴　　敷

街上，又见许多人脖子正下端，贴着寸余见方白纱布，微凸鼓囊的，像戴了护身符。入伏了，按中医古法，冬病夏治，是治哮喘的最佳时段。

曾给父亲和孩子贴过，过程较为繁琐。据说此疾隔代遗传，由不得你不信。不论此断确乎然否，但祖孙俩呼吸道确极易发病是真的，天气稍凉，就呼噜带喘地喉咙响，咳嗽连连。贴敷效用如何，没留意，更无处校验。人家说得清楚，此非一帖一季之功，要反复坚持，不躁不懈，才方显奇效。

中医的伟奇处，在于它把治病的过程变成一种生活方式，一种生命态度，一种生存追求。

文　　脉

书读多，学问大了，功名心又重，于国于民于己，并非福事。

譬如某文化巨匠，拿日本人的片假名做法说事，在《人民日报》撰文，认为老百姓文化程度低，识字少，不认识更不会写几千年历史遗存下的古地名，甚为不便。得到高层首肯。随之，众多古地名县名，皆改为同音字或简化异体字。仅陕西，如盩厔县，建县两千余年，山曲为盩，水曲为厔，该县南依秦岭，北濒渭水，襟山带河，由是得名，但改为周至县，不伦不类；沔县，因紧挨沔水而冠名，但改为勉县，的确是勉强将就为之，等等，不一而足。

扶风县倒是没改，因实在无法再改；若改，其实可称之为大翩县的，因"大翩扶风"是句先秦古词。贾平凹先生的"南书房"，一进门就悬挂着自题此四字横幅，憨态老拙。当年给他出散文集，稿子编好许久了，彼此遍想书名而不得，甚是苦闷。我突发奇想，建议用此四字。电话隔着几千里，清晰听见贾先生"啪"地一拍脑门，用浓重陕西话回："好得很！"遂定。

几千年的文脉，仅因那些躺着没事干的张狂疯癫无节操文人的自淫而断坠亡无了。

李 广 杏

下午五点，西千佛洞准时关门。偌大场地，除了我等三五人，空荡寥落。所有的窟，都落了锁。也是顺道而过，怪不得人的。

西北特有的粗壮高大白杨，联排成阵，呜呜地发出风响，像曾经喧哗与骚动的漫漫历史征程。沿一条石板小径，往东行数百米，爬上一道缓坡，顿见干枯裸露的古疏勒河道，卵石列列，在塞腹满腔的黄尘里成为一条疾风肆虐的走廊，滚滚席卷，划一道弧线，向西贯入塔克拉玛干沙漠。两侧是壁立陡峭的山崖，有隐约的石窟，像盲人枯萎塌陷了的眼，透出一种绝望与悲怆。

时值初夏，昏黄的夕阳模糊地拓印在西天际阔。我心有余悸地打了几个冷颤，缩了几回脖颈，快快回转，心思迷离，脑袋一片空白。穿行在白杨林里，有落物坠地，一看，是杏，猫软，乳黄剔透，俯首皆是，当地呼之为"李广杏"。

夹杂在白杨群里的杏树成熟落果了。我捡拾起一捧，在林间清浅的水沟里洗净，粉嫩柔面，微酸沁甜，美味无可言传。

每一方水土，皆有其曼妙。瑰丽神秘的佛像没看成，意外吃几枚野生李广杏，也是一种口福与缘分吧。

连片的玉米地

看着大片联袂的庄稼，准确地说，是显著东北特征的玉米地，绿油油的，覆盖起伏绵延的山坡山冈，一跃身，隐身转过山的那边去了，心里就很踏实，很平静，很安妥。

正好有微风拂过，掠动繁茂宽大肥厚的玉米叶，发出沙沙的轻微的响动，仿佛老实巴交的老农，在搓揉满是老茧的粗粝的大手。这声响，渐次传开去，成哗哗哗的浪涌浪奔的阵势，冲天而起。眼里，就有些冲动，止不住咸热的泪，不老实地流出来，不由自主地顺着眼角淌下来。

而喉头也随之发痒发松复发紧，继而抽搐，哽咽。只得抿紧嘴唇，强忍着，憋闷着，像意外受了委屈却极爱面子的孩子，到底没有哭出声来，否则就搅了局面，坏了氛围，没个大样儿，招人揶揄，甚至耻笑，不妥。

卿　　卿

皆曰：人活在世，钱权二字。你偏要说还有其他，确有，并且很多，我也不和你争论。有钱无权，但衣食无忧，不为生存生活所累，自然快活；有权无钱，但发号施令，以天下人为刍狗，也是享受。可历史上，把权钱两途都玩转的，不是没有，少之又少。

比如西晋王戎，位列三公，官至宰相，权不谓不重，职不谓不高。可他又偏偏贪财。自家院里的李子，满洛阳，味最美，吃不了，也不送人，自己乔装打扮，穿成一般群众，把李子用筐装了，提到街衢，摆摊。又怕买者得了核，偷偷栽培，自家的李子就没了独一份的优势。临出门前，他把果核统统钻通破碎，或取出。不知他用的何种工具，也不嫌累。另，据史记载，女儿出嫁，他倒是随了千万贯的彩礼，显得很爱很父亲很大方很不惜外。可每等女儿回娘家，他又鼻子不是鼻子脸不是脸的，总有亏本意识，愤懑之色每每露诸面皮，搞得孩子很难堪，心里不是滋味，不知错在哪儿。最后缓过神，明白过来，把彩礼钱悉数退还给老爹。他这才转怒为喜，哈哈哈哈了。

侄儿结婚，身为大爷，也不好两手空空，想来想去，送了一件华服作为贺礼，总算没赔人口舌。可过些时日，他后悔莫及，居然跑去人家，硬是把那件衣服要了回来。他缺这点玩意儿吗?! 他就是爱财，爱到贪，贪到抠，吝啬到匪夷所思的地步。

平日他忙，要打点公务，帮司马家维持政局稳定天下太平。可天一黑，就关上房门，点上灯，和媳妇翻检账册算银子，稍有合不拢帐的，就长吁短叹，不得活的样子。夫人就半是宽慰半是开导地说："我说我的卿啊，别这么较真了行不行?"没等媳妇把话说完，这位拉下脸子道："说啥呢说啥呢? 别总叫我卿啊卿的，显得这么没身份没文化没水平。该叫我君。"那时的"卿"，类似现下的"小心肝""老公"，在东北，那就是"挨千刀的""老不死的"等等。这回临到媳妇不愿意了："爱你疼你才直呼你卿，我不叫你卿，谁叫你卿?!"于是，爱财附加打情骂俏的副产品，是一则伟大的成语诞生了——卿卿我我。王戎一听，觉得也是，很享受很温馨，遂"噗"的一声，将灯吹灭，一把将爱妻搂入怀中。

王戎在政治上也没啥大成就，就是帮司马家糊墙，结果仍是没躲过"八王之乱"的刀枪剑戟；至于财，谁知埋到哪座坟墓里去了。

赛　事

　　中午饭堂，几位身高一米六左右、胖瘦悬殊的老男人，早光盘了，仍赖着不走，聚拢谈论 NBA，各种神评与贬褒，听之若神，就差亲自上场上手了；彼此一言不合，居然骂骂咧咧。真心替他们着急担忧。这，正应了那句话：最短板处，蕴最高理想。换句话讲是：缺啥，补啥。

　　又猛然想到二十多年前吧，在深圳时的同事，一湖南帅哥，某日，也是午饭食堂，郁郁寡欢不得活的样子，一聊，方知那年的意甲刚结束，且桑普多利亚夺冠，而他属意的是罗马。那时的意甲，才是真正的足球啊。陪他唠了两句，离桌前，心惊地听他喟然长叹："意甲没了，咋活啊？！"望着他拎着饭盆寥落离去的背影，也随着满腔悲戚起来。而据知，他一次也没下过足球场，更别说踢了。

　　人生啊，就是这么反常诡异矛盾对立不可以常理喻之。如今的年轻人，只认识川普，有几个知道"桑普"的？此正是：凤凰台上凤凰游，凤去台空江自流。吴宫花草埋幽径，晋代衣冠成古丘。三山半落青天外，二水中分白鹭洲。总为浮云能蔽日，长安不见使人愁。

错　付

在清汤牛肉小馆填肚子。一海碗牛肉汤，里面十来块麻将大小稀烂牛腩肉，一小碗米饭，一份素鸡海带丝花生米和橄榄菜小拼，可随便往汤里添加香菜末，使劲倒一层层胡椒粉，共三十七元。一前台点餐收款的，一后厨舀汤盛饭配餐的，一端盘送餐跑堂兼收拾桌碗的，共三人。

透过厨间玻璃望进去，后间唯有大个儿的不锈钢高压锅和大肚子电饭煲。小菜是事先配制好了的，各种搭配和组合，一遛儿摆放在透明冷藏柜格里。没有传统饭馆的烟熏火燎与百味杂陈，极简便方便清洁清爽。吃过老年头了。老板换了三茬，味道没变，品质还是那个德性，挺方便实惠够营养。食客不断，主要以家庭为单位。

用微信付款，稀里糊涂把密码号当成付款金额输入并付出了。一按键顿成千古恨。前台负责点菜收款的，是一身高近两米的青涩小伙，嘴角有两撇近看浓密远看却无的微黄汗毛，一瞅就是暑假出来帮家里人做帮手的。他先是一脸惊愕，旋即坦然自若地对我说：

"叔，就当是存款办卡消费吧，我给你打个条，以后来一回扣一次。"

我满腔悲愤却无言以对地瞅着他，心想，好歹密码是六位数，要是八位数或更多，不得每天每次组百人团来喝牛肉汤就大米饭啊；再则，是我还能再多活一百岁？还是这店能开一百年？没敢多往下想。

惺　　惜

　　文人相轻，无须赘言。而文人对非文人呢？简直不入法眼，基本无视。文人极度发癫张狂时，连皇帝都不睬，这简直与自杀无异。他们不会低伏斡旋，不能隐忍退让，不够世故圆滑，不懂妥协交换，只一根筋。故他们的官秩，命好的，也就太守或刺史一级，且多无为。而恰恰皆因无为而治，传为美谈。

　　不能出将入相，反倒成全了他们，悠游之下，留下许多美篇美名，供后人啧叹评说，如饮琼浆，如东坡、乐天，还有欧阳永叔等等。

　　王安石是个例外，被神宗三番请到汴京，任了参知政事，宰相了，翻手为云覆手为雨，轰轰烈烈搞"三不"，可最终仍不免灰溜溜回转江宁，连城都不敢进，在荒郊野外搭几间茅屋，日日也不洗脸，蓬头垢面的。憋闷时，孤魂野鬼般骑头蹇驴，在残山剩水里漫无目地游逛，连当年的门生们都避之唯恐不及。只东坡先生去看望过他，那也是路过，前嫌尽弃。

在涉及道德理想、文化追寻和治世经略时，文人间的不相融，势同水火。但在其内在思想与精神终极旨归上，不仅相通而且是相容的，惺惺相惜，君子和而不同。

猫　　狗

　　赶在台风加暴雨未临的时候，紧闭了门窗，刚来家不久的这只小猫，听屋外呼呼直扯的风声，吓得不知毛在何处了，我也可静下心来谈论猫与狗了。

　　始终觉得猫，太媚态，过于幽灵，蹑手蹑脚地试探逡巡，像身边处心积虑时刻琢磨阴损招法的小人；猫最可恨之处，在于它在需要你喂食的时候，会竭尽阿谀之能地耍二皮脸，在脚边遛来蹭去地套近乎，一旦满足了贪欲，就快速离开，猫在某处，敛气屏息做趴伏状，任你如何召唤，也不出声，更不现行，像极了某类从不掏钱只知蹭饭蹭喝的酒肉朋友；再加现今的猫，也不大捉老鼠了，见到耗子，反如临大敌，忘了初心，失了物性与本能，甚至变节投敌，也是有的。

　　至于狗，倒是忠诚可嘉，也不嫌家贫，更会狗仗人势，不分对错是非，一律替主子狂吠。人狗一心，其利断金，这些都是好的。但内心依然不喜，原因只一条，从小，被村里的恶犬追撵过，从此留下面积等同黑洞的巨大创伤与阴影。故对养宠物，心里是极其抗拒且难以接受的。尤其对抱猫牵狗的男人，多有鄙夷深恨之处。这也许是错的，显出自己寡恩刻薄的一面，要不得。

据传刘春对猫与狗，也属不大喜一类，或较我更甚，也不是没有可能。因他如我一样，也是苦出身，即便年少时没被恶狗追撵过，他倒反过来穷追猛打过恶犬，也不是啥稀奇事；可穷困匮乏的乡村生活，想来也不会于他心底养成多少博大善心素质与物我兼爱潜质。这似乎是山高水长般肯定的。但这世道，前后里外矛盾的事，总是层出不穷，超乎人的想象。

后来的他，对妖娆可爱年轻同行妹妹们的暧昧态度与蠢动情怀，与之猫狗，可谓截然不同，岂止天壤。他到底是比我先进文明高蹈聪明得多。对猫狗的态度，可察人之严宽贤愚。我是无药可救了，也不想救，只愿猫狗们对我好些，彼此共勉，一同精进，不枉这个天下大同美美与共的好时代。

天　赋

做人做事，是需要点天赋的。比如做官，有些人是无师自通。

当年在深圳，遇到市府某局下属某中心一副主任，河南人，男，四十岁上下，高中文化，近三十的时候，跑来深圳打工，一来二去的，居然成为"十佳打工者"，就此转变了身份，被破格抽调到该中心，不仅解决了那个时代连大学本硕博毕业生都渴盼渴求的入深户口指标，成为公务员，不两年，还被提拔成该中心副主任，副处级，主持工作。某日于酒桌，闲唠起新闻采访工作，他说这活儿再容易不过，关键看你敢不敢写。

随后的话，令我这个做了七八年记者的大跌眼镜，惭愧不已。他说来深圳前在河南某市一企业当过通讯员，给报社投稿，添油加醋写了篇假报道，当然是正面典型，不仅单位个人受惠多多，且稿子还被评为省里新闻一等奖，大出了风头。谈感受，他说，讲好话，给人戴高帽，自然没谁会与你较真的。

又某日下午，与他在市府大院里闲蹓跶，老远见几人从院门进来。他抬眼一瞄，立马撇下我，三步并着两步，飞跑着迎上前；临近了，听他用极尽谄媚的语气呼唤"局长好！局长好！"遂弯下腰身，保持着一步开外的距离，随在局长身后，一路点头哈腰；局长说了些什么，他"嗯嗯嗯好好好行行行"，应声虫般回接着，滴水不漏。

目睹此景，我远远地立在那儿，浑身震撼，遍体淌汗，充满绝望和痛苦。这绝望与痛苦，主要是针对自己。与人比，差距何止鸿沟，俨然太平洋，顿觉自己此生注定完蛋了。

风水狮子口

崇祯杀了魏忠贤，大明垮了一半。再杀独当一面却擅自妄为的袁崇焕，大明就彻底塌了。

杀了罪大恶极的阉竖，是大快了一时人心。殊不知，皇上凝聚不了的，老魏能帮他笼络，哪怕其间夹杂太多私欲。你把他给抹脖子了，自己又召集不了，把持不住，岂不坏菜。等杀了崇焕，就真没人肯替朝廷卖命了，正应了谶言，只好"重换"，历史只能再重演一回了。

老家屋后偏西朝湖一侧的山坡下，有个水口，唤之为"狮子口"，两山包婉转夹条小溪，四季有水，风水极妙。沟里的溪水，七拐八绕，于此注入南漪湖，是年少时小伙伴们捞虾摸鱼的绝佳之地。水口西的村子，叫裴村，往年的规模甚壮甚大，有六七十户人家；村里座座老派徽式建筑，青砖黛瓦白壁马头墙，条石铺道，沟渠排水，门楼高挑，状若飞翅。某年暑假，无聊中领女儿在日渐颓废落败的古村瞎转悠，于一处破落宅前立住，不无炫耀地对孩子说，这房子少说上百年了。说者随口，听者有耳。不料有人朗声回应："洪武年间的。"我一愣神，定睛一看，见黑洞洞的门里面，坐着位颔下蓄须的赤膊老者。是他接了我的话。

转来转去，又在"狮子口"东侧不高的山坡上，发现许多摘歪散落的残破古墓碑。我一一检视，满清各代的，从宣统往上，穿越光绪咸丰，直至乾隆顺治，散落四处，湮没丛草。我仔细检视，年头最久的，是崇祯五年，公元 1632 年。

坚硬如磐石的，都垮塌破碎了，何况肉身凡胎者流。皇帝尚且要死，百姓更非例外，从哪儿来，到哪儿去，虽亿万人，不得不往，还是不要多想，想多容易想不开。

素 处 以 默

夜深沉。窗外的园里，漆黑中一片唧唧唧唧声，浅浅铮铮的，沁人耳膜。那是秋虫的清鸣，取代了蛙的聒噪。可千百年来，以之为悲声。有风拂来，凉意渐起，赤着的膊，为之皮紧。

对面楼的灯火，也一窗窗渐次熄灭。没了夏的溽热，确是睡眠的绝佳时节，养人。懂且深谙此理的，是不会轻易熬夜的。此也正是东北绝佳的妙处。一入秋的门槛，天气就失了燥性，风就清爽起来，大块大块的白云，缀在天际瓦蓝的绸缎上，时光为之舒缓迟顿起来。对活于此地的细民来说，是天赐的福利了。

并不着急去睡。是周末，明早无事，也不劳烦闹铃去提醒什么，正好于这万籁俱静、唯秋虫浅鸣的夜半，揉一揉因陪家人逛街购物而酸痛了半日的胯骨轴和跛瘸了的右腿，再于尾骨处，贴上一副巴掌大小的微热膏药，整条脊椎顿时热络，甚是抚慰。

但悲葳蕤后，落叶满空山。秋虫因何而鸣？性命攸关的缘故吧。虫犹鸣，人独无语，非仅为性命而别有虑也。看这秋的半夜，如深大的水，流而不见其动，也不语，别无虑也。司空图云：素处以默。甚好。

爱 之 成 祸

情满人间，让世界充满爱，等等，仅是我等的一片痴心妄想，纯属良愿。这没错。但若妄念到，觉得只要有了爱，世界就万事大吉，爱能拯救一切世道人心，消弭善恶，归于大同，从此就没了丑，则无异于吸了毒后的臆想了。

且不说因爱生恨、反目成仇这档子急皮酸脸的事。这世间的许多恶，也是因了爱的结果。是谓孽债。

譬如，出门在外，你爱人因些琐事，事出无端，与人争执，发生纠纷，产生冲突，不论对错与否，想必你会第一时间挺身而出，不问青红皂白，替他（她）出头。这应是没问题的。不然，你对爱人，对自己，都内心有愧，无法交代。原因唯一个字：爱。至于理，情急之下，是懒得去管的；至于后果，严重的程度，也是血淋淋的，令人不解，甚至不齿。这，时有所闻或所见，绝不是啥稀罕事。

这是人与人的单个事。而涉及国或天下的，有两例。一是大奸

176

臣秦桧，与老婆王氏。秦桧应说才高八斗，王氏也是书香门第，其祖父于北宋末是组过阁的，绝非用"大户人家"四字所能轻飘概括。据史册载，她还与一代女词宗李清照，是姨表亲，表姐妹的关系，当不是瞎乱攀附或无端揣测。秦与王，当属门当户对，金玉良缘，郎才女貌，彼此兼葭情深，举案齐眉，行则卿卿我我，卧则如胶似漆。可他两在构陷谋害岳飞父子及岳家军一众将领上，心往一处想，劲朝一处使，殚精竭虑，互为立场，夫妻感同身受，休戚与共，爱恨情仇，连体同枝。这不，至今仍形影不离裸身双跪西湖侧畔鄂王坟前。整个过程，想必王氏是不曾迟疑的。

其二，汪精卫陈璧君也。稍了解民国史的都知，汪精卫，这个广东小子，却生得一表人才，玉树临风，乃居民国四大美男子之列；同盟会间，与南洋华侨富家女陈璧君相识。此女形貌平庸陋常，体短身肥，不是一般的胖与丑；但胆气非凡，志向高蹈，自然就爱上了慷慨英迈、豪气干云、风流倜傥、才气横溢的汪精卫。在汪精卫前往刺杀清政府大员的前夜，同气相吸的陈璧君无比崇拜地望着可能一去不返的心中爱神，为其壮行送行，淡定地说："此去，也不能送你什么，就把我的身体送给你吧！"

至汪精卫投降，建伪政权，慰日劳伪，亲善倭寇，至染病去世，殁殁回国，至扶棺抬灵，下葬中山陵旁梅花山，像宋庆龄支持孙中山、宋美龄辅佐蒋介石，她无不抛头露面，侍奉左右，摇旗奔走，竭尽呐喊。乃至自身以战犯被押，受审判，开口闭口仍汪先生长兆铭先生短，每每振振有词，衷心夸赞其如何躬身慎笃，忠贞体国，忍辱负重，持节爱民，而矢口否认其夫妇汉奸卖国贼身份。爱到骨子里，柔肠百转中，怎一个叹字了得。

所谓爱，无非是始终如一地站在对方立场。若此，王氏和陈璧君，她们的爱，一点也不渺小或龌龊，甚至配得夫唱妇随登峰造极之誉。只是这样仅眷顾一私之念的爱，及这爱背后泛滥的至祸邦国的私情，一旦溢满，则大祸临头、贻害多多了。

苦　　熬

　　许多名震寰宇的大家时贤，其实都是于寂寂无名时被迫无奈境地中，苦熬出来的。这与他们的初始之心，完全南辕北辙，似乎毫不相干。

　　比如季羡林，清华读书时，学的是中文，那个年代，去清华读中文，确是无奈之举，是等而次之的下策。譬如钱锺书等。可总得有个念书的地儿吧。

　　毕业后，季羡林回到山东老家，谋得一中学教职，算是被逐出文化中心了。是为稻粱谋。因外语稍好，就想留学，就考官派，也如愿。等到德国，学了几载，也不得要领；即将回国之际，欧战爆发，滞留多年，有国难回，有家难顾，音信全无；最要命的是官家供给的银子也没了。他寄宿在德国一家庭，蹭吃蹭喝；人家也不要他费用，就当收容了一个难民。房东老太太和年轻貌美的女儿，每天清晨把鲜牛奶热面包，和盘托到榻前，恭敬有加。日久天长，也是男人稀少，房东女孩居然喜欢上了这个落魄潦倒邋遢埋汰沉默寡言的东方男子，欲嫁之。可他不敢接纳。其中情由，不知。

想来，德意志民族高傲里的宽容与博爱，非一纳粹狂魔所能全否的。战争，裹挟走青壮年男人，当时德国，能在大学安心读书的，很少了；留学生，更稀。他无所事事，只有也只能学。与其说投，不如说是寄在几位研究古语的老教授名下，研究古波斯文古印度语等，打发日子。寂寞煎熬苦闷绝望挣扎厌世，甚至萌生自杀的念头。如何活下去，成了他最大的仇敌。如此，整整九年。没成想，居然续了绝学，添了香火，习得偏门技艺，几十年后独步天下，成为一代宗师，令人敬仰，备受尊崇。这是他前半辈子想破脑袋也不曾料到的。

所以，很多人或事，切莫一概神化，多属误打误撞。

喧腾与沉寂

多闹腾，就有多沉寂。

见过许多酒人酒蒙子酒疯子，开喝之前，正常人一个，斯文儒雅安静沉稳落落大方；可喝着喝着，就峥嵘毕现，露出兽的一面，语声渐高，话速加快，思维蒸腾，情绪发飙，争吵执拗；掰腕子，薅膀子，搂脖子，扯犊子，满嘴唾沫星子四溅；逐渐自虐且虐人，气不打一处来，恶从胆边生，撒泼耍横，摔杯子，砸盘子，掀桌子，骂声不绝，进而与人推搡撕扯，动五把抄。我见过最无厘头的，是大连某著名诗人，每饮到境界，一律不许人停杯，开始嚎叫，谩骂，脱衣服，再一缕一缕撕成条状；到了，四仰八叉，连同椅子，往后一倒，咣当一声，完事。被人拖死狗般抬出，方告结束。大伙见惯，不怪。

想说的，其实并非这些鸡零狗碎细节和惨不忍睹情状，更并非看笑话，瞅热闹，揭人短，显自己有酒德，具涵养。其实他们都是性情中人，都是好朋友，铁哥们儿，真汉子，很值得尊重同情，甚至眷顾。他们也着实不易。还是接着开篇那句话说吧。残酷不忍睹的现实是，他们中的多者，目前都安静地待在家中，躺在病床上，蜷缩在生命的归途里，不是肝硬化就是脑溢血，各种病魔上身，疾患附体，思维迟缓，五官呆滞，手脚失措，精神木讷，完全不复昔日酒桌上的意气与精彩，像严冬里，繁叶落尽枯枝瑟抖的一株寒树，芳华不再，风光难展了。

说这些，完全是因我昨晚在哥们儿的酒宴上，只顾吃，没有喝，也没麻烦代驾，提前告辞回家，吃果泡脚，再服药，脑袋空空，洗洗睡了的缘故。

沙　尘　暴

　　与帝都看齐，盛京的天也一片昏黄，像口生锈了的大铁锅，扣在头顶。

　　这种时刻，适合作战，尤其偷袭。历史上有两场载入史册的大战就是在此种天气状况下发生的。一之，明初燕王朱棣清君侧，率部南下，于保定附近与北上朝廷大军遭遇，双方十几万人马从上午杀到下午，本来天好好的，可时近傍晚，西北方飞沙走石袭来，狂风大作，沙尘蔽日，人人掩目。双方像商量好似的，各自罢战，撤退营垒固守。沙尘暴下了一宿。这夜，双方偃旗息鼓，屏气无话。来日清晨，敌我将士出了营盘，准备接战，突然发现对方营寨就在不远处。又一番遭遇混战。朝廷人马多，朱棣渐渐不支，眼见被围，生死一瞬。就在他仰天长叹几近绝望之际，二子朱高煦引一队人马救驾而来，朱棣死里逃生，仓皇北返。这也成为朱高煦后来造反其兄朱高炽、欲夺皇位的最大砝码与本钱。

　　二者，明末吴三桂投降大清多尔衮，李自成亲率四十万大军北拒，志在必得，于山海关外与十多万清军对垒。多尔衮派吴三桂领自己三万降军正面接战，六万多八旗铁骑分兵两翼埋伏。刘宗敏引部率先出战，吴三桂稍有退却。就是两军阵势骚动的当口，但见从东北朝西南方向一场大风摧枯拉朽，沙尘滚滚，狂袭而来，数万清兵趁势于两侧呼啸杀出，像把锋利无比的巨大剪刀，凶猛夹击。骑马立于高坡之上的李自成见状，心吓胆破，一拨马头，向南而去，几十万大军瞬间奔溃。

两场沙尘暴造就了两位新君与两座朝廷。

转　　世

古之士者，虔诚以内，性情耿爽，衷心一愿，绝无欺罔。每思此，神往之。有比板桥之愿为"青藤门下走狗"更甚的。中唐诗人李商隐，备受前辈诗王白居易称赞，钦佩之至，几近崇拜，觉得自己的那些诗，与商隐比，简直就是滥竽。某日，白对李说，来生转世，愿做他儿，伺候左右，于心足矣。商隐闻言，叉手而立，惶惶不安，然心暗喜。

后白卒，李得子，可此子不喜文墨，顽劣懵懂；商隐长叹，大失所望。过数年，又得子，聪颖内慧，文采斐然，遂欣欣然，敛容焚香，祷之以告白。

顺 为 孝 先

老过半百后，沉下心想，总以自己养成的常规识见和判断标准去要求风烛残年了的父母，且每每振振有词，觉得他们不可理喻，无可说服，进而不解，甚至埋怨嫌弃，似乎自身受到了莫大的委屈。此真是最大的不孝。

也才知，为人子，最大的孝，不在吃穿用度及疗病医疾等方面的保证，而在顺，在陪，在顺其自然与陪伴左右中让其颐养天年，走完一生最后艰难痛苦无能为力衰败羸弱的一程。这里面，没有正误和对错，因为他们渐已失去了正常的逻辑思考和价值研判能力。他们是老了的小孩，其幼稚固执到了匪夷所思的程度。每思此，汗颜惭愧。

理想与折腾

　　人不能有理想，一有理想，就比较折腾；不仅自己折腾，还连带一帮人跟着折腾。理想多是折腾出来的。毛泽东曾这么评价刘秀："常说秀才造反十年不成，刘秀却是个例外，十年不鸣，一鸣惊人。"

　　实际情况是，刘秀年轻时文弱谦恭，家乡人皆呼之为"文叔"，时不时下地干活；长大后，在长安做太学生，习经读书；他还养了一头毛驴，平时出租，赚点小钱，算是贴补，减轻家里的压力。当时他最大的理想是：做官当做执金吾，娶妻当娶阴丽华。"执金吾"是皇帝的仪仗，威武雄壮；"阴丽华"则是家乡大财主的女儿，漂亮贤淑。后来造反，加入绿林军，在刘玄手下官也做得不小。可这时，比他厉害得多的哥哥刘縯遭义军队伍里的对头诬陷，被刘玄无端杀害。刘秀屁都不敢放一个，还得一个劲地叩头说杀得好，谢恩。

　　回到家中，刘秀无声地流泪，就想自己的出路在哪儿，前途在哪儿，理想是啥子。第二天上朝，他毛遂自荐向刘玄请示自己去河北一带做招抚使吧，收编另一支起义部队铜马军。得允。于是他摆脱钳制束缚，别开生面，另立山头，带领南阳二十八星宿，大多是乡亲加同学，开启了跌宕起伏波澜壮阔的东汉立国之旅。

宏阔的理想及其伟业的创立，往往多是走投无路被逼无奈铤而走险的产物。文人的例子亦不乏，季羡林是其中的代表。

不 良 善 念

一

几年前，在周末马路市场，花一百多，买了把据款产自宜兴的紫砂壶，却没有相应相配的茶杯。每天，照例先烧沸一壶水，拿出母亲手制的家乡土茶，热腾腾沏上。可要候老半天，等温度降得差不多了，才对着茶壶嘴，猴急地轻呷几下。缺杯。即便如此，每每也被烫得龇牙咧嘴。好茶配好壶，好壶配好杯，类似于好女配好男，一点没错，全是真经，是一样都不能含糊或缺的。

二

家住较近。每天傍晚七点左右下班，打开车载收音机，固定频道，收听单田芳，慢慢地行，但也总是才听个开头，就到家了。懊恼得不行。有时恋恋不舍，把车停稳，懒洋洋靠仰着，再听上一会儿。这段时间说的是《水浒外传》，时迁杜迁啥的。每每痴迷于单氏特有的"暖压潮"声腔语调，不能自已。就这么时断时续半拉卡叽地听，终不解渴。为了单田芳，是得考虑换个远点的地方住了，路程在半个小时之外，恰好。

三

从壁柜最底层的抽屉里翻找出一摞去年穿过的 T 恤汗衫，纯白的粉红的黑白条纹的等等，挨个拎起来看，衣领皆一圈黄褐色汗渍斑印痕。穿上，脱下，再穿上，复脱下，一脸的不中意与满眼的嫌弃。就想，那些动不动就高调说喜新不厌旧、标榜自己道德高尚人格完美白璧无瑕的，全是在演戏，在撒谎，在伪装，在臭不要面皮。

四

夜晚，是预备来睡眠做梦的。否则盘古就枉开天地，错剖阴阳，乱分晨昏了。天经地义天造地设无可质疑。可这对一个睡不着而强睡的人来说，似乎就有些残酷。然这世间不如意事十之八九，就装着睡吧，苦练做梦功，但还得于半梦半醒间强起，还得以清醒者的姿态与警觉，面对白日里诸堵门板都挡不住的糗事糟心事。最苦痛者，莫过于需两面作战，即便钢铸铁打的虎贲之士，也难招架得住。同情并可怜那些失眠者吧，他们是真正的守夜者，为这同样不眠的城和社会。

五

数月来，每晨，通体冷汗涔涔，遍身透湿。还发冷，不敢掀被，严实捂着。被子与床单浸湿反复，简直拧得出水滴来。每天被也不叠，只翻转过来，再拉开窗户，抱天放空气，也不济。于是，屋里就一股汗味体味，与腋臭狐臭味，脚丫子味，烟草味，屁味，搅合一处，起化学反应，就不是个味儿了，统称"中老年男人味儿"。我想，能把生活过到这步田地，这个境界，这种层次，是否意味着快接近济公的档次了？抑或过之，从道具上论，只缺一把破芭蕉扇了。盛夏将至，确需一把芭蕉扇的。

六

就这么生坐着，不睡。燃一支烟，听夜潮涨起，又落，落复涨起，中间夹杂楼下臭水池子里凌乱无章的蛙鸣，和不时树梢搅动的细碎风声。我想，这也是某种休眠吧。

七

街上的车少，行人更稀，整个城显得荒凉凄惨，像遭抛弃的遗址。

忽想，那些人类的遗址，确有好多正是在此种境遇下被无奈放弃的，为逃避瘟疫，人们不得不离开祖居的场所，抛家舍业，惊鸟般四散奔逸，慌不择路。

在空旷的街上开车，方向盘可把得不那么紧实，哪条路都可行，可随便拐，甚或掉头，乃至倒车。就有些茫然与失落，觉得没多大劲头，忽然就念起往日的拥堵与熙攘，那些想逃避的日子，那些激恼愤懑骂娘的日子，那些想吵架甚至打人的日子，真正的生活。

八

如此静坐，抽三五支烟，到口苦；饮三两遍茶，到舌涩。脑袋空空，什么都不想，凡尘诸事，万千脱然；也放纵胡思乱想，但绝不执着纠缠于某处，像普照的光，掠过万物之表，不留遗痕。任光阴流逝，也不是不可。时光，其实就是用来虚度的。

九

事物就停留在它的表面，显而易见，并无深刻深沉之矜。持续的暴雨，令池塘涨起来，满了，溢出，成为漫水。而后，风敛雨住树静，纹丝不动，挺立着，如禅。你不得不佩服它们转换自如的随性与率直，及这背后蕴藏着的意志与定力。

十

剃须时想，"60后"注定一事无成。他们既没经历过"文革"，又没经受上山下乡的锤炼，更没有严格意义上挨过饿，却于恢复高考后大面积被戴上"天之骄子"的冠冕，无论从意志品质，还是情感模式，皆不具备拯民于水火、匡世于既倒的雄才大略和胆力见识。他们既看不穿社会和世道，也看不透自己与人心，他们只能一味小我，夸大自我，排斥他者，拒绝大众。

最悲催无解的是，他们始终被遭遇了上述所有沟坎的"50后"压制着。

十一

　　人生就这样，在最想做事，渴望做事，也确能做成点事的那些年，往往阻力重重，层层打压，嫌你莽撞青涩，办事没谱，不让你放开手脚施展；而当你意消气沮，精疲力竭，厌倦思退时，反而一大堆破裤子缠腿事，压在脑顶，力不从心，又推卸不了，烦不胜烦，潦草应付，敷衍了事。

　　好比青春年少，有身体，有颜值，有朝气，有才学，有理想，有情怀，就是兜比脸干净，没钱；俟等垂垂老矣，手头是有了些银两，却迎风淌眼泪，撒尿湿脚背，动弹就喊累，吃喝玩全废。从来如此。

十二

　　剔牙时想，在黑暗里待久了，是不需要灯的。

十三

做菜，也是件"放下屠刀立地成佛"的事，该出锅时就出锅。

比如炒花生米，始终觉得没熟。再炒会儿吧。盛盘时，花生米的热仍在，待热度慢慢渗入其内，粒粒变暗红色；夹进嘴，一嚼，一股焦糊味儿。

炒花生，半生熟状，正好。与和人相处，熟而不迫，相同。

十四

刚从山上挖来的竹笋，或于市场买回的，若一次吃不完，务必把剩下的，用开水煮数分钟，捞出后，再凉水浸透，冷藏，下回再吃，仍就脆嫩。否则，这些竹笋，仍会自动长老，变得硬不可嚼。

十五

突然想，当拳王，确是件糟心又揪心的事。他不能随便说不当这个拳王了，把宝座让出来，将金腰带上缴给组织。除非意外，否则他必须时刻等候着，在某个时候，被挑战者胖揍一顿，打得鼻青眼肿，甚至打趴下，撵下神坛，才算完事。

十六

平心静气检视身边的人，真心觉得，几十年里，最快乐的，是这两个人：路口边修自行车电驴子的大爷，和胡同里修鞋擦鞋掌鞋的老哥。

十七

十之八九的成功，源自性格。比如朱元璋，打小，瘟疫与灾荒，家里亲人接连亡故，见惯了生离死别，无动于衷；稍大，托钵乞食，游走四方，见多了恶狗的咆哮扑咬和世人嫌弃鄙夷的脸色眼神，心若止水，不恼不怒。这一切，磨就了他的超凡性格。

他非无恼无怒，而是觉得这恼和怒，是常态，是家常便饭，是一般性，是这人世间的本色与基调。他一股脑全遭受全经受全接受了，故他才真正从社会最底层爬至最高层，而面不改胆不颤心不寒。

十八

荒芜，也是大自然的一种伟力。疯长的蔓草，肆意的藤葛，密布的蛛网，斑驳的面壁，风化的砖石，颓倒的墙体，坍塌的屋室，模糊的文字，湮灭的遗址，腐蚀的枯骨，虫豸的乐园，蛇蝎的天下，鼠兔的疆土。这一切，都是对人的彻底否定或漠视。

这发于自然的嘲笑和讽刺，带着万古恒常的冷漠面容，伴随无情的风雨扫过，没有丝毫的怜惜与怅惘。荒芜，不是破坏，不是颓唐，更不是荒蛮的退化或凄惨的悲剧，是自然的修复和演进。它只有一个目的：去人化。

十九

未表达的情绪，永远不会消亡，它们只是被暂时活埋，并将于未来某个时刻，以更丑陋与激烈的方式，涌现。

二十

明亮的阳光从繁密叠叠的叶缝间透漏出来，光泽柔和了许多，同时把碧绿的叶片映照得玲珑剔透；叶面上纤细的脉维，清晰明了，像潺潺不绝的泉线，哗哗地欢快地毫无阻挡地流淌着，看似柔弱的声响，静谧的呼吸，盖过了熙攘浩大的尘嚣。这自然深藏的奥秘，与大美无言的境界，永远是凡俗的我们所无法知晓和企及的。

二十一

如果承认气是一种物质，那么，养气，就是件极其必要重要紧要，也是极可能可行之事。那么，孟子说"我善养吾浩然之气"，就不是空穴来风，就不是一句腐儒村言。那么，气功，想必也是存在的，只是没那么夸张。只是我们没了养的毅力与耐性，失了养的门径和方法，丢了养的习惯与功夫。

这所有的过失，该记在工业革命以来突飞猛进的科学科技的身上，使我们惯于在需要苦行和磨炼的时候，走了捷径，抄了近道，图了方便，而忽略了慢火煲龙骨的过程与百炼钢化绕指柔的经受。天上一日，人间一年，那些成仙得道者，包括白蛇精与白骨精，她们的前世今生，与法术功力，都不是凭空捏造或信手拈来的。苦行与养培，从来都是硬功夫，是偷不得一炷香的懒的。

二十二

对于家乡土菜,我也不好多说,说多,无益;只能默默地用口齿与舌头表达。我深知,面对一桌饱含深情的乡村酒菜,除了奋齿咀嚼和大快朵颐,其他都是扯淡。这个时刻,是缺不得酒的,最好也是家乡酒,比如古井贡和口子窖之类,才算标配。不要提茅台,这种被夸大其词了的水,最好用来泡脚,或擦拭淤结的筋络,方是派对了用场。

说到底,夏时的菜,还是产自家乡南漪湖的菱角菜好。把叶与须择净,扎成一把,焯水,撒些许盐,轻腌,杀下水分,放在冰箱冷藏,十天半月也不会走味。用菜籽油热锅,待微烟气,放蒜末,出香,将切成末的菱角菜倒入,大火不停翻炒;切记,加点青红椒丝,同炒;断生,即可出锅装盘。清脆爽口中,略带微涩,乃为正宗。

二十三

好作狂语,喜用大词,诗歌史上,唯李太白为甚。何故?才沛也。才不弘,无以驱使。留下遗憾与笑柄的,非项羽王莽莫属。以项王之力能举鼎,敢破釜沉舟,挟雷霆之怒扫荡强秦,据区区彭城而分封天下,拼的是蛮力。至于王莽,为复三代古制,天下井田,臆想狂悖，不合时宜，惹绿林红巾起，被点了油灯，德不称符是假，才胆力识不足是真。故写得了大诗，与称孤道寡，内里都是一个道理吧。

二十四

前几日，神疲，体不适，去泡澡，仅三两闲客耳，水净气蒸，缭绕氤氲，且池温于四十二三度间来回，颇恰惬。于水里没颈浸十数分钟，至微晕，遂爬起趺坐池沿，抱膝，发汗。如是者三四，每汗似泉涌，披发而下，淋漓四溢。顿渴甚，要壶菊花茶，佐之以冰糖，汗复淌数遍，始觉通体舒泰，燕般轻盈，神清气爽。临走，见一大纸杯冰糖还剩大半，扔之可惜，携出，置车内。这些日，每上下班，口衔一粒冰糖，感觉这一天的日子甜蜜无比，似乎生活突然变得如甘似饴，不复艰辛苦涩了。

二十五

梧桐树，我是喜欢的。尤其这个季节，梧桐滴雨离人泪，执手天涯两相思。我很早就认识了梧桐树，在读大学的那个江南小城芜湖，在六朝古都南京，在东方巴黎上海，当然也在埋有众多名妓伶优的西子湖畔，在九省通衢大武汉的珞珈山上。

这种长江沿岸一带肆意生长的特有树种，是从欧洲引入的，据说在黄河中原也衍生开来，把无数座黄土地带灰头土脸平淡无奇的城市打扮得挺像那么回事。啥时候梧桐树能移植到辽河领域来呢？我期盼着。可梧桐树也不大着调，长得曲溜拐弯的，不成材，爱起皮癣，徒有感官耳，短邦亡国之树耳。

二十六

阳光很亮，温吞着，不太凉，风很大。从医院探视朋友出来，他是在夜里幽暗的河边路上散步，猝然间被离地二寸拦车的铁链绊倒，膝盖磕裂及上腿骨粉碎性骨折。见满街的落叶，在泼天的旋风里，于路面低空翻飞飘扬，一堆，一簇，一片，一阵，焦黄的，赭褐的，绛红的，枯黑的，死灰的，像嬉闹的灵异的精怪，心头就一紧，顿觉这世间万物，有各自的情绪或意志，我们只是其中的一类与某种，孱弱的，矫情的，伤感的，煞有介事与故作姿态的，总之不堪一击。

老了，骨头酥了，眼神不中用了，反应也缓慢迟钝了，走路小心点，尤其在昏暗迷蒙的夜里，不要四处胡乱撒目，更不要抬眼傻愣愣望远看天，注意脚下。

二十七

　　每日于镜前，捅满嘴的泡沫，洗刷罪证般反复洗脸，从左脸到右颊，打前额至颈下，抑或擦拭光着的胸膛与后背。镜子无动于衷，毫不惊讶于今非昨我，它看惯了这日月流转的庸日平常，懒得管这镜前的人是胖了瘦了颓了衰了老了少了。它总平静瞪大着那雪亮的眼，眨也不眨，看你精心细致地表演和殚精竭虑地修饰。你若端详，看见的也只有你日渐苍老的颜容，以及由此表呈出的难以收拾的心绪。总之，你毫发毕现，无处可逃，明日仍得乖乖地回转，讲那些伎俩，毫无遮掩地再演一遍。

　　确如钱锺书先生所言：不自知的东西，照了镜子也没用。

二十八

　　老汉出门买肉，肉摊大嫂挨个逐一报价，发现肉价又涨了许多，摸摸口袋，硬硬的手机还在，可里面的余额日渐减少，心里就愈发一阵紧似一阵，顿觉生存不易，活着艰难，不吃肉的心思陡涨，最好披发进山，不给国家添堵添乱，方为正途。可转念想到庙里也需写年度总结，也要搞五年规划，也得计年终奖多少，头陀们各自有差，甚是厌烦，一时不知如何是好，站在街上双腿僵硬，满脸茫然，简直就是个多余的负累，行尸走肉一条，顿觉活着也没多大意趣与必要了。

二十九

视频看大厨做菜，每先必用清油热锅，然后倒出，再复加油，美其名曰这么炒菜不沾锅。看他装模作样似乎深谙个中三昧的架势，觉得这叫脱裤子放屁，下雨天没事打孩子玩，天桥的把式没一个玩真的。我们东北，没这些耍把式卖艺的花里胡哨穷讲究瞎折腾，一锅乱炖，将所有的食材搅和一处，你中有我，我中有他，他中有你，全是兄弟姐妹，不分彼此了。大火翻腾后，转中火慢炖，再文火微煲，不出三两个时辰，则满屋飘香，一派人间喜庆景象，尤其杀猪菜，任凭你是何方神圣哪里瘪三，皆会忘掉身份，放下架子，大快朵颐，欲罢不能。东北就这么随性。

三十

人一老，就变得愈发贪婪，显著的例证是爱拾破烂，同时总想占点小便宜，这是来日不多的征兆及条件反射式反应，总之不打算体体面面做人了，心底积压积攒下的过去种种未得餍足的私欲贪欲时不时探出头来，其结果，小偷小摸的事在所难免。

　　这不，前些天看见同事桌上一堆样书，有本台湾地区某作家的，觉得好，趁无人，就顺手牵羊过来，坐下认真翻了翻，未觉有何特殊特别之处，怏怏放下，但也不打算还，就那么明晃晃一直搁在案头。实在不好，哪天还是书归原处吧。

四

寻　钓

东北人，夏天想冬日的好，冬季念夏时的秧子，想来念去，把春秋给忘了。

这地界，确没有整状可称道的春秋。尤其春季，短命到连蚱蜢都不如，可以忽略不计。刮几场沙飞尘舞的温吞囫囵风，满城灰头土脸的，像个弃妇。乡村也强不到哪儿去，大地起耕，沙土暴扬，遮天蔽日。昨天还光秃支棱的树梢，变戏法似的，只一夜，忽然就挤出簇簇鲜亮的叶子，像塑料做的绿化装饰品。对这真的叶，反倒生出满腹疑惑来。再不几日，街上的行人，也都一水半截袖、短裤党了。

秋季稍好。九十月间，清凉高爽，沁人心脾。更好在，不必担心季节反攻倒算、斜刺回马枪半途杀出个"秋老虎"。立秋一到，气温立马两头沉落，早晚，就有些缩头缩脚缩脖缩颈，皮紧面皱，润肤霜该派上用场了。各家也都从壁柜衣橱翻出厚毛毯或薄棉被，摆在床侧。怕热不惧寒的，也得备下床单一条，以防夜半凌晨不测之冷。

这等于说，在东北，凡事，得预想周全了，早早备下后手。类似于还没真正交上火，就需事先想好后撤的辙，免得唐突之际，慌不择路，失了从容。这可是事关颜面的大事，绝不能因败而失节。

气候改变或决定历史。而首先改变的，是人。但凡外地来东北的，再生猛神威的主，日子一久，就无师自通地乖乖袖手猫起来，开始打蔫，懈怠散漫，沉迷于催情的火炕与暧昧的暖气，提不起精气神。实在郁闷得寡淡，于是，嗑毛壳，玩纸牌，搓麻将，侃大山，哼小曲，吹唢呐，扭秧歌，唱二人转，大锅炖酸菜，盘腿炕桌喝大酒。室外隆冬，屋里串烟，于苦寒之境，自得乐融融，可谓慵懒的自由。

凡三十多载，我本南人，淫浸其间，感同身受，早已脱胎换骨，入乡随俗，不以为忤。这不，刚入九月，还周末，看阳光不燥，风也正经，不紧不慢的，暖湿适中，就想塘里的鱼，也该肥美了。就想去钓几竿。

临时圈拢几位闲闷在家的。一早，几辆车往东走，奔了本溪方向。临时约的当地朋友在高速出口接，轻车熟路的，颠颠绕过市区，直朝山沟里插。路随山转，山近眼底，树密叶浓，草茂蒿盛，溪流叮咚，左右隐没。柏油道不宽，且拐弯抹角，但锃平瓦亮。路两边，有红瓦顶、瓷砖墙的二三层小楼，在阳光下耀眼，村舍洁净；但浓重的牛羊尿粪味，是怎么也关掩不住的，更别说耽于赏景而全敞了车窗，就有些冲鼻蹙眉。真奇怪，这味儿越浓越冲，心里反倒越欢喜踏实，方向盘把得顺，车也开得溜，说明到了真正的乡里，贴近自然了。事实是，这一带人家，多养大牲口，家境都殷实。

怪不得朋友，事先也没个准备，只说这沟里头，有个小型水库，因堤坝裂缝，只蓄了个库底子，鱼是有的。因水少，前些年周边盖起做农家乐生意的庭院别墅，一时没了生意，如今都空闲着，便宜得很。到后，见水面低缩在坝下二三十米处，且乱石嶙峋，连个稳妥便当的站处都没。胡乱丢了几竿，许久没见鱼咬，遂怏怏放弃。

换地方，唯有碰运气瞎乱撞了。在支离破碎的城乡接合部，走走停停，脖子伸出老长，左右打量，终在一高架桥巨大桥墩上，瞅见"垂钓"二字。"就它了。"我终挣脱开一路的尴尬。听我这么说，朋友一直焦虑着的面色也和缓了下来。

鱼塘边的铁笼里，一灰一白两只草狗，细碎尖锐兴奋地叫，继而相互撕咬，吠声引出一位拖着一头枯黄凌乱发辫的中年妇女。时近中午，我顾不得打听规矩，撇一行人于脑后，一顿忙乱地抽竿，系饵，刚抛下钩线，就见鱼标晃了几晃，往下沉了几沉，复又直立起，稳住身形，冒出个尖细却醒目的小红点。鱼虽没吞钩，但意思是有的。总算压住了我心头骚动烦躁几近崩溃的阵脚。

神仙难钓中午塘。两个多小时里，眼瞅着塘里的鱼，贴水皮，亮出黑青的脊背，懒洋洋，在中午浑浊呆滞焖酱色的水面，半死不活地游，偶尔还丢出个大大的水花。它们早已吃饱，甚至有些撑着了，一点下沉咬食的打算都没有。

可我的饥肠开始辘辘，身心就发慌。这哪是钓鱼，分明是鱼在逗人。而天空胸襟大开，秋阳正酣，抛头暴晒，目迷眼晕。肥胖的蜻蜓，在周围四处飞，平飞，俯飞，斜飞，倒飞，拉高地飞，相互追逐地飞，最终挑逗戏耍，双双交尾地停歇在鱼竿细端，像贴窗的剪纸，纹丝不动。

"一百块一竿"，见有人在收竿，要撤，黄鲜大姐急促地说。

东北，谁说钱多人傻，都精明着呢，虽说直率点。我乜斜一眼，一言不发也准备收竿，可在丝线快提溜出水面的那一刻，突见钩猛地下沉。我忙往上一提。"着！"出水的那一刻，赫然见钩下摇头摆尾活蹦乱跳着条三四厘米长短的鱼仔子。

细端详，这鱼，在南方老家，惯呼之为"麻姑呆子"，肤色麻，性凶猛，鳞皮糙，蒜瓣肉，头大鳍长，口感紧实，味道鲜嫩。大些的，红烧；小点的，蛋蒸。是临溪枕河人家一道味美汁鲜的私房荤菜，很值一啖的。

须明白交代，此为第一次在东北见到此鱼，无端忆起昔日江南时的过往青葱岁月和尘封故事，心情多少有些雀跃和鹿端。

羊　杂　馆

　　紧挨羊杂馆，新开了家炒面店。彩球挂着，彩灯亮着。一女孩清脆甜美的广告声，在喇叭里循环："不吃一次是你的错，只吃一次是我的错。"外加优惠打折和抽奖，从精神物质多方考验折磨你的判断和选择。

　　说实话，面食里，唯炒面是我所喜。站在两店之间，我略显踌躇，就有些摇摆不定。可闷热烦躁的夜晚，肚子咕咕叫，容不得我再磨叽，最终，我承认自己错了。一撩珠帘，毅然决然进了羊杂馆。毕竟吃了二十多载。

　　人不多，老式吊顶电风扇奋力地摇着臂膀，搅动满屋热浪，一股浓烈羊膻与牛肉味，瞬间塞满鼻腔。

　　这是家清真小饭馆，名称也透着股雅气，协顺园。靠门口闲桌落座，光膀子裸着上身的臃肿中年油腻老板，趴在狭窄收银台，抬起惺忪鱼泡眼，瞅见我，扭脸往里间，沙哑地喊："小份尖椒炒干豆腐，加点牛肉片；一碗羊杂汤，一小碗米饭。"套路熟的，连我都腻歪了。

也就一分钟，小二过来，颠颠端来两小碟小菜，一碟腌苤蓝丝，一碟裹面油炸花生米，外带三四瓣饱满大蒜。

满头大汗风卷残云，眼镜片上滴满汗珠。直起脖子，点燃支烟，猛吸几口，深深地透过嗓喉肺，复呼出来，整个人舒坦许多；再斜身从裤兜摸出一把碎钱，理出二十五元，老价码，朝桌上一搁，声也没吱，起身走人。

还没出得店门，听老板在里面嚷："大哥慢走。这是要去百金瀚泡澡呗?!"

见怪不怪，他太了解我这个老主顾了。许多回了，彼此光着身子在浴池里熟络地打招呼："来啦?""你也来啦!"随后不再理会，分头各自濯洗各自的那些脏处。

一碗粤式洗手水

　　早年间，在深圳做记者，跑市五大班子兼公检法司。刘春那时好像在央视"大风车"节目组，从老北广毕业刚去，才起步。

　　某日，忽接到他手机，说到深圳了。虽说我也刚去深圳不久，但毕竟户口已落特区，当是地主，当然要请他这个外地人了。

　　很费了一番心思，找到一家客家风味菜馆，预约了当晚的包房，同时邀上几位老乡和刚结识不久的朋友，以壮台面。大伙儿都早早到，坐定，只等刘春。

　　刘春风风火火进来，背只包带长到屁股蛋的牛皮休闲包。招呼也不和大伙打一声，把包往只空椅子上一扔，直奔厕所而去。尿急尿频了。

　　几分钟后，回到座位。菜还没上。转盘桌上，一只不大玻璃碗，装着小半碗普洱茶汤色的水，浅黄透亮。刘春瞅着孤零零的碗，问："怎么回事？"我略思忖，心里泛出坏水，一脸平静地说："客家开胃汤。大伙儿都喝了，碗都收，就剩你的了。"

听罢，刘春嘴一咧，脸略放光，挤出一丝歉疚式微笑："是嘛!"二话没说，端起碗，三口两口下了肚，临了还伸手抹了抹嘴角。

　　全桌人立马如钉子般定住，大气也没敢出，气氛凝重似殡仪馆，只相互瞅瞅，紧绷着脸，一言不发。

　　我浑身打了个机灵，没敢看半眼对面而坐的刘春。只大声喊："服务员，上菜上菜，来酒来酒。"

　　那碗水，是餐前洗手用的，当地习惯。在刘春去厕所那当口，大家入乡随俗，例行仪式了。

　　这件事，我一直憋在心里，没勇气说出口，憋闷二十多年，快成木乃伊了。这会儿趁刘春正在匈牙利过"十一"，天高人远的，遂横下一条心，写在微信里，卸了这块心病。但愿他读不到，或看到后，手机正好没信号或干脆没电。阿门! My God! 阿弥陀佛! 罪过!

本　家

昨日下午，老家鞍山的同事尊父仙逝，一行前去吊唁。

车经苏家屯，临近高速的街口，见有半弧形庞大高层建筑，有些地标性，某家银行的营业楼。初看，煞是眼熟，细打量，再合计，猛然想起，二十年前吧，这儿开了家十分红火的歌厅。

眼熟，是因当年来过；来过，是因同学相邀；相邀，是因我当时刚从深圳回转沈阳，寥落着呢。而之所以至今难忘，则是他请的方式。

这位，历史学硕士，同校同届。毕业后，在一家很有名的博物馆上班，与我供职的报社，只隔两条马路。我又跑文化线，工作交接也多。私加公的关系，熟络到彼此不提称呼，见面全"哎哎"的程度。

某日晚，记得快九十点了，接来电，邀我喝酒。说大老远又跑回来了，挺不容易的，都老同学，怎么也得请一次，以示地主的关怀与接纳，云云。言辞里，闪烁某种嘲讽，是那种背后看笑话、暗地里窃喜，但仍想帮一把的幸灾乐祸，与慈悲怜悯。这番话，我尽往好处听，就说好啊好啊，去哪儿？咋去？他心思笃定地叫我在家候着，马上他带车来接。

我穿戴披挂整齐，在阳台上往楼下瞅，有些小感动小雀跃小兴奋。不一会儿，远远地瞧见，从小区不设卡的东门，拐进来一辆高大笨拙的翻斗车，轰轰地冒着黑烟，声音高一嗓低一吼的。我也没当回事。这类车，只许晚间八点后才能进城的。

就有些烦躁。可翻斗车却在窗下楼根停住了，手机也随之响起。听老哥在电话里急切地喊："下来下来，楼下楼下！"隐约见他在翻斗车副驾驶室里探头探脑。

于是拐出小区，往南出城，上浑河农工桥，再折向西南，一片漆黑大野地。吭哧瘪肚的，约莫一个多小时，才见一片灯火。苏家屯到了。

我坐在翻斗车后排驾驶室，一言没发，心情跌到万丈崖底。说啥好啊，扯破嗓门喊，声音还能盖过翻斗车马达的雷鸣啊?！坐在副驾驶室的他，能听清我说啥吗?！何况还隔着层厚厚玻璃隔断。

那晚，吃啥喝啥唱啥说啥了，一概不知。我也懒得多理他，只是碍于面子，和他假惺惺地共度了个把小时良宵。单，临了还是开车师傅埋的。到如今，我也不知他俩关系几何。

实话讲，这位同学，确是位老实人，也是长白山余脉里山村苦孩子出身；在校时，听他讲述过，早年秋冬，如何晨昏摸黑孤单奔行在深山小道上十几里，怀揣一盒火柴，为了防狼。才学不提，热心肠，性慈善，没心计，城府浅，与我一样口无遮拦，交人或罪人，只在一句间。同城同学很多，他是第一个在我失意回转的破落当口请我喝酒玩耍的。

按礼数，主要是从脾气论，我是要回请的，这也是当晚翻斗车重把我送回家楼下，临分手时就约好的。

这回，我约了位刚结识不久的某大学老师作陪。这位，大个，微胖，阔嘴叉，鼓眼泡，豪爽自来熟，搂脖两里地，辽宁黑山人。之所以提籍贯，是因此地民风彪悍，长枪大戟，自古不服管束，吃软不吃硬。

路边小店，狭窄小包间，三人落座，贱菜俗酒，冷热拼炒，几瓶老雪灌肚，他俩面酣耳熟，几成知己，无话不欢。内急，我起身去厕所，站等了一小会儿。也就几分钟回来。一推门，顿时愣住。只见他俩闷声扭打一处，拳打脚踢的，一桌残菜，杯盘狼藉。

我大喝一声："住手！"双方立马收手，停住，复坐下。我移身两者间，左看看，右瞅瞅，皆低首不言语。气炸连肝肺，怒涌塞胸腹，大叫："都他妈滚！"不欢而散。彼此都没了来往。

岁月连轴转，往事不堪回。但谁又能真正忘了谁呢！十多年过去，今年春节后，已是天津某美术学院著名教授的他回沈阳探亲，也是晚饭后九十点钟，突接来电："你手机还还还没没换换换号啊?!"一阵酒后囫囵语，舌头拧不直。"知道我我我谁谁不?!"

约好在百金瀚绿色洗浴见。他早早到了，仰壳葛优躺在大厅长沙发上，几近沉醉了。一顿搓洗，两杯茶水下肚，他有些清醒。我忽然忆起往事，问当初他俩为何趁我不在，那么快就掐起来了？他显然还记着仇："他嫌我说话总吹牛逼，我自然不服气，就说吹牛逼咋的了。然后就动起五把抄。"略停顿，问："他现在干啥呢?!"我定睛瞅着他那张已松垮疲沓了的脸，没出声。

一个不服输，一个只服软；一个嘴硬，一个拳头痒；彼此不对付，一言不合就翻船，打起来，这在东北，是再自然不过的事了。

忘了说，我们仨，五百年前属一家，本家，都姓刘。

灵 异 事 件

入冬许久了，沈阳一直迟迟无雪。全城百姓往年恨雪频之心顿无，都满怀忏念，悔字当头，盼雪早些来。气象部门也急，好像出错的是他们，使出浑身解数和吃奶劲，预测周日气温上升，冷暖交流，有雪。果然。

而我因出差帝都，错过了。等几天后返回，却不见雪的踪影。有些年头了，此地无别的精进，除雪的速度和力度，倒是嗖嗖的。

于是出去找雪。在小巷子深处，墙角，有那么一戳一堆的，抬皮鞋头踢进去，来回摩擦，哧哧啦啦的清脆；再使劲跺两脚，心里有股小时候的感觉，竟恋恋不舍起来。

往回走的道上，拐进一家擦鞋店。有些日子没来了，店里没人，矮个子店主听见动静，从里间探出头，见到老主顾，亲热地打招呼。

两人高下面对着坐定。我略一抬头，见满是鞋靴的墙柜边，多了只鸟笼，一只青绿带黄脆生生的鹦鹉，正立在横杆上磨喙。

"养鸟啦?"

"捡的。"

于是开唠。"前些天，我正埋头修鞋，听外边有人吵吵嚷嚷抓鸟。出门看，一只鹦鹉在街面树棵间飞飞停停，众人遍抓不着。到傍晚，隔壁烀饼店小服务员进来说，鹦鹉歇在我店门口树上了。我端把梯子，悄悄登上去，它也不飞，轻手一抓，就逮住了。"

店老板是铁岭山里人，四十上下，本分里透出精明，心灵手巧，但凡与皮鞋皮衣相关的，没他不会修理的；还会应特殊人群诉求，按需订做。

看一只单鸟，挺孤单的，好心的他，把鸟揣在棉衣怀里，骑上电驴子，去了北市场花鸟鱼市场。在明白人指点下，配成了公母一对。说话间，鸟笼内的小木屋里，探出只翠绿小脑袋，叽叽喳喳几声。

"刚捉进屋，撒一把小米，这鸟兴许饿急了，小鸡般，不一会儿全吃了。转过天，配只鸟花三十，买只鸟笼花四十，鸟食花十块。一共七十块，够修三四双鞋的了。"

"你心好，鸟也认你，今年你会发财的。"我恭维道。

"那几天也邪门。大半个月前，店门敞着，突然飞进来一只大水鸟，挺长的嘴，尖尖的，一斤多重。也没受伤，喂米，它也不吃。我就犯愁，也没鱼食啊。街边打临工的，进屋看热闹，要把鸟拿走，我没让。我寻思，不能让人不明不白拿走，转身给炖吃了，罪过在我啊。"

"你心善，有好报的。"

"万物有灵，挺邪乎的。当晚，我把鸟送到浑河边，放了。它以后咋样，是死是活，不关我事，我也不管了，反正我没害它。"

由此他铺说开去。说他老丈人，当兵出身，一身正气，前些年，一早套上马车准备进城，刚转过屋角，发现猪圈边的草丛里隐着只黄鼠狼，他手急眼快，一挥马鞭，鞭梢结结实实抽上那物。也没当回事。当晚回到家，全家人围炕桌吃饭，约莫见窗户玻璃外黄鼠狼半拉脸。以为正常。可等准备熄灯睡觉，老伴和小儿子，突然都双手前提，手爪朝下，作揖般乱动，双脚还一跳一跳的。他老丈人一看，傻迷了。但他不信邪，转身出屋，四处寻找，待推开猪圈门，见黄鼠狼正在一侧角落来回跳呢。他迅疾从地上抄起一砖头，照直砸过去，没抡着，黄鼠狼穿隙而逃。

"后来呢?"

"别提了。总犯那症状，丈母娘和小舅子，一进入那状态，就神智不清，魔魔怔怔的。这不，小舅子老大不小了，到现在还没说上媳妇。"

我倒吸一股凉气，后背有些发紧。有些不信，以为他一个人做活，枯燥寂寞，拿我逗闷子。

"大哥你别不信，这我身边的事，不能瞎掰。那啥，我同村的，一大娘，夏天去河边，远远看见一条大蛇，在草窠里盘着，吓得她扯嗓子就喊，有蛇有蛇。附近人闻讯而来，有胆大的，上前抓住，拖回村，剥皮炖了。"虽早年于深圳工作期间吃蛇无数，胆未曾寒过，可此刻听起来，多少有些头皮发麻。

"你猜怎的？半夜了，吃蛇的那伙人，丁点事都没有，可这大娘，本睡得好好的，突然直起身子，一个劲地往墙上爬，手指头乱抓，把用旧报纸糊的墙，挠得一道痕一道痕的。"

我汗毛倒竖，急吼吼等着这哥们儿把鞋擦完，扔下五块钱，逃也似的蹽了。

小渔船的老板娘

小渔船老板娘，三十多岁，盖县海边人，匀溜高挑个，头发盘上去，一拢，结个鬏；不笑不说话，高门亮嗓，爽朗直率。见我坐下来，眉眼一挑，熟络地走过来。

"来啦，小哥。"

"一路找了几家店，都关门落锁。这不就来你家了。"春节将至，都准备过年了。

"我们也是最后一天。明天休息，初六开门。小哥哪天放假？"

两句话，客也迎了，招呼也打了，广告也做了。

"还是老菜？"见我颔首，头一扭，朝不远处的厨房清亮喊道："一号台，酱焖海杂拌儿，多加干辣椒。米饭一碗。"记性真好，知道我好那一口，喜辣。

又一转首，朝身后的服务员交代："来壶白开水，上盘小咸菜。"这，都是我的习惯与喜好。随后，笑嘻嘻地说："小哥，稍候，慢用。"话完，走开，毫不啰嗦。

我边喝着大半凉的白开水，慢条斯理地品着咸菜辣椒丝，等唯一的主菜；几筷子下肚，饿意与食欲渐起。向一旁正拖地的小服务员说：

"美女，先来碗米饭。"

"好的。叔，我这就去。"

有什么样的老板娘，就有什么样的服务员，有眼力见儿，不会弄错辈分，让人听着极受用，舒服，饭菜也随之下得快。

洗澡的胖子

晚饭后去洗浴。偶遇一胖子。

有多胖？按惯常文艺的描述和表达方式，似乎是：当他吃力地手撑着池沿，把自己肥胖臃肿的庞然躯体，从水里拔出来时，偌大池子的水位，立马陡降一厘米；骤然的落差，形成一排排急促的波浪——

池子里就我俩。

他哆嗦着挪动脚步，一双不成比例的小胖脚丫，太无辜，很委屈。

他往搓澡间走去。四位搓澡师傅，一位正在忙活；见他朝这边颤巍巍而来，一位慌忙抓起香烟，转身，掀帘，进了大堂；一位拿着流水单，一溜烟跑去前台，落账；第三位实在没辙，索性脱下短裤头，扑通一声跳进池子，把自己当成了客人。

见没人为他搓澡，这位亮起阔嗓门，嚷嚷开了："搓澡！搓澡！搓澡的呢？"

大堂经理闻声而来。抬眼望着这位，僵住了。

"瞅啥，搓澡的呢?"

经理陪着尴尬笑脸："哥哥，搓澡的马上到。可你——"

"我咋啦?"胖子接话道。

"大哥，你这体格，一张床躺不下，马上给您合拢两张床。但——"

"但啥?"胖子紧问。

"能不能算两份? 他们也不容易!"

"三份都行。啥也别说了，快去给我找套浴服，裤衩要大号的。"

经理立马傻待在原地，一声没吭。

胖子，不仅体格大，脑仁也够容量，一点也不傻。

春　日

天气春来暖，尤其中午。八卦街中心广场，聚集一批老头老太太。两位爷爷级的，相对站立着，彼此都有些腰弯驼背，往一起凑，这姿势，看上去，像旧社会作揖打拱。

其中一位，左手拎着只小马扎，右手伸出食中指，在对面那位眼前抖来抖去："告诉你多少回了，我今年，九十二了。"

对面这位，双手拄着拐，个头稍矮，微朝上仰着脸，半张着嘴："哦，哦，二十了啊！"

这可能是我们得以预测的不久的将来吧。

斜 对 面 楼

　　坐在五楼办公室朝东的窗户往外看，见斜对面楼住七层的大哥，又拉开了自家朝北的窗户。前几天，他也这么拉开过，拿出家里各种尺幅和颜色的脚垫，就着窗台，用一块黑不溜秋的抹布，一顿擦，一顿揩，一顿扑搂；再双手拎起脚垫，使劲朝外抖，顿见阵阵灰尘与渣屑，弥漫空中，飘飘扬扬。

　　这回，见他先后拿出棉袄棉裤，伸出窗外，拍拍打打，一个劲地扬啊抖。虽说相隔几十米，但我眼尖，还是分明看到了飘浮于空中的头屑皮屑之类的秽物。这，还不打紧，还能体谅和理解，公共空间嘛，大咧咧糟践下，类似于在路上走着走着，冷不丁放了个响屁，也污染环境不到哪儿去。可他在抖完衣物后，把黑黢黢脑袋伸出窗外，再伸出一只手，捏着鼻子，猛烈地擤出两股鼻涕，再使劲左右各一挤一轰，最后，动作娴熟地朝外甩甩手，估摸是为了抖落粘在手指尖上的浓鼻涕。

　　大哥，这，就有点太过分了。

锃钉环列

一

绕着新修的水泥路在村子里外闲逛。熟悉的老面孔，一律唤我小名乳名，那都是长辈；陌生的新面孔，也频频和我打招呼，居然有恭谨叫我二爷、叫爱人二妈的，弄得我俩满面羞怯。当年走出山村的那个青涩少年，已老。

但这种时刻是不允含糊或退缩的。我立马腰杆子一挺，双臂往后一背，脸上挤出一堆装模作样的慈祥，连呼嗯嗯嗯呵呵呵好好好；再伸出手，做亲昵状，去摸人家头顶。这时才发现，孩子的个头比我还高。

二

曾同在一口锅里搅马勺、一个槽里埋首就食、平日有事没事总爱凑一起喝酒猜拳吹牛扯淡的同事哥们儿姐们儿，纷纷先后办理退休手续，回家过睡到自然醒、醒到自然睡的日子了。思想与情感，都有些准备不足，大有始料未及又猝不及防之感。下一拨，伸出单手即能数清的不远的某年某月，则轮到我，就不免心里恓惶。

还没怎么开始就要猝然结束，少小时暗暗立下的毒誓，发的宏愿，早扔爪哇国了，就心有不甘，肺里发呛，肝肠乱颤，腹肚嘀咕，面上起峥嵘，眼角留余恨，满怀怆然兮，愤愤不平中。

但，可但是，转念一想，小白阿瞒大耳贼刘寄奴谢宣城韩昌黎郭汾阳东邪西毒南帝北丐中神通孙大炮张小个子时间简史宇宙预言家，皆已不在了，心里总算好受了许多。

三

春节回籍，连番吃请，不胜酒力，昏沉无据，卧之难眠，踉跄巡走，心思迷离。看山川破碎，田园荒芜，唯野花初蕊，茶树吐芳，松风刚健，鸡豚繁衍，见新人英迈，最是安怀。

四

冒暑遛了趟街。满街四处泰迪，成狗类第一大族。见一小泰迪，后两腿，做瘫痪状，一路拖行。引来一群离退休、街头揽活及闲散人员围观，众嘴啧啧，纷问"咋地啦咋地啦？""这狗真可怜！""主人呢？""谁这么狠心，把小狗打成这样！"狗是不会回话的，仍于马路牙子上瘫着后腿，一路拖行。众人跟着围观。这时，只听道边桌上一正在打扑克的半老女人幽幽道："它装呢。"话音刚落，这狗突然支起后腿，小跑，偎在这女子脚旁，小鸟依人状，拿一双黑溜溜水汪汪大眼，睃巡众人。这世道，连狗都学会弄虚作假了，扭捏作态，扮可怜状，博取同情。或许它成心就是在愚弄戏弄那些把宠物当父母与儿女的，也未可知。

五

院柳已长到五层楼高了，蓬大婆娑，繁茂飞扬。十多年前，它们刚移栽来时，棵棵弱不禁风。那时，才搬来住；现在，老得反如当初的它们。东晋大司马桓温，率大军北伐，一路凯歌，经金城，见当年手植柳，粗已十围，顿发"树犹如此，人何以堪"之悲，"攀枝执条，泫然流泪"，非大英雄旷世才真豪情不世出者不能发此言的。

我就没流泪。

六

早记不起家里座机号码多少了，可突然间电话响起。再悦耳悠扬动听的提示音，此刻听起来也触耳惊心，怪异非常，甚至有恶搞搞笑的成分。第一遍，没接；第二遍，没接；第三遍，得接了。那头传来城乡接合部大老娘儿们苍凉沙哑半地狱半人间声音："给送一桶矿泉水。"我尽量耐住性子："您打错电话了。"挂断。才转身，铃复响，一遍，没理；二遍，忍着；三遍，气炸连肝肺。"告诉你送桶水没听见咋的，也不差钱儿。""我这儿不卖桶装水了，改卖太平洋，还是咸口的，你要不？"遂安。随后细思恐极，这老娘儿们若是特朗普派打电话的，可咋整？用啥容器能把太平洋装起，且叫怎样的外卖小哥骑啥车送去白宫呢？

七

前些年，深秋夜，微凉雨，举把伞，在纽约小街巷里闲逛。也算体察民情吧，其实是想挑点毛病。突然烟瘾发作，出门一时疏忽，忘带打火机。就往远近灯火密集处寻。好不容易找到一家小超市，水果居多，入口旁有个摊位，卖日用杂品。赫然见有打火机，他乡遇亲人。我抬手一指火机，年轻女售货员递过来，同时朝我伸出两根手指头。两美金。我顾不得许多，交钱，匆匆点上烟，深深嘬几口。一开始没觉得有何不妥，感觉与国内无大差池，两元就两元吧。等连吸两根，过足了烟瘾，稳了被烟瘾缭乱的慌张心神，掏出打火机，翻来覆去一瞅，Made in China，顿觉不对啊，一只原产中国的小破火机，漂次洋过回海，居然卖到十三四元人民币，这不明摆着抢钱嘛。所以，任何时候，都别轻易忘了自己的来处与归属。

八

小学时，每周有半天劳动课。一般是积肥，每人至少上交十斤蒿草，由体育老师拿着杆大秤，挨个称，扔进操场边的大粪坑里，沤肥。这本不算多。砍草，没问题，主要是瘦小枯干，个头都没装草的竹筐高，挑不起来。伤透脑筋。

学校有片自垦的山坡地，三四亩的样子，每夏都栽上山芋，待山芋藤爬满地垄时，劳动课就去翻山芋藤，免得藤蔓扎根土里，浪费养分水分，影响产量。一群十来岁小孩弯腰弓背地翻，比赛着，也快，不大的地，一会儿就干完了。这时，只听老师嗓子一亮，招

233

呼说去隔壁的地里翻。同学们就疯跑过去。

后知，这地，是他家的自留地。

九

做梦许多回，硕士毕业了，同学不是找到满意的工作，就是考取某某名校的博士，皆得体风光。唯独我，一无班可上，二考博也迟迟不见结果，就双手合十地等，一直等到过了录取季，没戏了。孤苦回到老家，整天闷在家里，落魄如丧家犬，蒙羞似诈骗犯。当年就读的高中老校长，可怜我，答应我去中学做代课老师，感激涕零之余又无地自容，觉得如许年里南北折腾这么一大圈，最后还是回到曾经的出发地，死的心都有。就这么恓恓惶惶，忧心如焚，于万般挣扎煎熬中渐渐醒来，满头大汗，浑身酸痛，恍惚半天，方觉是梦，几多庆幸。随之想，离退休剩不几年了，混混就脱离苦海，洗脚上田了，释然。可下回再梦，情景依旧，如斯重新体味一遍。

十

林则徐一生好放大言，喜作名句。譬如：苟利国家生死以，岂因祸福避趋之。朝廷喜欢。又如：海纳百川，有容乃大；壁立千伣，无欲则刚。士人喜欢。等等。不一而足。

可晚年流放新疆，意气消减，雄心不再，想到名节与身后事，难免心忧吧。好友邓廷桢去看他，临别前，他故伎重演写道：白头到此休同戚，青史凭谁定是非？想必很少有人知晓答案。

仍是发人深省名言名句，却以设问句作结，也是情何以堪了。

十一

一生的苦厄，源自眷恋。据闻，佛陀从未在一个地方停留三日以上。洒水车一路播放的音乐，《洒向人间都是爱》，曼妙悦耳动听。爱如潮水，爱似滴灌，我爱清洁工。当年在深圳做记者，湖北某酒厂广告宣传出奇招，雇洒水车沿大街喷洒白酒，深南大道一路酒气熏人，喷着闻着，醉晕数路人，跌倒。

那篇报道，我写好了，但扔进废纸篓，没发。

十三

被生活或工作裹挟着走，真的不知自己的志趣和爱好是什么了，也真的不知干些什么更有意义更有价值。

那只刷牙用的塑料杯，已使唤十多年了，没记错的话，若不换，它会陪伴我一生。一生，就被这只塑料杯子打发了。人，实在活不过太多的物件。

前些天出差候车，无聊得很，在手机相册里乱翻，见一幅多年前穿着某件衣服留的影，很顺眼。就想，这衣服是我的？穿过吗？何时何地买的？花多少钱？现在何处？扔了吗？待回家，闷头在各种柜里找，不见踪影。想必早弃之如敝屣了。由此想，所谓日子，不过是穿穿脱脱，脱脱换换，换换扔扔，一生，就这般过去了，不值得大惊小怪或感怀嗟叹的。

十四

还是喜欢下雨天，尤其夏季带有隐隐滚雷的雨天，显得不那么沉闷，有声有响的，豆大的雨点繁密地砸在空调箱上发出的叮叮咚咚声，时急时舒，急舒相间，其间夹杂窸窸呼啦的风扶树梢的背景音，作为铺垫，贴切得很，有神秘暗合的节奏与氛围。猛然间，来一声敲骨吸髓的炸雷，类似某种打击乐或摇滚里的高潮，震人慵懒的垂思。按刘春早起遛弯时的讲法，坏天气也是种风景。此言确也。可我之喜欢这夏的雨天，关键在于性格与脾气上的同构，沉郁而急性耳，改是改不了了，除非这世间没了雷雨天。

十五

日之夕也，牛羊下来，猪鹅进栏，鸡鸭回窝，猫趴狗伏，鸟雀息声，月笼风偃，柴扉关闭，歇且栖住。乡间田园，唯此为美。

十六

武林的覆灭与消亡，不可不谓传统生活及文化的一大不可复制的损失。其三大思想与行为准则可值悼念，一替天行道除暴安良，二天下人管天下事，三分文不收更不留名拍拍屁股走人。侠者，远矣。

十七

明景泰帝朱祁钰，比起宋高宗赵构，不知厚道多少倍。爱瓷器懂收藏的，知道景泰蓝吧，其滥觞其始作俑者也。

其哥，明英宗朱祁镇，亲征瓦剌，被俘。国不可一日无君。弟弟朱祁钰在于谦等拥戴下称帝，彻底打碎了瓦剌如意算盘。数年后，瓦剌觉得拘个前皇帝，好吃好喝好招待，还得搭进去许多妙龄女子，不划算，就没讲任何条件，把朱祁镇放回了。朱祁钰也居然同意接收了。亲兄弟嘛！也好吃好喝好招待。可哥哥后来趁弟弟身体有恙，把景泰帝推翻且拘禁了，毁所营寿陵，反复羞辱，致其年三十便薨，谥曰戾。没个哥哥样。

话分两头，英宗朱祁镇，据史载，也是个厚道人，好脾气好人缘好老板。被瓦剌送还后，一帮大臣太监围拢过来，想想也是号召力超群，影响力深远，感召力磅礴，亲和力无穷的。也不是啥荒淫无道大坏蛋。可笑的是朱祁钰，可恨的不见得是朱祁镇。

无利益、理想与权力的冲突，亲兄弟才是好兄弟吧。

十八

1981年，高一，十五岁，离家三十多里，住校。五六十个半大臭小子，住一大通间教室，门口放一大木尿桶。这还是学校附近村子一老农放的，为了积肥。他只管每日清晨收走，傍晚再送来，不负责收拾卫生。大半夜，总不时听到噗噗哗哗啦啦的声响。有过分的，猿猴般从里间二层床铺上腾越而过，站在靠门的铺上往下尿，简直就是飞流直下三千尺，高山流水觅知音了。夏天臭气熏天，蛆虫满地；冬天，南北四个大窗户，通透，连层塑料布都没有，大风呼啸吹，雪雨任凭灌。

三餐就着一大瓷缸子大酱咸菜，连口开水都喝不上。这般生活，也挺过来了；再苦的日子，也不算啥了。那时，有空没空，总抱着本"现汉"，不知第几版的，翻来覆去琢磨着给自己改名。那时改名简单，没身份证，不用去派出所之类。名到底也没改成，背负着这个备受误解且遭人取笑的名活到现在，福兮祸兮，未知。

十九

做出版这行久了，最讨嫌各种古代典籍的全译本，也顶住了许多诱惑，坚决不出。什么《诗经》《论语》《史记》《搜神记》《资治通鉴》全译本。这些还算可谅，居然有《传习录》全译本，那是王阳明近乎口语的谈话集，读得懂的。这些古文，都是极好的原生食粮，却往里添注了那多水，稀释为挺大一锅，还故意放凉了，成了坚硬的稀粥，让人咋吃？

二十

夏日晚霞，实在美丽壮观充满诱惑。小时候，在母亲反复催促与咒骂下，极不情愿地坐进大木头盆，囫囵洗个温水澡。趁晚饭还没端上桌，蹓跶到屋后百米湖岸边高高的土岗上，朝湖西望，多见晚霞满天，金黄灿烂，仿佛满湖的水都被点燃。不止一次胡思乱想，湖的西边是什么？更远的远方是个什么样子？都没有去过，谁也不带我去，这辈子估计玩完了，永远不会知道了。

如今，我离家以北几千里，想回趟老家，得筹划大半年。

二十一

尝试着睡下，没有成功；爬起来抽烟，感觉不错。人生就得如此，不要太为难太作践自己，否则四处高山峻岭，没有丝毫出路。总结体会是，怎么得劲怎么来，任尔失眠加抑郁，勿拧。

菲律宾总统杜特尔特就是个很好的范例，他说自己过去是个同性恋，但也没什么不好；可自打结识前任妻子后，就又变回了异性恋。他由此延展开去大发感慨，说人有病，必须治，怎么治？有学问。得先承认有病，然后顺着病的脉络来，慢慢扭转，自然能找到祛病的方法，没那么难。

讲半天，忘交代他说这番话的话语背景了：他目前的政治对手是个铁杆 gay，他挺烦这小子。由此看，这个有华裔血统的混血儿之所以能在那个乱糟国家当上统领，且当得挺顺溜，没被该国强大政治家族顽固势力及流氓军方撵下台，是有充分充足原因理由的。脑袋好使，多少懂些中医甚至中国传统哲学。

二十二

郭沫若真是奇人奇才，先写诗，再治史，又撰剧，也一直活跃在两党政坛，最终还和科学搭上界，一生一路触电下去，大放异彩，不可谓不卓然大家，风光无限。可钱锺书一辈子也没拿正眼瞧过他，只是在《围城》里不露声色讽过他一回："文人总盼人早死，死了好写悼文，一年祭，十年祭，三百年祭。"

二十三

即便死亡，也是件极不公平平等的事。有的酣然恬静睡去，有的在撕肝裂肺的痛苦中挣扎许久；有的体态安详神情慈穆，有的恐怖狰狞惨不忍睹；有的周身利落完好无损，有的支离破碎血肉模糊；有的了无牵挂含笑九泉，有的死不瞑目阴魂不散；有的亲朋子女环伺，备极哀荣，有的孑然孤苦，臭了多日无人料理；有的花圈压压、幡嶂列列、哀乐阵阵、举国悲痛下半旗致敬，有的敲锣打鼓、燃鞭示庆、掘棺剐尸、挫骨扬灰，仍不解恨。如此这般，不一而足。不知将来的自己属于哪类?! 想想好怕，心头黯然，不知所措，剃须复剃须的手，陡然僵住。

二十四

坐着，就是不睡，佐以烟，反正最疲倦困顿的那一刻算是挺过去了，听楼下脏水池子里的蛙们在黑咕隆咚的阴森树影里高低深浅地鸣，叫声明显比往年老到许多，显出油滑狡黠的一面，像某类人，惯常在背后热闹地嘀咕，贴耳说三道四；朔风起，天气一凉，就纷纷转入地下。突然想，现实往往比小说更丰富更诡异更趣味隽永更出人意料，动物往往比人更接近本能更靠近欲望更贴近生存本质。它们，是人类的邻居与好朋友。

二十五

母亲节，没给远在千里之外的她老人家打电话，我怕她一旦接到祝她节日快乐的话，会发蒙，半天转不过味儿来。母亲是个字不识一斗的农村老太太，八十了，不懂这些洋节，更不解这背后的鸡汤故事。

遇到这些不明就里的洋节，心底着实厌烦，可也总觉自己落后落伍落单落魄落难，一把年纪了，仍不懂人情世故，连凑个热闹的心情都有，似乎被连顿的酒水，冲个细碎无踪影，简直不是个现代人。可真就不服，整这些八竿子打不着的外邦节，意欲何为？关键这些节，也不放假，叫人咋过？

二十六

嘹亮悠长的熄灯号，再次从北部战区总医院上空排闼而起。抬眼望去，阔大院落里，那一排整齐雪白肃穆的营房，灯光一下子熄灭，陷入沉沉的黑里。而四周的马路上，路灯如昼，车流串闪，车潮汹涌似吼，如决堤的大水，奔腾澎湃，跌宕起伏。这城，疯了般，不得歇。想必，那些乐于夜饮的人，不似我般枯坐难眠，正应了这城里永不熄灭灯火的景，忙不迭于吆五喝六脸红脖子粗地推杯换盏吧？！

二十七

古时，人活五六十，就算漫长一生，且孙子也有儿子了，可安然闭眼，胸无梗结，了无遗憾。现今，人到八十，依然觉得没有活够，还不够本，仍满腹牢骚缺憾，保养加偏方，吃药打针加手术，各种技法，痛哭流涕死乞白赖地不愿离去。这都是"时间加速"惹出惯出的毛病。科技加速，生活步调加速，社会变迁加速。过去，一职定平生，如今不跳个七八次槽不叫惊奇；过去，一恋到白头，现在换对象媳妇如换衣服，玄德兄确可闭眼了；过去，一路走到头，去赴个任，要走仨月甚至更久，风餐露宿的，有的还没到，就染病翘辫子了——

速度提了，方便有了，可时间还是那个时间，它本身并没加速，是人为地提速，将自身设定在生死时速的加速器里，结果是，像流星一闪而过，生命短促感怆然而生，一辈子，真就白驹过隙了。

二十八

植物，因土壤气候等的诸多不同，其形状材质功用等，就显出极大差异。这个道理，"南橘北枳"已说得极明了。

人也如此。南北人为人做事的不同，判若云泥。以骑人力车为例，南方是人在前车在后，骑车的，双手紧攥车把，默声缄语，弓腰弯背奋力前蹬；北方是车体在前，人端坐于后，两手直握横杆，不时吆喝"借光""让道""闪开"，这是"倒骑驴"。南方车夫埋头拉车之际，时不时需抬头看路，以防稍不留神一旦撞上，受伤的首先是他自己；北方则大大咧咧，随意乱晃车斗，即便撞上，受损的也先是车体，担保我之无虞。南方人做事，先把前路看定，结果想好，给自己留出后路，承担一切后果；北方人则一味鲁莽向前，咋咋呼呼，横冲直撞，关键时又游移不定，左右摇摆，最终撒手一扔，了事。

于此善意提醒初来东北的南方人，道上遇见"倒骑驴"，让着躲着点，一旦顶上，白撞不说，还极易饱尝几记老拳，挨顿削。

二十九

一头黑毛驴，拉着小板车，在路面宽阔车流如织的城市大道，昂着标志性长条脸，颤着肥唇，露出白洁的排齿，蹄子清脆，踢踢嗒嗒，欢快地一路小跑。中年主人，着黑衣黑裤黑布鞋，歪栽着身形，半拉屁股搭坐在车把手边，一条腿在车边沿晃晃荡荡，悠然惬意；手里举着的细长鞭子，鞭梢，绑了朵大红塑料花，也一起一伏地蹿动。小毛驴，骨架小，精瘦，看上去有些羸弱，不胜其力的样子。但，它是兴奋的。因它比那些被蒙上双眼，整日夜围着磨盘转圈，始终离不开同心圆的羁绊与约束甚至禁锢的同类，不知强出多少倍。

三十

八十年代初，我们这些上大学，尤其来自农村的，大多长得瘦小枯干，尖嘴猴腮，满脸菜色，饿死鬼般，比如现在帝都的刘春；

即便受家族基因影响，有个别个高的，也是麻杆形，一走三晃，显得风雨飘摇，比如现在西子湖边当教授的老赵，都典型的营养不良。那个年代，营养不良是全方位的，但都如饥似渴，单纯上进，一往无前。

三十一

孔子晚年三句话：一、时也，命也。二、慎始，善终。三、尽人事，听天命。其他，皆可忽略。

三十二

但凡文章写得好的，多是对生活有仔细观察的有心人。但这仍不够，还得要对周遭事物和人持明确的认识和判断。觉得这生活不值得过的，就变成鲁茅巴老曹一路；觉得生活可恋的，就成了周作人、沈从文以及汪曾祺们；觉得这人生可过也不可过的，就归入幽默调侃睿智旷达的钱锺书一类。你倾向于何者？

三十三

来东北三十多年了，气候与自然状貌，没多大改变。可有一样，变了。

当年，也是初春，独自来面试，但见燥风肆虐，满城黄尘笼罩，女人们皆头裹纱巾，弓腰骑车，奋力前蹬。而道两旁的自行车，老长一溜，一水伏倒，我满腹狐疑，好一阵子百思不解，以为沈阳人好端端的单车不立着摆，偏要倒着放，好生奇怪。后来知，那是被大风刮倒的。枯枝败叶细碎垃圾各色塑料袋四处飞舞，沙粒拍面；大辫子电车后屁股喷出股股黑烟呼啸而过，复掀起一路灰尘杂屑；每遇街角，售票员将戴着袖套的手臂伸出车外，手掌连拍车体，伴随"咣咣咣"的连续声响，高喊"拐弯了，拐弯了"，撵得道侧滚滚自行车阵纷纷闪避。

三十四

我们天天喂养的，不过是死。死，是物质的，像只兽，蹲伏在体内，索吃要喝，荤素不挑，但喜怒非常，哀乐难测，有时需酒浇块垒，大醉一场，方得驯服。直到它厌倦了这副皮囊，或我们已无力支撑这种豢养，它也变得足够强大威猛，贪得无厌，便趁隙离

247

去，弃我等之如敝屣。此刻，人也就彻底解脱出来，交割两契了。

三十五

　　厨子的心态与性格，一般都较为平和、开朗和爽快，因他见多见惯了从活到死及到烂，并皆由其一手操持并全程把控。他肢解，调和，搭配，在生与死、单纯与繁复、腐朽与神奇、水与火与油的矛盾对立统一间，跳动自如，来回转化。故，厨子，大多也都比较幽默。这与理发师，完全相反。

三十六

　　旧石器时代，人们住在山洞；新石器时代，住在山顶；玉器时代，住在山坡；青铜器时代，住在水边；铁器时代，住在平原；工业化时代，住在城市；智能化时代，住在微信微博里。

三十七

　　未疫时，周六晚，武汉，同学六七人，聚喝，狂笑，指点，高声喧哗，唾沫星子四溅；酒至半夜，说好换地再饮。某人开始信誓旦旦，可到临出发前，本也拿了充电器，聚齐，准备下楼。这人忽地闪身不见了。手机不接，呼名不答，敲门不应，像一缕青烟没了踪影。众不解，纷猜测，遂惶恐，怕其出事，贻害多多。经反复商量，唤来前台服务生，打开房门，未开灯，借楼道微弱亮光，见半床被子微隆，窄条条一具人形于里，且蒙头。怕其窒息，上前扯下被头，以手轻抚面颊。刚触碰，这人怪叫一声，诈尸般，裸着上身一跃而起，凄厉狂叫一声，复直倒下，吓得众人不禁通体哆嗦，惊骇连连。知他喝多，但活着，为其掩被，带门而出；复数人等呼啸上街，夜霄达旦，方归。

三十八

东北人的日常三餐，就是好对付，好糊弄。听一对中年夫妇在街边遛弯时的对话。

男：晚上吃点啥？

女：锅里还有俩馒头。

男：嗯。你一个，我一个。

女：一个够吗？

男：也吃不多点。那就煮点粥吧。

女：嗯。我再炖点白菜。对付一口。

初春料峭的风，呼呼吹；马路两侧的车，轰轰跑，淹没了夫妻俩的话。

三十九

不知怎的，一直不喜胡适，虽说是同乡，可总觉得他油滑，徽商买卖人的那种精明。这与老蒋骨子里对他的认识，相仿佛，别看他平时对胡适挺好挺尊重，那是出于政治的表面的作秀与隐忍。1949 年初，胡适迟迟不应召南下去台，他若不去，据说，老蒋杀他的计划早布置好了。其实，胡适也别无选择，因了那份油滑，逢场作戏久了，真或假，连自己都无法析辨，只得捧着唱本，被人牵着鼻子，似是而非地演，类似上了贼船，由不得自己，就得一路坐下去，装着一条心的样子。

四十

一中年女，上身黑貂，脚蹬高筒皮靴，头发蓬松如炸，左手挽坤包，涂满鲜红指甲的右手夹着支烟，在寒风里款款地走。迎面，一大姐，环卫工，头戴坐山雕式翻皮帽，身穿臃肿的饰有银光粉反射条的臃肿工作服，一条笨拙厚皮裤压住风寒，骑着垃圾车。车上，有两行醒目的诗文：抽刀断水水更流，乱扔垃圾愁更愁。

四十一

　　相当长时期，对古代战争之城市攻守争夺拉锯战甚为不解，觉得一座孤零零的城，巴掌大地方，还高墙森垒，沟围河护，有啥好占领的，不如由它去，围而不歼，困死拉倒。后来慢慢领悟，城市，是区域政治经济文化统治的枢纽和交通中心，不占而据之，不足以震慑人心号令四方君临天下。好比当下，万千农民抛家舍业告别田产涌入城市，宁愿站街头卖苦力住桥洞吃咸菜喝凉水啃方便面，也要以在城市筑室一间为务为荣，否则就永远是盲流农民工外来务工人员，随时会被当成累赘视为包袱，清出撵走。城市，文明结晶，却也是万欲之源，一旦踏入，如吸食鸦片之成瘾，细碎铁屑之附磁，去之不能，罢之不可，实最险恶叵测之存处焉。

四十二

　　太平天国改变安徽的程度，最烈最大最巨。安庆几度易手，使安徽失去了省府，迫不得已挪至庐州，即现今的合肥。三河战役，湘军几乎丧失所有精锐，李秀成陈玉成崛起，才逼迫曾国藩放手启用李鸿章，方有淮军横空出世。祁门战役，令数百年徽商营造的东南邹鲁商业凋敝文脉中断，万千当地巨户成族屠灭，祠堂尽毁，四处鬼哭。建平会议，太平军长途奔袭杭州，调虎离山，间道回师，再度扫平江南大营，大清绿营汉八旗兵勇全军覆没，战争天平倾向并依赖于曾国荃之五万精锐湘军，曾氏兄弟才有贪天再造之功，皖东南也随之城城破碎，村村荒芜人烟。俟天京城破，幼天王突围，首歇脚广德，后经宁国，窜逃江西，清军一路追踪绞杀，皖南再番涂炭，呜呼哀哉。

建平，本人老家，彼时，吾之先祖才从湖北汉川，一路逃荒，填空迁入。北洋时期，因与辽宁建平县同名，遂改名郎溪。

四十三

帝都的小旅馆很不地道。床宽一米二三吧，勉强够用，长充其量一米八，凑合，床垫却无端短出一截，结果是，双脚半悬空睡一宿，来回伸屈，屈伸。由此想到沈从文当年来北平北漂，恰也冬天，穷愁潦倒，也是住在冰冷的小旅馆。郁达夫听闻便来看他，他俩是没见过面的。看着冻得瑟瑟发抖脸色苍白的湘西人，郁达夫摘下围巾，套在沈从文的脖子上，再拉上他的手，走进附近一家饭馆。结账时，郁达夫掏出五元钱，结余还多，就顺手塞给了沈从文。分手时，还说，过几日再来看你。我就想，昨晚，咋没人来给我换张长一点的床垫呢？

四十四

想到夏的溽，对冬，怎么也恨不起来。冬的好，在于它把一切全裸露了给人看，这份真诚与坦荡，是天底下最无邪的君子的作风和禀赋。而面对灿花与浓荫，人们矜而喜，淫生无边的欲望和冲动，这世间繁华葳蕤的一面，浮夸而喧腾到了极点，正如膨胀的欲望，像汹涌的大河之表虚张声势的泡沫。

四十五

马路口，有位四五十岁的农村大嫂，穿身肥大臃肿的棉冬服，稀疏枯黄的长发，用根花颜色的旧布头一扎，成一绺，束于脑后。她在寒风里踱步，走来走去，使劲地大口裹吸着粗劣的烟卷，喷出股股白雾，空蒙浑浊的目光，不时停落在来往行人身上。她是个零工，从搭在肩上的揽活广告看，砸墙砌墙刮大白，揭砖贴砖装水暖，会的不少。有十来年了，始终见她在这路口蹲守。这两年，她明显衰老憔悴了，浓重辽西腔，高门大嗓里透着沙哑，吸烟太多的缘故。今日我多看了她几眼，她也看我。可我实在帮不了她，总不能把家里好好的厕所厨房刨了，请她去收拾吧。

四十六

冬日衔山，西天昏黄，暮霭沉沉。驱车横穿长白山深处一小县城，一条还算宽阔的大街，直不笼统。路两旁，小挑，板车，驴车，马车，三轮车，农用车，大卡车，沿街摆停，皆堆垒得满满当当，全在吆喝两种物品：大白菜和大葱。

堆堆人聚拢着，成捆成抱成堆买。又都按老办法，一溜整齐摊放在沿街楼脚的空地上，晾晒收水，压压匝匝，蔚为壮观。提提鼻子，满街的大葱和白菜帮子味，闻着踏实，嗅着舒坦，瞅着顺心。

东北老百姓又准备猫冬了。

四十七

小时候，看公牛在湖滩上干仗，一打一两个小时，咣咣咔咔，血肉飞溅，惨不忍睹，岸上水里，水里岸上，牛鞭脱出尺把长，摆出只要不死就干到底的决绝架势。我们这些放牛娃一路追跑围观，亢奋紧张，大呼小叫；可又提心吊胆，于心戚戚，生怕自家的牛吃亏受伤。但还是想看，不拉架，觉得过瘾。这是种什么心理呢？蛮牛就是蛮牛，它们只管打，直到分出输赢。

四十八

朔风起，吹得马路口便民修车点棚顶上高高插着的五星红旗噗啦啦直响。这是创城所取得的显著业绩。修车大爷蹲坐在一只破旧洋铁桶旁，袖着手，眼眯缝着，低头瞌睡；铁桶里有尺把长的火苗蹿出，舔舐空气。秋末，阳光还算光鲜明亮，可它已无法提供足够的热量抵御铺天盖地而来的西伯利亚寒流了。

四十九

上点岁数，就总幼稚地想回到故乡。其实，故乡是永远回不去的。老了的幼稚，是一剂夺命的药，像爱喝鸡汤求补的人，会在毫无戒备的喂养的虚胖里沉沦迷糊。如此想来，死在他乡异地，也不失为一种悲壮的抵御与凄美的救赎。

五十

我们迷恋史诗般的演进，而生活总是疲疲沓沓，像收摄不住的鼻涕，像不时泛起的皮屑，像嘴角不经意淌下的口水，像半夜三更梦魇时不由自主的手舞足蹈。

五十一

小时候，春节去亲戚家拜年，跑老远，几十里地，纯靠两条腿走，还不时蹚水摸河摆渡，没有压岁钱，只为混个嘴，肚里攒点油水。人多，晚上无处睡，便抱一床破棉被，四处露絮肮脏不堪的那种，里面多有虱子，钻进亲戚家猪圈，寻块干燥地面，铺老厚一层干爽稻草，连条床单也无；再找来两块砖，权当枕头，一宿与猪同室，也安然恬淡入梦。现今，对枕头百般挑剔，否则一宿难眠。

五十二

今儿白露，可中午的气温高达二十九度。午饭的菜，有道冻鲜的大虾，红烧时，多加了点四川朋友馈赠的自家秘制辣椒酱，吃出

256

一身燥热，大汗淋漓，以额头为甚。南方，更一片溽热中。秋高，而气不爽，譬之人生，都中年偏老了，仍不得平和清净自在，苟活在乱麻团的繁杂事务和蒸笼般的烦躁煎熬里，而不得脱。亿万年的秋风，仍起，还起，可故秋不再。

五十三

刚来东北读书，学校西门斜对面，有个名叫"百鸟"的公园，空虚寂寞、百无聊赖、愁苦无着时去过。

这哪是公园。四堵砖墙围起的一块四方四正的空闲地，栽了几棵碗口粗细垂柳，用城建的剩土烂渣破砖头碎瓦片堆垒起一座十来米的假山，上头戳着间钢筋水泥铁皮顶的不伦不类陋亭子。园里连条平整的路都没有，别说古迹，人迹也罕至。鸟呢？还百鸟，鸟的影子也没有啊。一入夜，漆黑一片，风摇柳影，阴森森的，像块圈禁地。

不知现在怎样了？早开发成高档楼盘了吧。

五十四

村里有位老地主，九十多近百岁，腿脚还算灵便，但架不住老来寻上身的病，后人们不管不问。想想还是自行了断吧。遂抖擞精神，用一根麻绳，把自己挂在了屋后院那棵老枣树上。风一起，晃一下，再起，复晃，几天后才被邻人发现。生死各由命，分走在何时。

五十五

总觉得小时候天冷，其实，千万年里，气温还是那个大致气温，升降没超或低过多少。只是那时候，御寒的衣物少且单薄，棉袄棉裤棉鞋，都母亲亲手做的，棉花也自家地里产的，可贫瘠的地，也出不了几斤好棉，不怎么抗冷。一入冬，小手就渐次被冻成馒头状，红肿虚胖着，皴裂的部位被冻破，开始糜烂，淌血流脓；耳朵也冻得肿大，更加招风，血管末梢就失灵，像有蚂蚁爬般发痒，于是上手挠抓，血肉模糊，就结痂，又手欠，反复揭痂，复又一轮血肉模糊；从棉服的破损处抽出泛黄的棉絮，粘在流血的伤处，棉絮和血和肉又粘连一处，又拽又扯，再淌一遍淋漓的血，致使整个耳轮耳廓不复有原先的形状和模样，至今扭曲变了形，像受过伤。冬季又多雨多雪，天气潮湿，总穿着拔凉的破胶鞋上下学，脚后跟自然也被冻伤开裂，与手背耳朵不一样，脚是需不停使唤走动的，每挪一步，其疼痛犹如刀绞针扎，简直如上刑。每想至此，那些艰难岁月，如何熬过来的呢？

五十六

天气转暖，一早去花市买花，漂亮的中年女店主不主张我买，建议我明后天来吧。我大为不解，满腹疑惑地望着她，问："为啥？"她直接回："明天三八节，花挺贵的。"没等我接话，她径直说："你都这个岁数了，买什么花呀！"世上还是女人好，祝你们节日快乐吧！

五十七

上午收到皖南老家寄来的自家茶园的明前茶，芽很短，也很稀碎，不似那些如雷贯耳的什么井什么春什么峰，急忙煮水，泡上一杯。说杯，其实是泥壶。按老家喝茶习俗，是该用高腰的玻璃杯才能沏的，目的无非是可清晰观察到茶片在沸腾的水里腾挪展现的姿态与氛围。讲究不了这些了。

看袅袅的茶烟从壶口冉冉升起，碧绿的茶叶在吸满水分后沉入壶底，看汤色，酽厚醇朴；温略降，急端起，嘬一口，微苦且涩。这就对了，像极了那个外表光鲜亮丽、内里实则艰辛困苦的一爿山水的味道与体征。

五十八

忽然想到，山水诗写得好的古代诗人，都是命苦运蹇的，譬如在老家做过太守的谢朓，永嘉时的谢灵运，再后来的陶渊明，以及唐时的王维、孟浩然，等等。为何？原因可以倒过来推。因为命途多舛，仕途维艰，一生潦倒，朝不保夕，只好回归自然，放逐山林，纵情以乐，聊以自慰。

东 北 哥 们 儿

　　有一文化程度不算高的东北朋友，东北话叫哥们儿，小我几岁。有段日子，经常摽在一起。胡吃海喝，附带做点事。怎么认识的，忘了。

　　也没正经问过他学历，大城市里出身长大，家境相当不错，估摸初中是该读完了的。人长得壮实，一米八大个儿，剃个平头，眼睛鼓鼓的，显得中气十足。一喝酒，就满眼红血丝，瞅着有些瘆人。

　　人很忠实。说到喝酒，总充大个儿。这是北方尤其东北人爱犯的脾气，不服输，有股偏向虎山行的倔劲。就说喝啤酒吧，你说喝青岛淡爽纯生，他偏说不过瘾，嚷嚷着说那叫酒嘛，要喝"老雪"。"老雪"是沈阳当地啤酒，劲儿大，味儿冲，潲水般，酒精含量要高出几度，但当地人爱喝这口，以出租车司机为甚。喝就喝吧，各喝各的，你一瓶淡爽或纯生，他就一瓶"老雪"，主动比着喝，从不养金鱼。好面子。

夏天，在马路牙子烧烤摊上，东北人，一般是敞着怀，甚至光膀子，一只脚踩着啤酒箱喝，闹到半夜，喝个箱把青岛淡爽是绝对没问题的。可他，没人逼，没人劝，也没人拦，也一瓶不落喝下一箱"老雪"，本就话不多的他，渐渐就没言语了，两眼通红，发直，舌头打结，冷不丁使劲左右猛摇脑袋，像要晃醒什么东西似的，连带着颈脖发出关节骨扭动的咔吧声，令人生出敬畏。

"多了？撤吧！"

"没事哥。这算啥。再来一瓶。"

那会儿还没时兴查酒驾。上车时，身子虽有些打晃，但不碍事，一抬腿，麻溜钻进去。先送他回家。还没到，他吵吵说："哥，别拐进去了，就在这附近停，我走几步道。挺晚了，你直接回吧。"我说那哪儿行啊，一脚油的工夫，不差这点事。"不用不用哥，我没喝多。"话语间就有点急眼，然后往车门边挪身子。

只好听他的。车才停稳，他一扳车门，一条腿刚迈出，整个身子也顺着出溜出车外，一百七八十斤的大体格子，玉山倾倒般，咣当一声倒在路边，不省人事。人憨直，说话却风趣，忒生动形象。有次开车进京，我拽着他陪我同去，根本原因，是他十六七岁就进了父亲当厂长的单位，第一份工作是司机，开过各种车。这在当时，属好工种，俏活儿。这一路，我俩轮换着开。不知怎的，他话格外多，尽听他白话了。说开大货，往贵州送原材料，遥遥几千里，没日没夜地跑，两眼瞪得像大铃铛，双腿僵硬似木偶，累得连踩油门的劲儿都没了。遂找来一块斤两足够重的大砖头，压在油门上，代替脚踩，解放了右腿，手把方向盘就行。说有时着急回沈阳与刚处不久的对象会面，嫌车慢，开不出速度，"那个心急啊，甭提了，恨不得把脚伸进油箱，使劲擢弄"。

我侧眼看着他，绷着脸尽量不乐，可实在憋不住，放声哈哈哈哈大笑到面部肌肉抽筋下巴挪移。许久没和这哥们儿联系了，不知酒量长没长。哪天张罗一局，会会哥们儿老感情。

单　车

刚毕业参加工作那年，1990 年吧，工资低，每月八九十块，吃饭穿衣，连顿酒也喝不成，穷得连自行车都买不起。暂时借住的地方，是朋友家闲置的单间房，三楼，真是帮了大忙，没有露宿街头。可单位不远不近的，公交不顺路，还需倒车。

于是在找人借完住房之后，再找这哥们儿借自行车。按东北话讲，总在一只羊身上薅羊毛。这朋友有辆不新不旧的赛车，低手把高车座窄车胎的那种。我瞄了很久了，他也不怎么骑。结果，好人善事都让他一人做了。

在相当长一段日子里，我每日撅着屁股，哈腰撑着车把手，在大街上来来往往。不习惯，多次没把控好，擦碰了人，刮碰了车，一个劲朝人道歉，赔不是。那时的人，都还地道，还没下作阴坏到碰瓷讹人的地步，最不济，埋怨两声，或鄙夷地瞪两眼，也就饶恕了。

更无厘头地摔倒过数次。这车，过高，太灵便，不好驾驭，每次摔倒，都重重的结实的，龇牙咧嘴疼半天。就觉得不吉利，把车还了人家。

某日步行上班，看见一辆破旧自行车孤零零歪靠在某楼头。走近再看，没锁。不是没锁，是没有车锁，连后撑子也没有。我前后左右四处扫射了几眼几圈，见无人，就上身一跨，骑走了。

这辆被人废弃的自行车陪伴了我至少两年多。高矮大小破旧程度正好。我每天骑着它，到单位，往楼下墙边一靠，回到临时的家，往楼梯口随便一塞，也不用锁，也不值得为它特意花钱买只新锁。有时车胎破了漏气了瘪了，也不修补，吱吱啦啦在路上几近拖地着骑。别说，这车真扛造，等车钢圈都瓢得变形了，实在骑不动了，在街边找修车老头，花不两钱，补补正正，依然飞转如新。

这辆车，一直骑到我换单位去了报社当记者。那年冬，第一场雪，我例行骑它去采访，不小心被冰棱子别了一下，整个车和人顺势倒地，撞上了一辆正路过的崭新奥迪车。

从车上下来一立整小伙，伸手揪住我不放，厉声问我哪儿的。我如实相告。他瞅瞅我那辆残缺不全的破车，满脸不信的神色，以为我拿报社替自己壮胆。那时的记者，真就牛哄哄的无冕之王啊。

我老实规矩地递上随身携带的记者证。小伙一本正经地来回翻看，随后像是自己的似的，往兜里一揣，说得拿回单位给领导看看，否则没法交差，新买的车，领导心疼着呢。那时的奥迪，金贵稀奇。我怯怯地问他哪个单位的，"省农行"，小伙头没转眼没抬，跨进车，一踩油门，一溜儿烟而去。

回到单位，总编室一位姓王的大哥听闻我的遭遇，气不打一处来，一把拽上我，急吼吼下楼，一同骑上他的自行车，直往省农行而去，边骑边忿忿地嘟囔："反了他了，反了他了。"他是老记者出身，天不怕地不怕的。

待进得银行大楼，他娴熟地直奔办公室而去，找到领导，先亮明身份，换了说辞："你们司机把我们记者撞了，不赔礼道歉赔偿不说，还把人记者证没收扣押了。有这么霸道的吗？"

不一会儿，当事司机小伙来了。双方开始各讲各话，互不相让，吵吵起来，几有动手之势。那时我刚进报社不久，没见过这阵仗，站在一旁，满脸紧张，生怕同事大哥受欺负。他们人多啊。

还是那位办公室主任有识见，或许知道新闻单位的厉害吧。他把胳膊一伸，隔在两人之间，说："算了算了，车也没多大事，记者证还给你们吧。"

惹出这档子麻烦懊糟事，让哥们替我打捱，生一肚子鸟气不说，还跌了报社和记者的身份。我瞅瞅那辆自行车，抬起腿，一脚端倒，复拎起来，扔进报社车棚后身的垃圾堆旁，再也没骑过。

野鱼 "麻姑癫子"

大中午，驱车在连绵大山里奔行，着实饿了，尿脬也憋得慌，遂随意停靠在山涧旁一家路边小店，打尖。

不曾料，在简易的柜台，见到儿时经常在河沟和池塘里抓到的一种野鱼，俗称"哈巴拖子"，无比欢欣亲切。此鱼三两寸长短，大头阔嘴，圆锥形的肉身，结实敦厚；嘴里有尖锐的排齿，遍体细密坚硬的鳞，黑灰色，麻麻癫癫的。故也叫它"麻古癫子"。记得烹煮时是不用刮鳞的，经烈油猛火催熟软化后的鳞片，成胶状，含有丰富饱满的钙质，嚼在齿间，咕唧咕唧的，口感极好；红烧为佳，酱焖也深得其味。然只恨其小，似乎它永远无法长大，半斤左右也极罕见；在南方乡村的杂鱼锅里，最得食客欢喜。其食性凶猛庞杂，于清溪小河与流动性沟渠等活水里常见。"就吃它了。"我欣喜若狂地叫，随后特意跑进后厨，边走边唠叨多加干红辣椒，收汤不易过急，小火慢熬些许。没想到，厨房无人，而厨师就是招呼我进屋的服务员，四十岁左右的农村妇女。整个饭店，除了她，没第二个人。她扭头定睛看我，像看外星来客。

　　等菜端上桌来，见椭圆的瓷盘里，十数条鱼鼓囊地排着，头鳍须尾俱全。就食欲大开，急忙下箸，夹半条入口，轻咂慢咬，倒是鲜嫩，可总觉肉质有些松软绵塌，不似小时的口感；也不太入味，虽配有殷红的干椒圈，也加了姜丝和葱段。略一思忖，是匆忙出锅，火功火候未到的缘故。这怪不得厨子。为了赶路，我忘了先前的嘱咐，中间催促了好几遍。那也是真的饿了、实在馋了的缘故。美味不常有，见到需诚待，这与遇人处友，是一个道理，不可不虑。

吃　　经

一

在人气爆棚的苍蝇老馆，对店小二"好嘞好嘞"的应声回答，不要抱太大的期望。他们对乌泱泱一大堆食客的杂乱诉求，一律如此回复，声音干脆利落，态度和蔼可亲，表达明确无误。可你等了半天，不仅菜没上一道，连碗碟筷都没摆，更妄谈沏上壶热茶，来杯凉白开了。

饭口，人多，忙不过来。

虚与委蛇，说的就是这回事吧。台面上的事，应景的成分居多，喊得最响嚷嚷得最欢实吵吵得最厉害的，一般都没结果和下文。如果你太在乎或过于较真，表明你还毛嫩眼浅。

去这类货真价实、口味独特、勾人馋虫的老饭馆，我一般是鸟悄进去，随便寻个座位，哪怕拼桌也行。然后低声唤来认识了很久的领班，犯不着报菜名，他都门清你想吃啥，无外乎老一套。不出意外，十分钟内，菜指定上齐。且皆按老习惯量身定做，不抽条，不走样，不暗度陈仓，不偷奸耍滑。最惬意的，是随便添加米饭，不另收钱。

门道无外乎，去这类店，别咋呼，它比你有名气；别显山露水，它比你更招摇；要学会走门路，讲私下交情，暗箱操作。如此这般，保证不会废时坐等，肯定比别的顾客早吃到可心的饭菜，解馋而去，下回再来。

二

在机场用餐，最好吃米饭套餐。

在西安，往返于北京的飞机还没有从帝都起飞，一生气，就觉得肚里没底，遂进了家快餐店，点了份排骨饭。有骨有肉有汤有配菜，再满舀两勺免费辣椒酱，吃得风生水起，压住了昨晚宿酒于肠胃引起的虚慌与羸弱。

最关键的，是可以免费添加米饭，且不限。

米饭量不大，就着排骨汤，闷头三两下扫荡完，排骨还没怎么动。抬起头，招呼女服务员添碗米饭。一旁有位老大爷，见我张罗添饭，捧着个吃得光溜溜的大海碗，也喊："加份面条。"女孩细语着说只能加饭，不能添面条。老头就虎着个脸，嘟囔："这办的是什么事嘛！"服务员满脸愧疚地立在一旁，反复解释。老头儿急了眼："莫吃饱嘛。那给添份米饭。"米饭上来了，没菜。"再添点面汤，可以吧？"老头儿近乎哀求地问。

不一会儿，一碗冒着热气的面汤端到桌上。这老伙计把米饭和面汤倒进大海碗里，舀了两勺辣子，用筷子一顿搅和，呼呼噜噜，吃个溜光。

　　站在不远处的服务员捂着嘴，侧过脸，偷笑。

病　房

一早，随护士的引导，进了病房，是三人间，我居中，39 号。另两位，一位看上去六十开外，矮黑；一位也就五十挂零，虚胖。早我住进来了。都一个病，尿糖。

照例是要打招呼的。点头，示意，就差抱拳了，像加入了某个团伙或"绺子"。此常理耳，无外乎想彼此讨个方便与照应。人生在外，谁用不着谁啊，何况成了病友，未来的十多日，要共处一室的。

一

脱下外套，就着洗得发白、皱巴脏兮的枕头被褥，顺势躺下，大衣盖身上，衣领遮掩半拉脸，眯缝双眼，打算睡个回笼觉。左右边两位，自然没把我当障碍，照常拉话。

只听矮黑 38 号对虚胖 40 号说："刚才你出去抽烟，护士来了，叫我转告你，别忘了去做个什么检查，在前楼二楼。"

"哦，可不，不说我还真忘了。"

"这大上午的，不知有多少人排队。"

"可不。唉。"无奈的样子。

"年初，我在别的医院住了几天，赶上同病房一位老哥有个亲戚在那儿上班，事先预约安排好了，不用排队，我跟他后边，借了几次光。"

"没熟人，真不行。"

"这回，就没光可借喽。这几天，前楼后楼，来回跑，一等半天。"

没等虚胖接话，只听病房门笃笃笃地响，随后进来一高一矮两个中年男人。是来看望 40 号的。

寒暄，问候，宽慰，安抚。言语间，大致得知是单位领导来探视下属。唠到最后，看上去像领导的那位突然问虚胖：

"咋跑大老远住这医院来了呢？各方面条件也不算太好。"

"这不孩子在这上班嘛，麻醉科，都安排了，图个方便。再说也没啥大病。"

"那是，那好。现在住院看个病，不认识人，的确遭罪，哪哪儿都不方便，就各种检查化验，生拉把人折腾稀了。"

此时的 38 号，正翘着二郎腿，面色沉静地斜靠在被褥卷上，悠闲地翻弄手机，打发时光。

二

假寐，没能成眠，护士就推着叮叮当当小车，进来了。

"39号。叫啥？"

我往下一拉虚罩着脸的大衣领，从床头边的柜子上摸索出眼镜，戴上，欠起半拉身子。见面前站着位一袭白的年轻姑娘，苗条匀称，面容姣好，未施粉黛——不是她不想，是医院不许——心底就开始犯坏："单子不写着人名嘛。"

这样的病人，护士遇到的肯定不多。她几近磕巴地念出登记单上我的姓名：

"是你不？"随后机灵八怪、有点反唇相讥地说："我们这儿，病房紧张，男女混住是常有的事儿。还以为性别写错了呢。"紧接着咄咄地问：

"为啥不去做心电图？"

"昨下午办完住院手续就去了，大夫说下午人少，可一去，早有二三十人在那儿排着，挨个叫号，实在等不起。"我如实相告。

她小白素脸一拉："那也不能不检查啊！你把咱医院当成大相国寺后院的菜地啦！"一听，就觉不简单，读过"水浒"。

"要扎针就扎，要检查，我是不想去了。"不就是来调个血糖嘛，我犯了犟劲。

护士见状，气呼呼推起车，走了。

约莫过了大半个钟头，她推着另外一辆轱辘小推车，又回到床边。说话的口气为之一变，枪膛里没推子弹：

"我们主任说了，你挺难伺候。可她看了你带来的体检表，各项指标还算凑合。但心电图天天不一样，必须得做。主任还说了，出于照顾你，就在病房给你做。把上衣掀起来，露胸。"

话里的主任，是哥们儿的关系，靠她，才得以住进来的。我多少有些感激，乖乖听话，宽带解衣；也多少有些羞怯地把衬衣撸卷到脖领下，露出瘪塌塌前胸，脸侧向一旁，牙缝里发自肺腑地挤出几字："那就谢谢美女了！"

"都这样了，还客气啥。给你抹酒精了，有点凉，别大惊小怪，忍着点吧。"吩咐得还挺周全仔细，容不得你心软。

先是身体感到几抹清凉，沁肤透胸；接下来左右胸各吸附上几只小探盘。静耳听，搁在小车上的仪器，发出刺刺啦啦的细微声响。那是我的一颗老心脏正在竭力工作。

几分钟就结束。护士麻溜地啵啵拔去吸盘，收拾利索，转身推车就走。为缓和气氛，我不无调侃地问：

"心脏情况咋样啊老妹，还能活多久？"

没有回音。

三

第四第五天，矮黑、虚胖相继出院。剩下我孤零零的，也进入最后一天的滴流。

正孤寂间，门被突然推开，一串噔噔噔高跟鞋响，旋风般进来位中年妇女，急烧火燎的。见她一屁股坐在靠门边 38 号的病床沿，发出一声幽幽长叹。我本能地侧脸望，正赶上她扭头检视床铺，四目游接，她先开了腔："几天了老弟？"

"最后一天，明天回家。"

"哎，糖尿病真磨人，稍不注意，血糖就呼呼上来，眼睛开始模糊。还好，今天来，点子正，赶上有空床，不用等了。"

"是。这床的人，昨下午刚出院。"我礼节性随声应和着。

"这病，一旦得上，就摆脱不了，尤其对你们老爷们，喝酒抽烟的，像那树，别看外表枝繁叶茂光鲜水滑精神抖擞挺拉风的，可里面内脏，心肝肺脾肾，像树心，不知不觉慢慢开始病变，渐渐就空了，引发各种并发症，老快了。"

我不敢再看她，一脸惊恐地直愣瞅着屋顶，感觉她是在有意单独说我埋汰我暗讽我，觉得自己好亏欠好愧疚好对不起她似的。

卤　　鸭

　　今日食堂有道菜，酱香鸭边腿，也不知这名咋起的，有何说道没有。东北菜大卸八块的那种，挑了两块体积较小的，放进食盘。

　　鸭，是家禽里我最爱吃的；鸡，嫌油腻，当然笨仔公鸡除外；鹅，个儿太大，收拾起来太过费劲，肉纤维也太粗糙，但潮州卤鹅，尤其卤老鹅头，当不在其列。母亲是做卤鸭的高手，其次是大姐、二妹和幺妹。她们都知我好此一口，每次回乡，尤其夏天，都会特意为我买来农家自养水鸭，尤以麻鸭，只三四斤重的，最佳。我也是很得母亲卤鸭技艺之真传的，但也仅达她老人家十之二三吧。平时发起癫来，肚里馋虫搅闹，便从菜市场鸡鸭摊上买来一只，待做到半拉克叽，手忙脚乱中忘了注意事项和操作流程，尤其作料搭配与火候掌握，就操起手机打过去，一个劲问母亲咋整咋办。每闻此，母亲会不厌其烦讲这说那如何如何，临了总一声长叹："还自己做饭做菜，真可怜！"

　　在我记忆里，家里很少养鸭，因为它们总爱往屋后的大湖里跑，抓鱼虾摸螺蛳叨湖草嫩芽根什么的；而鸭，与鸡鹅较，记性差，时不时走丢，等于白替别人养一场了。

上嘴咬鸭腿，不烂糊，筋筋绊绊的，更不入味，犹如柴火，就有些怅然。想想，这两者间，自有其必然与无法割舍或抵赖的关系。这既对不起死去了的鸭子，也对不起活着啃它的人。于是就陡生些怀旧与想念。鸭，我以为，还是芜湖的好吃，当然是卤鸭，尤其白卤的。南京的板鸭或咸水鸭，不着调，咸不说，肉质也死板；随其而来的鸭血粉丝汤，成品配制配送，临时调理，徒有虚名耳，全失了往日的口碑与美誉度。湖南啤酒鸭，土匪气浓，也过于麻辣了，非一般嗜辣者不敢下箸，这就难免小众，自我矮化了。

曾为一口卤鸭，在离开那座长江下游南岸的小城芜湖三十多年后，专门去过几回。从乡下的家里出发，要开一个多小时的车，出发前，还故意留着肚子。芜湖卤鸭，非量产，普通百姓家摸黑制作，一清早，推出辆小胶皮车，车上有玻璃柜子，柜子里悬几只乳白或焦黄的鸭子，鸭头鸭脚鸭肠鸭肝鸭胗等下水，单卖。各家各有味道不一的卤水，互不外传。而卤水之好劣，很大程度上决定了卤鸭之好吃与否。卖完，就收摊，管你天王老子，不伺候。三十五六年前，在那座小城读大学，无数次从鸭摊旁路过，咽无数遍贪婪绝望之口水。那时就暗自忿忿地想，待老子有了钱的，挨个摊点一路吃下去，吃它个鸭腿鸭脚鸭翅膀天翻地覆慨而慷。那时，穷啊！

在芜湖，还是有那么几个狐朋狗友旧相识的，不用想就在嘴边晃荡的，有姓曹的某诗人，本在报社当总编，文章诗歌与酒，样样拿得起放不下来，不好好奉职，偷偷收藏起各种壶，从三国到民国，从陶到瓷，跨两千年，累累摞摞一面墙，骷髅堆般，号"百壶居"，还请了国宝鉴定大师杨仁恺先生题的匾。我每每于他家端详，直言呼假的居多，惨烈上当，徒废钱两耳。他自然老大不悦，又辩不过我，总抡起拳头捶得我后背臂膀生疼，那是真下得去家伙下得了狠手啊。于收藏一道，水太深，因朋友真得切，我是不愿奉承讨好鬼糊他的。现下他不太爱搭理我了，收藏废钱不说，更因其又娶下了一门新妇，于收破壶烂罐之际，玩起华室藏娇的好戏。于此，我是极力反对的。他青梅竹马的前妻时不时给我来电来微信，扫机关枪般控诉他，搞得我也不知说点啥劝解些啥为妥为好。有时我不免想，都分开这些年了，还被曾同床复同衾、共温鸳鸯梦的异性一直惦记着，数落着，不能忘却，缭绕心头，虽说是"孽缘"，也算某种"福报"吧！须知，爱与恨，多数时刻，是连体婴儿，分不清彼此，极难切割。又如一位姓方的教授，在我母校已做到博导，爱惜名声，顾怜名下的博与硕的成长，整日忙于授课加指导，改且审枯燥论文，生怕丢了自己的那张老脸，附带还得给这些学生们介绍工作，包括对象。于他而言，这番忙，是值得的；却因此不怎么待见我，心里实愤恨，嘴上却不敢说。为了那口朝思暮想的卤鸭，我必须暂作隐忍，作长远计，不和他们理论且一般见识了。还是卤鸭的吸引力与诱惑度大啊，为了它，我是完全可以暂且容忍这故地里两个老男人的冷淡与漠视的，莫如一起与卤鸭在砧板和酒桌之上相见吧！

某年春节，我回乡，又急切去了趟芜湖。明面上是给他俩拜年，实质就是冲卤鸭而去的。这话，当时不敢启嘴，怕伤了他们的心或自尊。现在可以庄重大声宣告了。记得当日中午，他俩在酒楼安排下丰盛的酒席，我大咧咧居中端坐，左曹右方，惺惺相陪。对节日里的肠胃来说，百菜无味，也多余，唯一只稀烂的卤鸭，全头全脚，外带杂碎，一盆晶亮卤汤，是老曹特意从路边一摆了几十年的老摊子上拎来的，吃得我油沾腮帮，饱嗝连连，还多饮了三二两他藏了二十多年的古井贡。临分手，老曹晃荡着身子，一把拉住有些趔趄的我，喷着满嘴的酒气与鸭肉香，嚅嗫着本就有些磕巴的嘴，说："你先，先别走，在这稍等我下，我这就去老东门，老东门还知道吧？有家卤鸭摊，再拎两只，你带回去，细尝细尝。"于是，我在冬日湿寒无比的芜湖街头，傻站了半个多小时。

　　仗义每多屠狗辈，负心多是读书人。是真的在酒肉席上交下的老朋友，多是在吃喝上彼此照应照顾周到周全的，是一点也不丢人的；不像那些道貌岸然伪君子，送出十里地，不请一顿饭。

野　钓

　　午后，漫天秋阳高耀，澄空如洗，微风和煦，一时兴起，拽着媳妇驱车出城，上了环城高速，朝西奔行数十里，摸索着前往曾去过的野塘垂钓。实已早出了市区，进入新民地界，一个叫东升堡的村子。

　　野钓，务必饵之蚯蚓。蚯蚓照例是在村旁省道边的渔具店现买的，五元一小盒，用湿的黑沙土偎着；问有多少，店主回至少四十条左右吧，够用了。轻扒开覆土，见细小的蚯蚓们纠缠一处，鲜活泛红，湿漉着抱团蠕动。

　　有更痴迷于钓的，见两个中年男人早坐在塘边了。一位架起二郎腿，脚踩钓竿把儿，低头翻书；一位抽着烟，双眼迷蒙地瞅着阔绰却死寂的水面。这水面，长宽面积少说有七八亩吧，地道的野塘。塘主是早前就认识的当地养牛农户，他多年前在牛场边挖下这座塘，扔下一批各色鱼仔，不是爱惜飞蛾纱罩灯的惜生与作秀的放生，只不时往里抛些牛粪与嫩草，任其自然生长繁殖，也不求产出，更不捕捞。东北人，是不大爱吃淡水鱼的。按他的说法，唯图个乐。塘东一边，堆起高大的沙丘，是挖塘时起的沙土；西侧并排几列高大飒爽的白杨树，掌阔的繁茂叶面，在微风里一会儿深绿一会儿灰白地翻动，发出哗哗的微响，像变戏法。

简单和两位打了个招呼，就算同道熟人，便闷头抽竿，绑饵。两竿抛下水，坐在马扎上静静等，却半天只见鱼咬饵，鱼漂上上下下，哆哆嗦嗦，摇摇晃晃，但就是不见鱼吞钩。心急火燎，按捺不住屁股，遂频频起竿，每次出水，见钩头蚯蚓荡然无存，它们早被细碎的鱼仔儿小口叼去添肚了。想想，也无须恼，这是钓鱼的重要组成部分，是必备的功课，类似进了庙，再吝啬，也得布施一二吧。

俗语说得是，忙中易出错，可机会也总出于忘然无意的懈怠中。待在给媳妇的那把竿挂饵穿蚯蚓的当口，横眼瞟了瞟自己那只随意搁在岸边的竿，发觉它慢腾腾朝塘里移。开始有些迷惑疑虑，随即明白过来，有鱼吞钩了。等放下手头活，急忙忙跑过去，竿出溜一声，落了水，缓缓朝塘心里移。我总不能纵身跳下水里去吧。

见那闪亮的标，在塘里漂漂浮浮沉沉，比平时扎眼多了，一时不知如何是好，站在岸上，只跺脚搓手。刺激中的兴奋，兴奋中的喟叹，喟叹中的怅然，怅然中的无措，百感交集啊。一旁不远那位一直抽烟的微胖中年男人，见状小跑过来，边跑边说别急别急；随即举起他那竿头有手指粗细铅坠的海竿，远远地瞄准了，娴熟地扬臂，一甩，抛出长长的丝线，转轮嗖嗖发响，帮我捞竿。可要么抛偏，要么抛中了，却钩不住，要么抛出的不够远。其间听他自责地叹，老了老了，不中用了，手感不行，甩不准了。我一旁诺诺道谢陪着小心。那吞了钩的鱼，慢拖着长长的鱼竿，游出五六十米远了，快接近塘对岸。这哥们不停地变换各种姿势与力度，频频抛竿，边抛边语，这鱼，不小呢。

对岸那组高大粗壮的白杨，仍在柔和漫卷的秋风里不急不舒地呼啦着响。时近中秋时节，树叶最茂密，树冠最膨大，树荫也最浓重；塘边丛生茁壮的芦苇与齐腰深的野草，塘埂上还种有蓬勃的地瓜，四处藤蔓，无处下脚。随手捡了根趁手的长枯树枝，两三米长短，一边抽打，一边试探，和萍水相逢的钓友，高浅着脚，绕圈摸索着到了对岸。不时朝塘里望，见有一条水线，分着水波，在塘里荡漾，我以为是被鱼叼走的鱼竿，不想是条被惊起的蛇，微翘起头，蜿蜒地游。一贯怕蛇的我，遂浑身哆嗦，口齿打颤。

在忙活捞竿的间隙，但闻对岸的媳妇一阵惊叫，嚷嚷说钓到了钓到了。见她慌乱地起竿，费劲巴力地硬把一条鲫鱼拖上了岸，惊喜地举起鱼线，约莫半斤左右重吧。一直在塘边埋怨不断的她，总算有了点欢声笑语，我悬愣着的心，多少有些释然。这小半日，总觉对不起她似的，这下开竿了，总算没白跑一趟，否则下回怎么请，估摸也不会来的。此时，夕阳已下杨树梢头，渴望能凑一盘鱼的我，上天眷顾，终也钓到一条，拽出水来，是条"昂丁"，东北唤作嘎鱼，虽干瘦瘪小，不足挂齿，但绝无怜悯，也不嫌弃，摘钩，进筌。

本次野钓，于帮忙捞竿的钓友钓起一条四五斤重的黑鱼而圆满收场。池塘边，寂静野地，兀现高声朗语，不几个人，但同声欢愉一片，仿佛都钓着了般，各自欢喜不已，其声势，盖过不远处宽阔大马路上往来喧嚣的哐哐车流。这哥们儿见我钓得少，把几条稍小的杂鱼奉送给我，宽慰地说，够烧一盘了吧。

　　还是俗话讲得好，鲤鱼不怕大，杂鱼别嫌小。尤其河鱼，小，不妨，有腥则成，小鲜大美。杀鱼也不用菜刀，用指甲掐破鱼肚，拽出肠肚，这是小时候在乡下厮混日子的管用简便伎俩。现烧现烹当好，一时吃不完的，拌些食盐，搁冰箱腌上一宿，明日拿出，于通风处晾至半干；再于火旺的油锅里，煎到两面微黄；旁置一盆，佐以生抽、葱姜蒜、干红辣椒和半勺焖酱，加一瓢水，搅拌均匀，随手顺时针沿铁锅浇淋泼洒下去。耳轮间，就听哧啦啦一阵响，滋与味，就这么劲道十足地激灵出来了。这是厨间烹饪物理与化学的诸种反应与相磨激荡。再大火煮至沸腾，转成文火，煲炖至半成汤，再猛火收汁出锅，撒些葱末。这就是皖南老家乡下最便宜最家常最时兴最美味的杂鱼锅了。

　　于千里外，得家乡味，岂不美哉！

熏蒸的魔都

魔都的热，蒸熏人面，到了拉预警的程度，其实也就三十五度许，这对生且长于江南的我来讲，还在可以忍忍的范围。

网约车小伙，新疆人，三十左右，长相不似外族，十多年前坐三天四夜绿皮火车来沪，在陆家嘴一带企业坐办公室，一坐不住，二嫌钱少，三单位内钩心斗角。于是，索性辞职，成了一名网约司机，腔调里也每每有了江浙沪的音韵，说，其实高温桑拿天也已过去，不知怎的，又折返来了；天一热，人就烦躁，路也开始堵。依他逻辑，仿佛路况受情绪左右着。想想，也是。

在东通外滩西接虹桥的城内高架快速通道上行，我想，若一直这么走下去，只需三四个钟头，就到本人老家了。然而，我却要乘高铁往北，赶往帝都。然后再折向东北，回到自家。那儿刚刚遭受一宿莫名的狂雷轰击，和一场豪雨的荡涤，可把东北人吓得够呛，以为做了啥亏心事，雷公电母来执职，要遭劈了。

昨天，在上海展览中心，站了一整天的台，腰板与后背，硬邦邦的，像块直铁。晚九点，才收摊。一众十多位兄弟聚拢，在斑斓杂色的梧桐影里挨家寻吃食，店店后厨下班；夜闷着，汗在短袖衫里捂着，空气里仿佛都挂着水；胃空空如也，饥肠辘辘不停，本说好与兄弟姐妹们狂吃猛喝一顿，解乏卸疲的，可立马满腹懊恼。最终苦苦等来两辆出租，拉出去老远，在一处叫"静静"的大排档，挤挤插插，于马路牙子，围坐在略有斜坡的简易圆桌旁，鸳鸯乱点谱般，胡乱要了几盘土菜，吃到通体腥臊，也算放纵放肆；等停下筷子，腾出手口，叼上烟卷，已是半夜深更，而整个人，像聒噪不已的知了，怎么也静不下来。

　　事不称心，心不遂意。这工作干的，这日子过的，不知何时是个尽头；离我钟情已久日日思慕的悠闲生活，不知还有多少条街远。我也不能这把年纪了，爱自由，聊发少年狂，再改行，去开网约车吧?!

肥胖的苍蝇

一只肥头肥脑胖苍蝇，在室内飞，时缓时急东南西北上下左右没头没脑乱飞。它是在逐臭。

它知道这屋里有人，有人便有臭。它的目的，极其单纯而执着，大有不达目的誓不罢休的凌云壮志。就此，想想，它，与它的整体，比起人，及其人类，要单纯得多。

记得贾平凹先生在一篇文章里说，某次他去定西采风，上车时，一只苍蝇在车里飞飞停停；他就有些恼怒，追来撵去，遍打不着；又摇下窗户，四处往外轰它；这苍蝇，像吃了铅坨，铁了心，非得随他。无奈，先生只好放下屠刀，心慈手软，遂一路融融恰恰，相伴相随几百里。临下车，先生特意嘱咐司机，千万别再轰它，把门窗关好，再带它回西安，人生地不熟的，怕它适应不了。人蝇一场，到这份儿上，也算和谐共处，彼此恩情了。

先生在另一篇文章里还提到，每深入乡间僻壤，荒无人烟，蒿草丛丛，内急，寻一偏处方便；看似本无生灵，可俟蹲下，苍蝇蚊子鬼魅般蜂拥而至，嘤嘤嗡嗡，叮咬得屁股发痒发麻；都不知它们打哪儿来，暗匿地活在何处。这些微小活物，对人味的敏感与追逐，是上帝的一种确指和安排；与人之远人，人之斥人，人之拒人，对比何其鲜明，简直无法相提并论，同日而语。

从生物起源角度论，苍蝇是远比人类而早生于世的。它们因臭而活，而繁衍，虽传播疾病，危害的似乎只有娇滴滴的人类，其错，实不在它。因人类生存生活的排他性，苍蝇成了人人得而诛杀而后快的对象，确也是一种自大狂妄不容于万物的病态。

我们确应向平凹老师好好学习。从善如流，我就没赶上前去拍打那只苍蝇，最终看他收敛了翅，趴停在天花板上，像一粒笔洒的墨点，多少也映衬了粉白的壁，显得不那么单调乏味了。

撞衫纳什维尔

去年十月间，去了趟美利坚，准确说，是去了中部密西西比河以东，长方形带梯形边的小省，田纳西州。

一日下午，于州府纳什维尔，阳光正好，微风恬静，我站在宽阔马路边，打车，急急如律令。

我穿了件淡粉色 Polo。只见一侧不远处，一亚麻发色的中年男子，边走向我，边朝我频频挥手，满面灿容，呵呵地笑出声来，间杂些不明其意的象声词口气语感叹字。

我一头雾水，怔怔地侧脸望着他，不知所措。再左右前后地寻看一圈，身边也没其他人啊。心里合计，在美国，在这个老鹰不做窝兔子不拉屎的农林牧副渔州，既没亲朋故旧，也无同学好友。他肯定是认错人了！我没把他当回事。

等他走近，我仍满脸懵。他也许看出我的窘态了，站定，用手指指我的体恤，再指指自己的上衣。我立马明白了，迅速张开双臂，熊抱住他，嘴里吆西欧凯耶思歪瑞苟得等词，没打腹稿，一股脑儿蹦出来。他也像个刚从海外前线保命而归的美国大兵,无比激动极度亢奋感谢上帝生活真好,高门大嗓地叽里咕噜哈哈呵呵嗯嗯。拥抱握手拍肩搂脖,再致意说拜拜,用时费十数秒。

撞衫了!

我站在原处,满怀深情地看他离去的背影,全身心沉浸在友好坦诚亲切甜蜜的会见场景和友好氛围中。都走出四五十米了,他又回转身,朝我举起粗壮的右臂,使劲挥了又挥。

美国人真老土,连撞个衫,都这么兴奋,丁点儿没有大国子民的宏阔识见与超凡气度,更丝毫不见全球警察的轩昂做派与豁达胸襟。

说真格的,我当时的心情,多少还是夹杂有淡淡的失望的;同时也替他们操碎了心:在这个人心隔肚皮江湖翻恶浪凶险四伏危机重重冲突连连杀伐隐隐的世界,单纯天真幼稚到傻冒的他们,能玩得转、混得开、吃得香、捂持得住吗?!

双节拼一醉

国庆中秋叠一块儿，于是回老家就有了充足理由和充分借口。

本由十几户同姓同宗组成的细小村庄，愈发孤零沦落了。但凡有点想法的，都去两里外的乡级公路旁，盖起了白墙红瓦的新式小楼。剩下的六七户人家，稀拉散落在繁密的树林竹林丛里。

夜幕降临，只零星的低瓦数的灯，挣扎着，把铺天盖地的黑，点得更深更重更浓。一股无形却巨大的力，罩在头顶，由不得你不早早上床躺下。本就衰弱的神经，随稍拂即吼的林风震荡，虫鸣喧哗，不知在倾诉些什么。夜深了，屋后高大蓬勃的樟树冠顶，突有数声叫如狞笑的鸟"哈哈哈"不已，慑心动魄，惊魂诡异。可以料断，这是只受伤落单的大鸟。好不容易昏沉入琐碎的片梦，开始是鸡鸣不已，继之是全世界所有种类的小鸟啁啾不停；母亲精心饲养的八九只肥胖大鹅，也在廊檐下低矮的舍里，高门大嗓地扯淡。我摸索出手机，一揿按钮，眯眼一看，凌晨四点半。

东方才蒙白，院铁门吱呀咣当几声，母亲起身开始料理家务了。越来越迷信的父亲提醒我说，今日就别出门了，好好在家待着吧。也许他也听到夜半恶鸟的怪叫了。可窝了几日，有些烦厌，早已与百十公里外芜湖的同学朋友约好，今天要去会他们的。顺便回趟母校。

我没信邪，带上爱人，还是去了。她是城里出生的，愿嫁给我这个农村子弟，且还一起像和睦邻居般过着，当属祖坟上长出了根粗蒿子；在乡下待久了，她感觉不便，总东张西望，目无定睛的，会无端生出许多不好明言的牢骚，是再自然不过的了。我得知相知趣。同学也给力，在铁山宾馆订了大房。此馆位于苍翠欲滴的赭山顶，山脚边，就是我读大学的校园。右侧山脚下，有座唐中期的古刹，广济寺，修得庄严周密；一度曾是九华山地藏王菩萨的驻跸处。相传，这位遣唐使的新罗王子，在东土大唐得道成佛，不愿回国，于华夏遍择宝地，游至赭山，甚悦，遂留，起殿；但后嫌其小，再往南而寻，直到一睹九华而倾心。

当晚，正值中秋夜，虽天无满月，但氛围在。与同学朋友大喝一顿。其间，围绕三十多年前的往事，开始是搂腰拽胳膊，五十度三十年陈酿古井贡，咣咣撞杯，先小盅，后用大肚的量酒器闷雷子，仰脖牛饮，亲密得不行；不一会儿，就吵吵巴火，互损互揭，骂骂咧咧，就差动手了。吓得在座几位不明就里的女士，满脸困惑，担惊受怕的。很晚了，别的包间都走人了，唯独我们还酣战不休，且声震室瓦，恼得服务员把灯闭了开，开了闭。这分明是在撵人呢。

晚十点多，醉意朦胧东倒西歪地回到住所，我倒床即卧。隐约听到哗哗不停的水声，持续很久。辗转反侧里，我还以为仍在农村老家，以为下雨了。第二天早起一问，原来是老婆放了满满一池子热水，称心如意地泡到后半夜。

外 乡 人

我们小地方的人，去了帝都，啥啥都孤立无援，失魂落魄的，像遭遗弃的猫狗。甚至不如。

遇上雨天，站在马路边，连把遮风挡雨的伞也没有；来往的车，都一律闭着窗，像他们紧绷着的精薄刻薄的唇，没人拿正眼瞅你片刻，哪怕是乜斜的目光，基本忽视。还打不到车，打车比打人难多了。这个时刻，总叫人想到家，想到遥远的老家，想到兄弟姐妹和妻儿老小，想到契诃夫和沈从文，想到若没有这些密集的高楼大厦和摩肩接踵的人群就好了，想到"仗义每多屠狗辈，负心多是读书人"，尤其是读完书做了官的人，唯独感不到这是我们共同跳动的心脏，和那里面据说是一脉相承的血。

雨在没心没肺地下，不紧不慢，稀稀密密，嘘嘘哗哗，让人满腹疑窦之末确定认定，它分明是在故意戏弄作弄耍弄像我这样可怜兮兮的外乡人。

千 城 一 面

　　我是在小城市念大学的。小城有小的好与妙，紧凑，密集，热闹，马路上人来人往，公园里游人幢幢，电影院里更是挤破人头，乌乌泱泱的，遍处葵花子傻子瓜子响。那时，还没时兴美式爆米花。

　　随随便便逛条街，到处小食摊和苍蝇馆子，便宜。烟火气浓，生活氛围扑面而来，撩人七窍。被褥被面床单衣裤，包括内衣内裤，挂满街道上空，在头顶招摇飘荡，如万国旗；小伙大姑娘，多三五成群，勾肩搭背打情骂俏嘻嘻哈哈的，由不得你不侧目；自行车横冲直撞，清脆的车铃铛声，滴铃滴铃的，在如织的人群里撒欢，催人躲避。一片生机勃勃，令人内心充实充盈。

　　后来从这小地方走出去，盲人摸象，大江南北大城市大码头走走停停，发现都长一个模样，且越来越像，忒没意思。譬如，南京，只一长江路；上海，也就南京路；北京，唯有王府井；广州，好像唯北京路可蹓跶；深圳，东门吧；成都，宽窄巷子；重庆，朝天门码头一带；哈尔滨，除了中央大街磕磕绊绊的石头块，就没个平整的去处；天津，一条海河静静地摊在那儿——

恕直言，最令人恐慌的，数长春。第一次去那儿，放下行李，急吼吼直奔向斯大林大街，朝圣般，因早如雷贯耳了。可沿路从南往北走，街面倒是阔绰，不多的车，少见人影，低矮的楼面，皆一律隐藏在几十米宽绿化带的草丛和树荫后。一路彷徨疑虑，四顾茫茫，荒凉凄惨，以为走错了地儿，来了郊区，心里没底，背后冒汗，大失所望，懊恼迭迭。

如此经历多了，再出差，不瞎乱逛了。办完事，直返宾馆，朝床上一躺，宁可痴看天花板，转换无聊雷同电视频道；有人邀吃，吃完，抹嘴回寝。实在无聊，出门打辆车，告诉师傅，哪儿热闹就往哪儿开；到了，也不下车，穿街而过，随便搂几眼，权算来过；或干脆叫他随便开，胡乱兜一圈，折回出发地。

前年去华盛顿，也这么干的。黑人魁梧司机摇下车窗，瞅着我，一脸无辜样，嘴里念念有词。我知道他在嘟囔啥，可就是听不懂。我钻进车，朝他说"go，go，go"。彼此沉默片刻，见他从驾驶室出来，绕过车头，右手拽开副驾驶门，左手极绅士地往外请我。我像个醉了酒的蠢汉，经冷风一吹，激灵过神来：此处不是亲爱的祖国。

小菜摊的时令菜

近两月了，日日值班，同事可以弹性，唯我硬挺着。心里隐约挂碍着，有盼望着什么赶紧过去的意思。

最大收获是，在一条窄小僻静的马路边，发现一棚户小菜摊。各色蔬菜应有尽有，且新鲜整洁，虽价格比大菜场贵些，可人少。卖菜的是位五十多岁农村大姐，和颜悦色的，讲一口锦州辽西口音，听着有说小品的感觉。

大白萝卜，白嫩修长，体型好，心不糠，转圈滚刀切成大块菱状，与割正的方块五花肉同炒，老抽焖，后入饭锅蒸，饭香肉烂萝卜软，三味合一，挑动食窦。切勿放盐。吃起来心平气顺，频添餐饭，不觉三碗。半尺长的绿油油带碎花的粗菜苔，看上去就惹眼，嫩得不用剥皮，切长段；热荤油，先菜梗下锅，旺火翻炒，待绵软，再加菜叶，清脆复闻清香。临出勺，加入拍碎的大蒜末，和小勺鸡精，提味助鲜，吃饭下酒，无不爽利。

很久没见到如此脆生鲜嫩的菜苔了，记忆里唯儿时在皖南老家吃过。没料想，于汹汹疫情里，得此佳物，幸乎！每晚下班到家，拎一两袋菜，卷起衣袖，径直奔向厨房，择择洗洗，切切剁剁，开火热锅，心无旁骛，每成，得家人夸赞，面有矜色，洋洋然有骄气萦怀，顿有治大国莫如炒时蔬之叹。

唯窘迫的，是平日本就储存不多的白酒，各种杂牌，过去瞅都不瞅，躲疫期间每晚贪杯连连，即将告罄。为之奈何？

擦鞋芝加哥

数年前，在芝加哥机场转机，候时，无聊，四处瞎转，见到一擦鞋摊。

看墙面上的价格表，五美元起擦，最高十美元，中间分别是六、七、八、九美元价档。义无反顾，爬上高高在上的座椅，双脚踩在两踏板上，向矮个子胖伙计，伸出五指。他心领神会，站立着，低头干活。手段极娴熟，且伴有杂耍般的转身侧身俯身仰身动作。细瞅，这人腰间一圈，悬挂有各种样式和大小的瓶瓶罐罐，不时取下，往鞋面及四周，各种喷各种抹，液的，雾的，乳的，沫的，固的；黑的，白的，黄的，粉的。最后，突然变戏法般，从粗壮腰间抽出一条黑锦缎，嘴里哼哼唧唧，一顿抽，一顿丢，一顿旋，一顿拍，发出吱吱嗖嗖啪啪啦啦声响。极尽欣赏享受之能事，心里暗挑起大拇指。三五分钟，完活。这伙计仰面立在我面前，微侧着脸，面上浮出和煦的笑容，里面略含有问询问究的意思。

常在世面飘，何处不挨刀。我完全明白他的诉求。遂微抬起手，单伸出食指，向他示意。没有语言交流，手势表明一切。这老伙计也不言语，估摸言语我也听不懂，复从腰间抽出一只瓶子，又往鞋面抹了些什么，又是一顿好擦好拭。

我从高椅上挪下来，大方地往他手里塞了六美金。一双灰尘满面的皮鞋，焕然一新，内心一片欢喜踏实妥帖。

临别前，我没忘自己来自东方泱泱大国，先握上他油腻的肥手掌，再轻拍了几下他的厚肩头，俨然一领导，诸事皆称心；没问他"吃没吃"，用蹩脚的英语问他哪国人，他嘴里一嘟囔，滚出个很短促的词，我听明白了：墨西哥。这完全证实了他上唇两撇微微上翘的黑胡须，不是用胶水粘贴上去的表演道具，是真的家伙。

南 北 的 鹅

　　东北，越往北，越爱养大鹅。许是因鹅体型大，出数，而鸡鸭体格偏小，卖不出价钱的缘故。同时，鹅嗓门大，且警惕性高，微受骚扰或侵犯，即振翅亮嗓，大声喧哗，聒噪不已。别忘了，它还有极强的挑战和攻击性，而东北，狼、狐狸、黄鼠狼等皮毛类野兽极多。更有，与鸭相比，鹅的耐旱性更强，适合于少水且封冻期长的北方养殖，你没听过"春江水暖鹅先知"吧?！这些，天然决定了鹅在东北的地位与普及程度。

　　故此，东三省，有道名菜叫"炖大鹅"，冬季尤受人青睐，一两米直径大锅支起来，十几斤重大肥鹅，在烈火干柴的猛烈烹烧下，在三指阔的宽粉和大白菜帮子大萝卜片大紫茄子的陪伴中，焕发出素荤两界矫揉造作之迷魂气息，压压一圈围坐十数人，大杯大酒抢起来，也吃不完。按说，广东人也爱吃鹅，烧鹅之为粤地一道名菜，早已畅行大江南北，一碟蜜汁烧鹅，只七八块肉，囊括了头胸脯下肋屁股臊子和大腿各部位，丰俭搭配，童叟无欺，好坏均沾；再浇上些许蜜汁，皮焦黄，肉软绵，汤甜馨，味爽口，上牙一咬，复一嚼，国色天香啊，是时下机场火车站等出行场所便捷快餐佐餐之首选，更是本人的不二绝爱。可东北人只知道宽粉炖大鹅，性价比就低很多。这也怨不得北人之技差，乃是材料不得要领所致。广式烧鹅是用粗大荔枝木烤炙出来的，其味里，天然沁透饱含了南方佳树果木的清香与韵致。如此论来，东北之不振，实有无可奈何之天然命门和自然劣势，不懂这些，别瞎嚷嚷。

南 北 的 牛

　　吃牛肉，吃得讲究，吃出花样，吃到妙至毫端的，反倒是非产肉牛区的南方，比如云贵川，以及广东。这多少有些反常，令人费解。

　　南方产稻区的牛，一般是为耕作而养的。一个村子，若没几头牛，生计就很成问题，就得靠亲戚关系、说小话甚至花钱雇别村的牛干活，就显得不太像正经庄户人家，遭人白眼与鄙视。

　　而牛，怕冷不怕热。这与猪，恰相反。牛可以整个夏天泡在水里，只留两只状如弯月的角露出水面，不时仰起鼻子，换气喷水，发出粗壮结实的噗噗声。这既可消暑，又可避蚊虫叮咬。一入冬，按说农忙时节已过，牛们该好生将歇了。可偏不。随着天气逐渐转凉，它们的日子却愈发艰难困顿。因为牛怕冷。像样的村子，总会有间牛棚的；有专门的养牛户，也有挨家轮换着养的。早晨需铲牛粪，保持清洁；傍晚要送干爽的稻草，当作饲料；细心的，每天还得把牛牵出来遛遛，在水塘边喝饱水，顺便"唤屎""唤尿"，就如现今养宠物的遛狗一样，以在室外拉泡屎尿为务。而懂事且通人性的牛，也极配合，尽量把屎尿拉在外头。这样，牛棚就显出像个住户的样子，牛也享受了人的待遇。

小时候，南方是极难见到吃牛肉的。印象里，吃牛肉，是件极不道德的事。牛怎么能吃呢？有时，它是比人更值得去珍惜与呵护的，是抵得上几个精壮劳力的。论其质，在南方，牛就是人，不会讲话的人。干活，牛比人更显得不可或缺，是那些猪狗羊鸡鸭鹅等永远无法比拟与比肩的，类似北方游牧民族胯下的马。村子里的懒汉或泼皮牛二，与牛，也是不可同日而语的。而小说与戏文里，不知为何，总把"泼皮"说成"牛二"，这简直是辱没了牛，是对牛的大不敬。

某年冬，村里的那头老母牛突然死了，似乎是患上了某种厉害的传染病。养牛户，光棍汉本家四叔，承受了巨大的压力。剩下的一头小公牛犊，还没长成下地拉犁耙田的骨架。村里的男女老老少少，纷纷跑到孤零零戳在村后靠湖边的牛棚，见那头为村里辛勤耕作了十几年的老母牛，无声无息地躺在臭烘烘乱糟糟的稻草堆旁，如丧考妣，大气都不敢出。没一人敢动吃了它的念头，气氛显得凝重且压抑。上了年纪的老人，嘀咕说埋了它吧，好歹它是个劳力，没少遭罪挨累。村队长是个杀猪佬，操持了大半辈子白刀子进去红刀子出来的营生，只听他一声令下："杀了，全村分分。"也是日子过得太艰苦恓惶，嘴上无荤腥，肚里没油水，大伙也都没言语，默肯了。

生前死后，这头老母牛把自己赤裸裸全奉献给了村子。

按人口和劳力，家里分到十几斤牛肉。一顿两顿三天两头也吃不完，母亲就用大粒盐把牛肉腌上，像南方冬季做腊肉那样，遇上艳阳天，从陶盆里拎出来，一溜挂在西山墙，晾晒成牛肉干，再悬于偏厦屋的房梁上。随后的冬日，清贫的饭桌上就时不时多了份腌菜炖牛肉，辣椒酱没少放，散发出一股平日罕有的浓烈厚重牛肉香，诱人食窦。可母亲不吃，姐姐和妹妹也不吃，牛肉锅成了父亲绝佳的下酒菜，酒是冲鼻子的地瓜酒，近六十度。我是不在乎什么耕牛及得了什么病的，她们不吃，我正好放开肚皮，不受拘束限制和白眼指责，闷头大快朵颐，胡嚼海塞，不停地添饭，直吃到胃撑肚圆，很过了一段惬意美满舒坦滋润的像样日子。

现在想来，现在我对牛肉的无穷兴致和细腻味觉及美食眷恋，是那时就养成了的吧?! 阿弥陀佛，多亏了家乡的那头老母牛！

值　班

连续值班三天了，零星见到同事与领导，皆是正常值班和紧急召回值班的，食堂因此开了火，还有早餐。大家见面，都戴着口罩，没了握手，言辞模糊地拜年，拱手作揖，或远远地抬臂打招呼，似乎比往常显得更真情实意。也陡然明白，过去那些夸张展现出来的，多数是出于虚情表演和假意作秀。非人不诚也，形势使然吧。

春节在南方老家的几日，一直飘小雨，几乎没间断过，像个备受委屈抽抽泣泣不敢大声号啕的小媳妇。天地湿漉漉，寒气阴森森，虽说不算冷，浑身不自在。与往常比，鼠年春节确有些大不同，诡异反常得很。添之以疫情汹汹，人心惶惶。电视每播报一番病毒感染数据，心上的石头复垒高一层，重重的，压得人喘气愈发粗壮，一股沤腐污浊气淤堵胸口，令人畅快不得。顿想，于死亡威胁面前，众生显出毫无底气的羸弱与绝无例外的平等。细思，西方的上帝和东土的佛祖，在照拂与惩罚子民和信众上，都一个水平重量级的。头顶三尺有神明，无须瞒报，时候已到。然而，我们却懵懂，也不识忏悔思过为何物。

在农村，年还是要拜的，这是颠扑不破的常识。往来皆至亲，体内汨着相同的血，讨嫌不得，逃避不了，实难做到"大疫灭亲"的。于是，该吃饭吃饭，该喝酒喝酒；言谈话语里，无外乎一年里打工挣了多少，家里老人身体怎样，孩子上学成绩如何，该治的病是否好转，子女的婚姻有无着落，亲戚邻里间的纠纷是否化解等等。说着唠着，一时忘了这世间正肆虐的瘟疫，浓浓的仍是千年不变的桑梓手足情意。不知不觉间，酒过三巡菜过五味，渐渐眼睛发红，阵阵舌头打结；偶打起精神，抬目检视，忽发现桌上少了一人，过会儿又缺了某位，略一寻思，不是不胜酒力趁人不备提前溜了，就是当场喝多赶紧跑去屋后檐伸手指抠喉咙嗷嗷一顿吐，无他。

说起血脉宗亲渊源，我的祖籍是湖北，且就在武汉西侧历史上称为汉川府的地界。前些年，因工作和同学相邀，两次去过那座城市，给我的感觉是，庞杂蔓芜，凌乱吵嚣，熙攘闹腾，到处在挖路面，拆违建，扎围栏，摆路障，机器轰鸣，人欢马叫，永无宁日的样子。一问，方知全城上下正为"军运会"赶工程，建场馆，修地铁，树形象，展雄姿。这倒无妨，大国嘛，自然有大的思量与宏图。但最闹心且无法接受的是，黄鹤楼是假的，钢筋水泥也被装饰打扮成古建古物的肌理；龟蛇二山上高耸的铁青发射塔，与一幢幢玻璃幕墙黄瓦顶的高大现代建筑，像一枚枚钢针，生生钉死了本来气象万千的地脉和蕴积福寿的风水。同学的家，在长江汉水交汇处的南岸巍峨高楼里，进了屋，他本能自豪地拉开落地阔大窗帘，手朝外一指。我顺着他手指的方向，背剪着双手，领导检阅般举目左前右依次瞭望开去，三镇雄姿扑面而来，森林般的楼群，密压压一眼望不到头，像累累的巨石阵，冲天而起，不仅完全碾轧遮蔽了地平线天际线，而且彻底钳制并剥夺了自然大江大水的恣肆汪洋与壮阔烂漫，使之沦为一绺若隐还没的"草蛇灰线"。当时就想，这城，实在太庞大太霸道太沉重太放肆太目空一切太忘乎所以了。

也在同学陪同下去寻了祖。车在汉江大平原上疾行，四周除了纵横交错的排水渠，就是高大挺直绵延无绝的防风林，白杨树居多，风一吹，翻腾的灰白的叶子哗哗啦啦；棋盘的农田，永远的农田，列列展展，像谶纬的魔咒，把无数辈农人禁锢在叫家乡的所在。我的祖辈也曾寄活于此。是什么原因或力量，造成并促使他们不远千里沿江东而下另辟家园呢？我一路想，除了贫穷与灾难，是绝无任何壮志凌云的理想和开基创业的情怀的。

除了在一个叫"田二河"的镇子边吃了顿野味加河鲜的丰盛午饭，寻亲之路无功而返。野生的河鱼、黄鳝、爬鳖和兔子，还有道在当地视为珍品、炒熟后微微发紫的菜苔，据说是贡品，就着不曾饮过的当地苦荞酒，惬意十足地消解了寻祖不遇的懊恼与沮丧。这桌菜，着实于灵魂深处勾起我作为一个逃出祖籍地百多年后的刘氏后裔对古老家乡磁石般强大吸附力的叹服：每道菜，都要放进篾制蒸笼或饭锅里蒸一番后，才端上桌。在我现在新的老家安徽皖南，依然遵循着这道经久不变的手续，湖北菜肴习惯。

那顿匆忙的午饭，吃过的诸多野味，没令我发烧咳嗽乏力感染。那时，冠状病毒的魔影还没露出狰狞的面目。

"有何胜利可言？挺住意味着一切！"武汉，挺住！湖北，挺住！老家，挺住！

宵　夜

都夜里七点多了，跑去农村混饭，小妹在那儿打工，离城二十多里。饮啤三瓶。也没人劝，意兴有些阑珊。

其间，尝了几块土老母鸡肉，粗粗拉拉的，有些柴；汤，嫌油大，没喝；一盘精致辣蒸小排骨，很对胃气，骨也蒸得酥软，一咬，髓特有的汁，溢出，细密的香，在舌条面与两侧腮帮子，扩散；剥了十数枚刚上市的水花生，软嫩度甚佳；打酱碗里，捞了几回小虾米，咸咸辣辣的，调和了下满嘴的烟气。临了，本放了筷子，打算封嘴的。往桌子远端一瞅，还有毛豆籽炒鲜肉丁呢。于是喊："添半碗饭。"汤舀过来几勺子，与米饭搅拌一处，肚子立马就圆了。

这就磨蹭到九点多。刚回转城里，甫至楼下，手机叮咚响。是几十年的朋友老马。问我吃否？废话。还能喝否？废话。能过来宵夜否？还是废话。

我说把那谁也叫上吧，他一周前吃我的局，整得挺老晚，有点多，痛风发作，痛不欲生，又大剂量服药，吐成初孕期，折腾到天亮，差点"过去"了。这不，已歇了一周，马放南山，尽吃草了，想必嘴里寡淡出一大群鸟来。

老马在电话那头有些吃惊："是吗是吗是吗？有这事有这事？"

又是串店。半拉身子加脑袋，刚探出车门，店口的服务生就招呼："大哥好。他们早到了。您请进。"知道不，这就是所谓的人缘。

一百根羊枪加枪粉；一盆捞干丝，刀工切得不含糊；一碟凉拌猪皮，晶莹透亮；一份炝白菜，也浇了提味的胡椒油；一堆冰镇与常温干啤，啪啪啪都被侍候局的服务生掀了盖，意思是，不喝也得喝；外加一打苏打水，是给痛风患者特备的。直到后半夜一点多。

打车重新回家，半道遇上辛勤查酒驾的。暗自庆幸，多亏没开车来，否则，不得堵个死死的酒人啊。司机哥们儿瞅出我肚子里的二两油，提备地说："这年头，风紧，玩，也得讲究，别没事找事，傻呵呵往枪口上撞，撞上了，谁也捞不了你。"

醒世恒言啊！以后不出来喝了还不成嘛！

我深知，老马们是不会这般轻易放过饶过我的。这就是所谓的酒肉朋友吗？可古话有言：仗义每多屠狗辈。信否？

滴 滴 司 机

第一次乘东北入关进京新高铁，走的是当年清朝八旗绕过辽西走廊宁远城山海关从燕山正北喜峰口直叩京师的路线，果然便捷许多，穿越了数个山洞，只两个小时，列车就抵达怀柔。帝都在望。

行前，先我一步进京的年轻同事特别提醒我，新修的北京朝阳高铁站刚交付使用，配套设施滞后，啥啥都缺，连手机信号都弱，估计打车不便。得他的关照，给约好了"滴滴"，说届时有司机会和我联系。

人老了的好处之一，是时刻能得到小辈们的体恤与怜悯。少年强则中国强，我很放心。

从怀柔，若天气好，没雾霾或沙尘暴，是能远远望得见京师壮阔城郭的。这时手机微信蹦出一条信息：尊敬的顾客您好，欢迎来到伟大的首都北京。您的订单已确认，请您到朝阳站东广场 M 层南二停车场，我的手机和车牌号如下……感谢您使用网约车。

比较温馨，非常受用，心里那个美。

出得站口，见全副武装到牙齿和脚趾的保安，遂趋上前，翻开微信页面，略屈身，恭敬地打听东广场 M 层咋走。戴着大黑口罩的保安抬手一指说："往右，左拐，直走，电梯上行，即是。"

言之不谬，万分感谢。一进南二停车场，我又翻开微信，找到蓝色字迹的司机手机号码，按过去。

"您到了吗？"一股外地京腔味儿。

"嗯。刚进南二停车场。"

"哪个区？"

"H 区。"作为一个出生江南的南方人，尽管在大东北厮混了三十多年，可口齿混杂不可救药到南北不清的地步，本就 NL 不分，最哆嗦英语发音，加上手机老旧了，话筒效果不好，越是想强调，语音越变调，说"唉区"时多少有些模糊难辨。

"哪个区？唉思区？"他把"H"听成"S"了。

"唉区区。"我咬牙切齿般捋顺口条强调。

"哪个区？唉区区还是唉思区？"

我几近崩溃了，一路来的好心情顿时化为沮丧和恼怒："ABCDEFGH 的唉区区。"两个区连在一块，的确有巨大的违和感，确也怪不得人的。

司机这下听明白了："我就在 H 区。您在哪儿？"

"我正从停车场入口往里直走，穿黑夹克衫，背一黑布包，戴黑边眼镜，正在给你打电话。"

"那你举下手。"

我像听到八路"缴枪不杀"震天喊的日本鬼子，乖乖地高高举起右臂，且晃了再晃，一直没敢放下。

"咋没看到你呢。你到底在不在 H 区？"

H 区并不长，三四十米吧，左右才四排车，旅客也不多，进出的车辆也少。我都走回头了，四处寻找司机和车的身影。快走到入口处一侧的厕所了，见一矮个儿中年男子从里面没事人似的出来，耳边正举着手机，与人通话：

"您到底在哪儿？"

我立马掐了电话，大步走向这人："你上厕所了，就实话实说呗，还叫我举啥手？我举这半天手，你在厕所能看得见吗？"

不 眠 之 眠

　　吃安眠药二十多年了，不吃也两个多月了，以两个多月换二十多年，值啊。也挺过来了，甚好，不眠之眠，在乎自然。睡不睡得着，是一回事；能睡，是另回事。假装呗。但凡在外混的，不都如此嘛。过去总拿主席晨昏颠倒吃安眠药助眠当例子，给自己找理由。

　　所以，许多疾病及困苦，大多数是纵容娇惯放任矫情依赖借口出来的。譬如刘春，非过期茅台不饮；喝啤酒也需冰镇；每日等候晨勃，否则赖床不起；做门卫还得馒头搁铁炉上热透了吃；不唤人家女孩为妹妹，包括岁数比他大许多的，就觉得在媒体影视圈混得不咋的，等等。这些，分明是惯出来的毛病嘛。治是治不好了。听说夹边沟开放了，参观＋体验。该是给他备个闷罐车的时候了。

毁人的专业

　　剔牙时想，一门学术的兴与衰，深刻影响并最终毁掉了多少人啊。八十年代中期，我学美学，是被当时的潮流所裹挟，所激荡，所召唤，也所淹没，也没学出个明堂与所以然，可兴奋，激昂，冲动，仿佛是贵族是福音是传道者是救世主，众人皆睡吾独醒的样子。可转眼进入九十年代，美学成了臭狗屎，成了祸害与动乱的渊薮。就业无处去，工作找不到，像只丧家犬落水狗，遭人嫌弃，不齿于列群，被轻于同族。心疼学生的永远是导师，"那就去报社吧"。

　　于是做了记者，跑了八年的五大班子公检法司和城区新闻，亲临聆听见证了多少重大的会议啊，风光了好一阵子。还是刘春精贼，直接读了电视传媒硕士，去了央视大风车。再后来的事，不说也知道，传统传媒也不行了。又转行做编辑，复二十多载。中文系出来的，就这命，追着时代跑，仍然被落下，世情冷暖，红尘嚣张，秀才文章，不值几个钱。

厕　　上

只能到卫生间抽烟了。

往好了论，看书的时间由此大幅增加。因肠胃的毛病，出恭的次数本来就频，往往是有其意却无其实。现在，已不是有意无意的事了，烟瘾一上来，如一匹识途的老马，径直往厕所里钻。

多数时刻是不掀马桶盖的，一屁股坐在盖着盖儿的坐便上，有种颤巍巍稍稍朝下陷的感觉，不那么硌得慌，挺舒适。这个时候，本来空间就不大的厕所，雪亮的灯光在镜子的折照下，显得更加明晃，特别适合看书。有时遇上寒潮来袭暖气不足，干脆打开浴霸，不仅光线更为充足，氛围也暖意融融，和煦温馨，简直妙不可言。边排泄，边抽烟，边翻书，一坐就个把小时，惬意得很。

古人曰读书三上，确是绝佳的体悟和极妙的总结，简直就是伟大的发现发明，依我看，其效用效能，完全不亚于牛顿之于苹果树下。有时上厕所，是真心冲排泄去的，呲牙咧嘴眉头紧蹙地蹲着，顽强地与便秘做最后的斗争，可坐着坐着，竟彻底没了愤恨之心，竟忘了进来时的本意初心，而一变为赏心悦目、和颜悦色的阅读欣赏。顿觉，这世间的事，尴尬与畅快，痛苦与欢欣，哀愁与美丽，总是这么交织转换，并不总是你死我活，决然对峙，不可调和的。

往坏了说，便秘的毛病越来越重了，几无所出，发展到了绝收绝种的程度。

某天实在熬不住，去了医院，报了实况真情，大夫一脸严肃地望着我，推心置腹地劝道："以后解大便，一不要拿手机，二不要再看书了。"

在厕所抽烟，排风扇是必须打开的。说来也奇妙，每闻排风扇嗡嗡缓缓匀速转动的声响，满怀的叽挠与烦躁，渐渐平抚下来，心态依次恢复正常，紧绷着的心情也缓释了许多，心绪变得和蔼可亲，内心一片慈祥。此刻的卫生间，是这世上最为寂静安适的所在，就是寂静本身，就是寂静的子宫与本原。由此不免想，那些动不动拿"无声"去形容"寂静"的文人墨客诗人作家，他们的写作、思维和想象太多受约定与习惯的驱使，以致太多的表达陈述与存在的真相真情毫无关涉，南辕北辙离题万里。换句话说，我们的语言语词，已僵硬僵死僵尸到如木乃伊的程度了，所指与能指，分崩离析到珠穆朗玛与马里亚纳的地步了。

每次躯体僵硬地从厕所出来，我都不会关排风，也不关灯。烟雾太浓，排风要接着抽一会儿，而不关灯，是怕忘了过一段时间再去关排风。随年龄的增长，记性越来越差了，而只要见灯亮着，就不会忘了去关排风。这个是逻辑关联关系。

因为这，多次受到家人的郑重提醒，甚至严厉警告。在他们看来，出厕所不关灯，就是不会过日子的典型表现，没心没肺得很，更是老年痴呆的显著前兆，且不可逆转。每闻，自责深重，顿感此生不可救药了。

昨晚又睡得迟，都午夜了，又溜进厕所抽烟，又随手翻书约莫大半个钟头。出来时没关排风，却老实听话地闭了灯。关灯时也想着等喝口水服了安眠药再磨叽一会儿等上床前再来关排风，免得浪费，又挨训。可第二天凌晨五点多爬起小解，一推卫生间门，排风仍在嗡嗡地坚持不懈地抽。一宿没关。心里就慌张一排，复一番锥心自责。

早起，我主动向家人承认了错误，同时提议，还是别逼我关厕所的灯了吧，以免更浪费电。他们不明所以，一脸茫然。我说，以我浅显浅薄的物理知识，排风抽大半宿所消耗的电，远比点半天的白炽灯，要多出很多。是这个理吧。

眉 长 则 辱

夜半不成眠，照例厕上翻书加吸烟。先于膝上展开书，随翻随读。紧接抽出一支烟。发现咔咔咔按几下，残喘的火苗，如绿豆蝇子，低伏着，直不起腰身，闪不闪，即灭。火机没气儿了。遂从一旁小案桌抽屉里摸出一支，随指一按，没料到打火机一侧的纽拧至最大阀限，气太足，火苗立刻蹿老高，呼呼呼的声势，像打开了阀门的煤气灶，吓人一跳。叼在嘴头的烟是点着了，可只听哧啦一声，把左眉燎去大半，满鼻的胶皮烧焦的味道。

这就有点殃及池鱼了。

需如实交代的是，本人眉毛较壮实，俗称长寿眉。尤其左眉，有那么一撮，不时就长出老长，成茁壮的一绺，高翘着，像在宣誓着什么，挺扎眼的。每每在剃须时的小镜子里窥见，用食指头沾点液体涂抹，把翘翘的眉梢，抹平。可过不一会儿，其势复然。拿它没辙。可长长，又总断总折，成颓唐委顿的局面，与右眉比，明显地不对称。甚是懊恼。但过不几日，又蓬勃起。心里就窃喜。

刘春不止一次带着羡慕嫉妒恨的复杂口气夸赞过我眉毛好，活得长久，与乌龟有得一拼。我接他的话："活不活得过王八，目前不好说，但需我给你念悼词，愿躬逢其盛，万死不辞。"他听后，嘴角泛出一丝的不屑，默然良久，算是应允了吧。

因眉睫连带出的尴尬也是有的。

某日中午，浑身筋骨酸痛难受，仿佛随时要散架似的，车都不愿开，等不到夜色降临，就打辆车，匆匆往朋友在珠江桥北头开的一家洗浴中心跑。澡泡得多了，自然掌握些浴池里的规律，它们一般是上午换水，这时的水，不仅水质干净，水温还热烫，都四十二度往上，最适合泡澡。主要是浴客少。这个时候看水池，一派水汽缭绕雾气浪烟的虚幻景象，像歌池上四处喷薄而出的雾景，神秘而曼妙，勾人的遐思。

一进大堂，前台服务员趴在柜上枕着胳膊睡觉，敲了几遍台面，才睡眼惺忪地半扬起脸，半边脸上满是苍白的压痕。她们都是认得我的，或许是从未见我这大中午的早早跑来，以为我要找老板，语气怏怏地说："哥，老板不在。"我说不见老板，只想泡个无人热水澡，再搓个泥，解解乏，然后眯一觉。女孩嫣然一笑："真就没人。水也刚换不久。"然后亮起嗓子朝左边男浴池喊："男池贵宾一位。"

急切地脱了衣衫，光不出溜往池边一站，偌大的水池蒸腾着水汽，独我一人，俨然有唐明皇的感觉与神气。

哆嗦着下得水里，背靠池沿，蹲坐台阶，全身淹没至颈脖处，水温滚烫，至少四十三四度了，顿觉通体万枚银针般扎。闭目养神了大半个小时，先是额头起密密的汗，再淌成水溜，蒙了双眼，咸涩的味道渗入紧抿的嘴角。这个泡蒸熏的过程，是需有相当毅力的，坚持中抵抗，抵抗里坚持，关键是要能憋得住气，令外气与内气两股劲，处于对立僵持的局面，保持矛盾对峙的平衡，在缓慢的互渗中，达到能量交换互换的目的。这是泡澡的秘诀。断不能让过多的雾气水汽过早地进入腔里肺里，那样的话，体内的气早早破泄了，是很难在热池里坐住的。

我几近虚脱地睁开眼，缓慢地起身爬上池台，茫然四顾。此刻的水汽衰减了许多，不那么迷蒙了。突然发现一二十米开外的对面池边坐着个人。他一直没出任何动静。再仔细分辨，是个六七十岁上下的老头，不多的灰白头发湿漉漉贴在脑门，满面红光，一脸慈祥。他见我看他，隔水投来一笑，然后立起身，摸水朝我这边蹚来，径直坐在离我不到一米的池边，中气十足地对我说："你这眉毛不一般啊，太显目，我早就注意上你了。"

不说好的没人嘛。

五

彭　老

彭湃之子，中国核潜艇首任总设计师，中国工程院院士，原核工业部副部长，彭士禄先生日前于北京逝世，享年九十六岁。

二十多年前的某个下午，经同学介绍，造访彭老家，素昧平生，彭老对我，却像个老熟人。那时，他刚卸职退休不久。彭老个矮清癯，却精神矍铄，爽朗率直，典型广东人秉性。在不大的客厅坐定，才攀谈几句，见他起身先进厨房，端出一盘大虾，复又进书房，拎出一瓶白酒，爽朗地邀我共饮。边饮边语，这虾是他老家汕头的海干虾，未添任何作料，酒是日本朋友送的清酒。不一会儿，他女儿回家，彭老也热情介绍，说是东北一家出版社朋友，邀写回忆录的。盘虾壶酒，彭老以几近戏谑的口吻叙说父母遇害后，他和祖母如何在香港监牢里与洋警察斗智，始终未暴露自己的身份与家庭背景，后如何在我党地下组织的营救及秘密掩护下一路辗转至延安的神奇经历，说这一路，牺牲了好几位地下党员，他的命，是党给的。话间，他还提及在莫斯科与李鹏同班留学的经历。彭老爱人，留苏同学，辽宁营口人，忘了尊名，一直平静地坐在一旁，偶尔插话，张罗。盘净酒干，我微醺着离开。

很晚了，彭老的公子彭浩不知怎么找到我住的简陋宾馆，彼此接上头，没说几句话，他拉着我，上了他的车，去了家狗肉馆，广东风格的。两人复一番吃喝。席间。彭公子端起杯北京二锅头，眯笑着对我说："猜那壶清酒值多少银子？"我自然懵懂，没等猜，他接着道："那是日本前首相送给老爷子的。我都没捞到喝。"食罢，分手，彭浩一拍我肩，说："回忆录就别写了，写了也出不了。"同时解释这是他的意思。

彭老在天之灵安息！

仁 者 老 查

与文化部的老查，和社科院的马兄，连续两个傍晚，在长安大戏院二楼，同一饭店同一包间，吃两遍饭，可谓不同凡响情深谊长。

两位都皖籍，一安庆怀宁，出版社总编；一淮北濉溪，近代史博导。彼此只耳闻听起过，经我穿线得见。抱拳，握手，谦让，落座。当场互报了年庚，都六十刚过，也都刚退。老查年长马兄岁许，遂认了哥弟，言语密密，好不快活。

老查十数年来勤于鹅池，炉火日渐纯青复老辣。临来前走笔四颗大字赠我——"书徒艺仆"。笔力遒劲，墨沉痕著，体枯枝老，像极了他的尊容，精瘦沉稳。他一头蓬勃灰白自卷发，微披耳，略后背，前额高阔，不话沧桑，古意自显。因繁体，尤"仆"字，我不明所以，羞于露怯，展读之际，嗯嗯哦哦好好谢谢，敷衍而过。携到家，一查检，才明白其寄予我的殷殷厚望。不提。

那天前日，我弃了飞机，选择高铁，从上海虹桥一路往北，嗖噢直奔帝都。不因别的，只为逃暑。高铁真好，风调雨顺时辰准，大江南北一溜烟。掠眼苏南江淮，巡视华东华北，风物猎猎，山川幢幢，思绪飞扬，壮怀不已。途中不由得数遍想起高铁某人，为之扼腕唱叹。遂想，真正想做事、能做事、做成事的，多不见得有好下场，囿于规陋于习难免于俗耳！历史，这情节，不知惊人重复演绎了多少回。

　　抵达已是深夜。拽着行李，急急出站口，左拐，长甬道，匆匆奔至地下出租车站。见黑压压几百米长一溜排队的脑袋，光线昏暗，气浊热闷，伴有猩红闪烁的烟头，氛围阴森诡异，场景宛如地狱。急切逃至地面，满广场非法营运车辆，高唤低叫，尾随拉扯，喋喋不休于漫天要价。京畿首善之区，也不见维持，令人不免多失所望。沿马路踯躅良久，身疲体乏不堪，心哀头晕将倒，许久才候得一车，顿如碰见亲人，幸遇大赦般。

　　我随口叫了三十多年的老查，名振科，号秋浦客、无恃斋主。按他的讲法，他这个年龄，居然也读过私塾，确属凤毛。一想，在历史悠久、诗书繁盛的怀宁，再正常不过。家住深山冲里，数代务农，苦大仇深，根正苗红。初三即入党，十六七啷当岁吧。曾戏谑自嘲，单论党龄，也超过很多人了。“文革”后期，无学可上，回村务农，被委任支书。娃娃主政，丝毫不见怯场，干得有板有眼风生水起。1978年，拨乱反正，老查洗脚上田，抖擞精神，提笔入考场，旋进安师大。掐指算来，是高我五届的正宗师兄了。

　　每忆过往，老查就腰板笔直，两眼放光，声音多少有些发颤：

"别看年纪小,作为唯一的学生党员,对校务,我是有发言权的。"谈及老家,他说:"村子周围每个山头路径情状,莫不熟烂于胸。每次赤脚从山包飞奔而下,脚踩在哪块石头上稳当,不至摔倒,闭着眼睛心里清楚。"

老查酒量有限,那日也不知怎的,有请必饮,喝到面红耳赤。平时语少的他,话也渐次密起来。见他伸直右臂,半高举,五指握成拳,小眼笑嘻嘻,眯缝着问我:

"知我凭啥能写几笔字否?"

"读过私塾嘛。"

"那仅其一,打了个底子而已。"他兀自卖了会儿关子,揭秘道:

"看我这手腕,"他抖了抖结实的手掌,"这可是练了四十好几年单双杠的手腕啊。"众大笑。这于当年在辽大读研时,每于夜深人静操场,我见识过,没想到他爱好至今。我知他这是在讲腕力于书法走笔运势上的独特作用。试想,一六十开外小老头,虽算不得老迈,但仍能上下翻飞辗转腾挪于单双杠间,也是常人所不能与不敢为的彪悍之举。

老查的书法,不人书亦书,卓尔不群。可他既不是职业写家,又不是书协专业会员,连县区级的都不是。按说他行政级别也不算高,局级,这在京城,车载斗量,拍他马屁的,谅不会多;但在已退之后,仍被文化部艺术研究院聘为专职书法教授。一靠的是私塾底子,二是本硕博的知识积淀与文化浸润,再是诚实憨直、温文敦厚、良善谦恭的性格操守，再再才是十数年来的管不离手。

数年前一隆冬日，他从别处知我来京，电话打进来，叫我晚上去他家吃饭。我多少有些打怵，说我们还是去饭店吃一口吧，家里开火麻烦。他莽着嗓门说："饭店哪有家里方便卫生啊，你来你来，我给你炒几样家乡小菜。"

早早下了宾馆，站马路边招了半天的士，满城华灯了，才到他家。刚进门，老查随手扔过一包中华，说"自抽"，便返身进了厨房。家里除了他一位在京读书的侄女，爱人仍在驻外某国大使馆长期当差，别无旁人。我也不见外，叼着烟卷，挨屋闲走，见每个房间角落，皆堆半人高的报纸和各色高低档次的粗细宣纸，上面密麻大小各体各型毛笔字；书桌旁，几大摞碑帖字帖书集笺册，累累摞压阔台桌面。其中有堆盈高数尺的手册，我翻了翻，皆一字不苟的竖书小楷。这是老查十数年来孜孜写下的日记，和精心誊抄的四书五经。

猛一想，老查也确辛苦，太执着。英语系毕业的夫人，驻外使馆一秘，十数年来，一直在挪威、加拿大、尼泊尔等北美亚欧国间轮流职守，关山飞渡山海阻隔的，一年也难回国几次；儿子也在国外求学深造，不好交际应酬的他，除了工作，下班回家也不爱出门，遂与珍喜非常的书法厮守。他的自律守恒、专心一务与超拔毅力，不服不行。

开饭了。三样主菜，都安徽老家做法：青椒香干炒肉丝，过油地瓜粉团，红烧酱焖排骨。外添几碟小菜。老查弯腰从大写字桌肚底下杂乱书堆里摸出一瓶酒，老式五粮液，拧开瓶盖，先客后主各倒一杯，直递给我："你自斟自饮吧，恕我只陪一杯。"

书展会上老夫妻

上海人，他们中的普罗大众，对书的热情，让我这个懵懵懂懂半道入行，误打误撞干到落水，却双手仍死死攥住稻草不放，于没顶深渊里，脚尖终于有够着了地面的感觉。有种劫后余生的喟叹况味。

首先是把守大门的保安。下午一点多，正是一天中日头最毒的当口，三十四五度，我抛头裸站在静安区上海展览中心四号门外的烈日下，按约等人。这个门，是专留给参展人员的。门口就是双向六车道、中间高架跌宕起伏的延安西路。往东几百米，三号门，则是购票排队入场的通道。没有风，即便有，也被连绵的高楼和成片的住宅，阻隔在遥远的城边子了。半个钟头过去，仍不见人来，开始烦躁。身随心转，细密的汗，聚为珠，在后背前胸低洼处，汇成流，绕裤带一圈，濡湿衣裤。

左右前后全是来往穿梭的行人。排队等候入场的队列，早把三四号门连成一线了。人一烦，对再靓的女，也会没了闲暇时的兴致的。在我终于信了且漠视周围噪杂一切时，独闻一对满头白发的老夫妻，操一口吴侬软语，问我后身的保安，打哪儿进去买书。中年矮个子胖保安，头不扭，眼没瞟，机器人般报送信息。老夫妻转眼瞅用铁栏曲折围圈成的长长队列的粗尾巴，满脸为难与抱憾。我一般是不太爱管闲事的，却移步趋前，向保安撒谎道："让他俩从四号门进去吧，这是我请来的客人。"六只眼睛同时射向我。尤其保安的那双眼，上下打量我好半晌，一抬手，迟疑地推开身后半掩的铁栅栏。

老夫妻进去老远，还不时频频回首，边走边向我挥手。保安仍在看我。我暗忖，我有何乖戾之处，值得如此侧目的？不就穿身深蓝西裤白 T 恤，脚蹬黑皮鞋，戴副宽边眼镜，脖挂一张正儿八经工作证嘛！

古曰人靠衣服马靠鞍，现今好汉也得问出处了。可能，十有八九，保安把我当成组委会的某位领导了。

在展场摊位，还有幸见识另一对唯独沪上才得遇的老夫妇。但见他俩，着一身浅灰色丝麻短袖老式平翻领夏套服，还情侣装，少说七十开外了，够份儿够腕儿吧；干练，整洁，清爽，提气；尤其老太太，面容白嫩，额头眼角无皱纹，神色安闲，亚麻色灰白齐耳短发，一丝不苟，通脱麻利，鬓发妥帖地抿在耳后，露出高洁雅致的白银耳钉；老先生，蓬松灰发，清癯高瘦，架一副金丝半框眼镜，踽踽跟着，离老伴身后总一拳的距离。书摊前，翻翻这，捡捡那，拿起，展开，放下，复拾起，再读几行，迟疑不定，像进了菜市场。我一旁窥视良久。终见老头捧着两本厚厚的书，微斜头，凑向老伴，轻语："这两本吧！"我一斜眼，是普及注释译文版《山海经》和《唐诗宋词三百首》。老太太脸都没回，抬手一抓老头的胳膊："再走走。"约个把钟头后，收银台前，老夫妇一前一后排着队，臂弯处夹着那两本书。我趋上前，低低地献着殷勤："全场八折。"同时讨好地奉上一瓶农夫山泉。开始老爷子死活不要，推来搡去的，弄得我如行贿般尴尬，最后还是老太太面带微笑地发了话："那就谢谢了！"

　　工作做到这份儿上，你说贱不贱、累不累、够格否？有没有黄粱梦或稻粱谋下去的必要或价值？书展散场有几日了，上海凌厉的夏日把我原本还算白皙的面容蒸熏到灰头土脸乃至黑不溜秋之地步；回到家，老婆假惺惺恻隐地关怀，趁我倒头大睡、意识迷瞪的时刻以手抚脸；我也只自我宽慰一把，只微一蹙眉而过，没出声，自认且忍了。但昨日微信里突收到一则请求加微的信息，和随后的闲聊，确令我疲惫的身心欣慰些许。当时，仔细辨析半天，才弄清，是刚结识不久的书展组委会汪秘书长发来的，地道上海当地人。我急忙认证，回话，欢迎他随时来做客指导。他回语，也简洁："万卷的书，不错，欢迎再来！"

未上过一堂课的恩师

那年，甫入冬，雨雪就密得紧，间或地下。江南，一片衰败凄苦。等到放寒假的前一天，一场大雪，搂头盖脸，把皖中南几百里大地，覆了个严严实实，随处皆白。一切也都变得迟钝，缓慢，甚至停滞了。唯留一江如墨寒水，在漫天大雪里，兀自默默漆黑汩汩流淌。

在合肥读大学的同县高中同学，熟识与耳闻却未曾谋面的，三两结伴，分乘不同交通工具，由北向南，陆续赶到江北岸裕溪口，再换乘轮渡，聚集在赭山脚下，落脚在我就读的学校。一个个饥寒交迫落汤鸡似的。

其中，不乏笑料。一位同学独自来校找我，也不知我住在几舍，那时也没手机，他像只缩脖冬鸟，来回逡巡，无奈于校园路上截住一位女生，打听中文系83级宿舍在哪儿，同时报出我的姓名。那女生毫不犹豫抬手往不远处一指，说就那几幢楼。等他趋近再一细问，居然是女生宿舍。想必人家把我当成女生了。这怪不得人，皆因我姓名的末尾是一"秀"字。

但青春的壮怀是再甚的严寒也僵硬不了的。八十年代初，一群天之骄子，相见已非昔比，谈笑几多欢悦，虽没挥斥方遒。当晚，把大家安排进同乡宿舍里；晚饭，也是一带一地在食堂吃。那时穷，手头几乎没有零用钱，这么做，也分解了接待的巨大精神压力与财务负担。

次日一早，返乡的队伍壮大起来。七八人，也不坐公交车，嘻嘻哈哈，徒步走到几公里外城边长途汽车站，在滴水成冰的候车室挤出满头大汗，像群抢食的猪，好不容易抢到槽，却一色的站票，还是临近中午的一趟。那时，是不隔天，也不提前发售车票的，更没实名制一说。

大家也不计较，有票就好，行李也少；终于等到车发动，整个车厢鼓鼓囊囊，就是个大号沙丁鱼罐头。这样也好，过不一会儿，就暖和到闷热以致窒息的程度。

一条在皖南丘陵地带蜿蜒曲折延伸的半柏油半沙土公路，坑坑洼洼，颠颠簸簸，穿越三县。客车遇镇即停，乘客下下上上，几起几落，唯我们及不多的几位，始终坚守，因我们的目的地是此趟车的终点，苏浙皖三省交界的偏僻小县。也没午饭可吃，年轻人，消化快，早餐在食堂呼呼噜噜喝下的稀粥，早化为几泡热尿，一路撒在沿途各小站肮脏邋遢的厕所里了。大家饥肠辘辘，然而，这是第一个大学寒假，那种衣锦还乡的兴奋与荣耀，实在按捺不住。

一入县境，乘客渐少。大家就开始兴奋，大有"我胡汉三又回来了"的感慨和激动。同学也有陆续下车的。问题来了：我该在哪儿下车？开始犯难了。我家，离县城四十里，离高中毕业的隔壁乡中学，也四十里；中学离县城二十里，三者成一等边三角形。一种尴尬与无奈，以及它背后隐藏着的悲凉和痛楚，彻底攫取了我，仿佛自己是个无处安身的游子，飘摇在这凄苦冰冷的冬日，像荒野里的枯枝败叶，无人眷顾。到县城，举目无亲，口袋也没钱，住不起旅店，也不好意思张口去同学家借宿。尴尬的我，在车停靠高中学校所在的十字镇时，似乎没多少忧虑，和同学挥挥手，假装镇定，拎起行李，轻快地下了车。

赶在夜幕降临之前，我顶着仍在塞窣的雪花，穿过一条污水横流、几近无人的破烂小街，再深一脚浅一脚跋涉过一条新修的泥泞不堪的塘坝，又尽量弯低腰爬过一道湿滑的陡坡，来到学校教师住宅区，浑身雪水地推开了王绍安老师的家门。

王老师其实不是我老师，因我没在他的课堂哪怕坐过一分钟。以高二学历参加高考失利那年，我发誓不再读了，是父亲一扁担把我又扫进学校。大我四岁，高我两届，两次高考也没能上了大学的堂叔，好心把我拽到他复习的中学。开学仅个把月，他却放弃了学业，报名参军入伍。临走的前夜，他把怯生生瘦小干枯的我，领进了王老师的家门。

王老师是理科班班主任，主教语文，附带教生物。这是那个年代的常事，一师多兼。奇怪的是，他的学生里，每届高考生物的考分，虽满分只有 40，可优异率多高过语文。这也每令王老师所深恨，与怅惘。

对历史情有独钟的我，虽数理化不错，可执意读文科班。对此，老师没说什么，不苟言笑的他，只淡淡地吩咐，每周单独向他提交一篇作文，题目则是他给理科班拟的题。

接下来的每周，我自然有了次进他家门的机会。懵懂不谙世事的我，往往赶在饭口就不请自去了。每次，王老师和爱人，也不问我吃没吃，总迅速拉过来把椅子，邀我落座，起身盛满满一碗米饭，从筷桶里抽出筷子，再顺带夹上满满一筷子肉菜或其他，推到我面前，一个劲说吃吃吃。他们知道我们这些大老远跑来住校读书的农村孩子，太可怜，学校没有自来水，中晚饭都由学生自己去塘边淘米，统一在食堂蒸饭，吃的都是家里带来足够一周的咸菜。师母孙老师，在学校初中教音乐，高挑个，皮肤白皙，漆黑蓬松齐肩发，典型的美女老师，还兼负学校食堂的日常管理。为了打消我的顾虑和羞涩，她一旁叮嘱："一秀，以后周日返校，直接来家里，遇啥吃啥，别在食堂蒸饭吃了，那不是你们该吃的。"后来，她多次在校园里碰见我，看四下无人，迅速从衣兜里掏出一小叠菜票，是那种用彩色塑料制成的半个名片大小的凭据，面额不等，但没超过两毛钱的。这个时候，她总一言不发，攥紧了手，把东西塞进我口袋后，径直走开。过程极迅捷，剩下我，愣愣地站着，发呆。

我也听话，每个周末，挑着米菜书包，也不入宿舍，径直往王老师家去。有时碰上师母还在炒菜，就有些踟蹰，可孙老师不嫌弃，说等等，再麻利地盛菜入碟，摆上厨房小桌，把一双还小的儿女撵出屋去，对我说，自己盛饭，先吃，吃完好上自习课。她那双宝贝儿女，大的是女儿，上了小学，亭亭玉立，文静大方，像妈妈；小的是儿子，在幼儿园，虎头虎脑，活泼调皮，像父亲。

我曾把这一五一十告诉了父母，他们听后总唏嘘不已，直说我遇上了好人贵人，以后不论怎样，可不许忘了人家的恩情厚谊。因为紧住湖边，父母也曾不时叫我带些常见的湖鲜给他们。他们每每称谢不已，也每次在做好鱼虾之际，把我从教室找去，解馋。

那天一推门，王老师和师母一看是我，多少有些惊讶。随即像父母见到孩子似的，直呼这是放假了放假了，旋即把我的行李接下。孙老师直奔厨房，生火，忙乎饭菜，边忙边歉疚地说，刚吃过刚吃过，这就给你热乎热乎。不一会儿工夫，饭菜汤上桌，我一人独享，一整天没进食了，一家四口围看我狼吞虎咽，两个孩子捂嘴直乐。

从小就胆小，一直怯于与人说话，尤其和老师，还没张口，脸先红，心跳就加速，舌头开始嗫嚅，嘴唇也哆嗦。和王老师也没多少交流，记得他问了几句我学业与课程上的事，我只点头，闷声嗯嗯回复的多。王老师也不为难我。起身去了里间的卧室。听里面一阵水响的动静和忙活。有些纳闷。王老师再出来，对我说："看你浑身也湿透了，进去洗个澡吧。有换洗内衣吧?"我点头，像个受人遥控的机器人，乖乖进去了。一看，室内一顶塑料洗澡帐，正被热气鼓撑到圆锥形，澡帐下面，是一只大木盆。不知何时，王老师早就预备停当了。我的喉嗓就有些发紧发涩，也顾不上许多，脱光了衣服，尽快地钻进去，一下子回到儿时过春节时的情景。农村孩子，冬季，是很难洗次热水澡的，唯有快过年了，才讲究奢侈一番。

肚子不争气，也许是吃猛了的缘故，要上厕所。那时，学校老师都住一溜齐的平房，没有上下水，公用厕所在屋前的坡下。孙师母正在客厅给我搭床铺，一个劲提醒我出去小心，雪把路盖住了。我大大刺刺出门，尽捡黑的路面走，以为没雪，是干硬路面。哪成想一脚踩进黑咕隆咚的水坑里，湿了一只鞋。回屋时，我没出声，临睡前把鞋和袜，偷摸放在角落。结果还是让师母发现。问踩水坑里啦？我红了脸，有些不好意思。她没再言语，拎着湿透的鞋袜，转身去了厨房。我躺在临时搭起的单人钢丝床上，听厨房灶坑里生火的动静，那是孙老师在为我烘烤鞋和袜。疲累已极的身子，渐渐沉入睡乡。

至今记得，那晚我做了个梦，梦里回到半年多前，王老师第一时间得知我的高考分数后，辗转托别的同学，告诉我，他已替我填报了大学及专业志愿，不必从几十里外跑来学校了。他太了解学生了，给我选的是安师大历史系，可最终，却遭中文系录取。也好，也算没辜负他一年里额外认真批改指导我作文的辛劳，和良苦用心。而，如今回头检视，或瞻眺余生，终其一世，我得以与文字文学结伴为伍，忝列其行，实离不开他当初的点拨和开示。

后来，记得大二，接到王老师一封短信，是要帮忙购一套上下册的文言文方面的书，教学用。我不敢怠慢，跑去新华书店，没有；后通过书店订购，直接从出版社邮寄，也只买到上册。现在，我恰好在出版社工作，若换着当初，就不会有那些遗憾了。

再后来，我一边在大学忙于恋爱，煞费苦心的，一边插空忙于考研，火中取栗的，回老家的次数渐少。四年大学念完，随即北上几千里，去东北读书；又因工作，南下深圳，就这么南南北北地折腾，与王老师一家断了音讯。某年回乡，和已退伍转业在县烟草公司上班的堂叔见面，他说王老师思乡心切，几年前一家人调回老家天长县，也改了行，在政府上班。我满怀歉疚。堂叔看出了我的心思，说我没怎么忘本，还说等我下次回来，找个空，陪我一起去天长。

可五年前，一场白血病，不到半年，要了堂叔的命。

那场罕见的雪，一直在我心里下着。

公外美女小老师

大一，公外老师，是位二十四五岁的长发美女，清清瘦瘦；可不太有笑脸，甚至愁容的时间，居多。

天热，我一人靠窗一排，脱了皮鞋，光脚蹲在长靠背椅上，时不时往外溜几眼。她就袅袅婷婷地移过来，站在紧靠我的过道边，捧着书，读课文，讲语法，复句从句什么的，也不上讲台写板书了。

我没敢动哪怕一下，更不好伸出脚，因没穿袜子，还臭。只得像只抱窝的母鸡，蹲得更严实，尽量把赤着的双脚捂住。

她死活也不挪地儿。就这般，大半堂课下来，没把人憋屈死。蹲得久了，下半身发麻，尤其双膝部位，几乎直不起来。然而，我并没有记恨她，丝毫都没有，甚至相反，有些窃喜，抑或兴奋：如此近距离地一睹芳颜，聆听曼妙的嗓音与喘息，还是英文的。

后来，在校园，看见她手挽着位三十多岁戴副高度近视镜的臃肿矮胖子，想必是她的对象或夫君了，心里就咯噔一下，就万分寥落和失意。后来证实是。

　　很长一段时间，觉得这世界，并不以个人的愿望演绎或展开，美丽的天仙，多数是配了牛郎。于是，以后，对诸如此类的事或人，就不抱大的热望和奢求了。

纽 约 大 妈

那年十月，我和爱人心血来潮，颠颠跑去美国，看望读书的孩子。在纽约，贪玩，四处乱跑，像进城的乡巴佬，或进了大观园的刘姥姥。

晚上十点多，从一深陷大楼内的破落中国餐馆出来，天正落着密雨，夹杂着掀枝翻叶的阵风。意就有些不适。

还是爱人事前周密，在挎包里塞了把折叠伞，虽小，且弱不禁风，但总比没有强。两人挤在伞里，顾头不顾腚的，于昏黄的街头，好不容易拦到一辆出租车，拽开车门，见后排已有两个美国女孩。

我坐进副驾驶室，向二十唨当岁的白人司机亮出英文的卡片，上面有住处地址。美国大男孩瞅了一眼，也没出声。

车就动起来。还以为万事大吉了。待车停下，两女孩下车，却不见车动。正恍惚间，见年轻司机头也没扭，叽里咕嘟说些什么。最终搞明白，他是在撵我们下车。远在他乡，离伟大祖国万里遥，更不是沈阳，我只咬了几遍牙齿，捏了几回拳头，忍了。等下车，更不知身在何处。两人复挤进一把小伞，仓皇挪到街边公交站。

我倚靠在站亭背风的一角，闷闷地抽烟。爱人哆嗦着裙子在伞里发抖。车愈发稀少了。

站点只一混血中年矮个妇女，四十上下年纪。突然，她走向我们，探寻地问，爱人和她断续地聊了几句。我没太在意，风急雨骤的，也没太听懂。后见她总探出站台半个身子，向来往不多的车辆招手，也不见任何车停。又看她跑到对面马路，如此这般，也没效果。最终，她顺马路走到前一岔路口，站定。终于等来一辆车，她上去，走了。

我想，还是她了解当地交通路情，知道怎样才能尽快打到车，可以不受冻在深秋夜雨的纽约街头了。又想，还是守家待业好啊，跑这老远遭这穷罪，不值啊，等等。正感慨间，突然发现有辆车径直停在了我们脚边，从后座下来个人。我定睛一看，居然是那位混血中年妇女。

原来，她跑前跑后，是在为我们拦车。

那时，奥巴马当总统，川普还在泡妞。

理发匠老韩和"韩老妈子"

老韩，是大队指定的唯一专职理发匠。

全大队，七八个生产小队，五六百号人，不分男女老幼，都一律"老韩老韩"地叫，具体啥名，却没几个知道。我无数次在父亲的大队账册里看到他的名字，也都笼统地写成"老韩"。那时，他也就四十岁左右。

听说他是芜湖人，且是城里的。老伴，更有来头，上海人，也不知姓甚名谁。商量好了似的，都从"老韩"这儿，管她叫"韩老妈子"。他俩是半路夫妻，无只男半女。

至于他俩好好的城市不待，怎么一个从西、一个从东，分头流落到离家二三百里开外的皖南乡下、南漪湖畔，且相遇，结为一家，有多个版本。有说是双双逃婚私奔；有说是下放知青；有说是刑满出狱或劳动改造后不被家人接纳出走的；有说是逃债避祸的；有更恶毒的传言，说"韩老妈子"年轻时是上海滩出了名的应召女郎，等等。总之，围绕他俩的过往与经由故事，传得诡异非常，神秘兮兮，无法求证。

老韩的家，在村后山坡下的排灌站旁，两间还算整齐的茅草屋，阔大的屋场，直连着湖面。但孤零零的，与左右的村子不搭界，散在平坦如垠的湖滩边。炎热的夏季夜晚，老韩家最热闹，因湖水清凉，八面来风，是上佳的乘凉之地。

排灌站，是国家"二五"期间省里拨巨资修建的重要抗旱设施，有几百米延伸入湖心的宽阔引水渠，深埋地下的幽深涵洞，青砖水泥砌到顶的阔气现代机房，高大的钢筋玻璃窗户，两台苏联制造大马力柴油抽水机，发动起来，地动山摇。机房背后的山坡上，是两条粗如巨蟒的铁铸输水管，节节由大号螺丝铆接，直通山顶的水渠，弯弯曲曲，阶梯抽升，绵延附近十里八村。大旱之年，人民公社时代，全县抽派几千精壮劳力，齐聚大队沿湖十几个村，挖渠抗旱，真切应了那段套话：但见红旗招展，号炮飘扬，锣鼓喧天，喇叭阵阵，标语条条，机器轰鸣，歌声如潮。肩挑背扛的劳动大军，如蚁穿梭，来回奔突；宏大壮阔的奋战场景，令我们这些青皮小孩子看了，也不免血脉偾张，壮怀激烈，像只只兴奋的小公鸡，欢天喜地，丢膀炸背，撒丫四处观战。其景其情其势，比过年过瘾百倍。

而当暴雨连绵，大水漫淹，浪拍山岸时，就独苦了老韩一家。只得在山顶搭间简陋茅草房，风吹雨淋的，勉强度日。但看那两间土坯屋，在山脚下浑浊的浪涛里顽强地坚挺着，浮沉不定，命悬一线；苦等水退，若不倒，万幸。

从称呼和居住环境，心明人一听一看，就知老韩两口子是外来户。在乡下，惯常以宗族排尊卑，从聚居论远近，按血缘分亲疏。在皖南，更唯此为甚。这实在是没办法的事。身为异乡人，不论你如何削尖脑袋低眉顺眼曲意逢迎，不经一两代人的艰辛经营与忍辱劳作，积攒人脉与亲戚关系，是极难融于乡村传统社会势力范围和话语中心的。

但老韩是享受大队干部才有的待遇的。他的户口没具体落在哪个村，也不参加集体劳动，但每年秋收或年底，他也和大队干部一样，拿固定工分，在各村领粮。

他的打扮，却比干部还干部。夏天一身"的确良"，清爽灵新；脚穿锃光油亮黑皮凉鞋，微微后背头，梳发似柳，清瘦俊朗，干净利索；腰夹剃头箱，比现在的手提电脑稍大略厚，外用一匹蓝布包裹着，走村串户。说口芜湖一带皖江腔，永远的轻声细语，面色沉着，显得风平浪静。

老韩的剃头箱，简直就是个百宝囊。手推子，发剪子，木梳子，刮脸刀，肥皂盒，荡刀布，大大小小排列整齐。尤其掏耳朵工具，小镊子，小毛刷，精致可爱。我曾乘其不备把玩多次，他也不以为忤，没恼过。

老韩理发的手段高强，态度和蔼。尤其刮脸，技法精准，一丝不苟，仔细周全。从月科里的孩童，到垂垂老者，一视同仁。就说剃个光头吧，他能细心刮上大半天：先用手推子大致推一遍，再用温水把肥皂打成泡，反复地往脑壳上抹；用白皙修长的手指，认真地绷紧了头皮，撅腚哈腰，前后左右反复地刮，不留一根显眼的毛茬；最后，老韩用绵柔的手掌在剃头者光净的脑皮上四处磨蹭，寻找未刮净的遗漏，那气定神闲的容色，仿佛在抚摸欣赏一件臻美的古玩收藏，或对精心制作的作品，做最后的打磨与修饰。

老韩剃头还有个习惯，不论老幼，也不问你愿不愿意，皆要净面刮脸。刮之前，用热毛巾敷脸，再披面盖脸打满肥皂沫；先掰开雪亮刮刀，兰花指状拿住，大致刮头道；复上下左右拽住人耳朵，依次左脸右脸，往下，刮下颌颈脖。手腕翻飞处，刀片闪闪亮，时不时嫌刀钝，遂在油渍麻花、亮可鉴人的荡刀布上，节奏欢快地来回唰唰打磨数下，再密密匝匝地刮；随手丢出满地的毛茬与泡沫。利索不说，看着就舒服，真正是妙至毫端。可结果是，长此以往，村里的男孩，岁数不大，皆密密生出或淡或浓或轻或重的络腮胡须，整得像个小大人。我即"受害者"之一。

老韩家宽阔的堂屋，面北的墙面，挂面半人高的玻璃镜，光明锃亮；一把可上下摇动伸缩、前后角度可调的老式靠背椅。一年四季早中晚不断人。那些亲自跑去老韩家理发的，十有八九是躲清闲、扯闲篇的准懒汉。货郎，鱼贩子，说鼓书的，磨刀修鞋的，崩爆米花的，夏天卖冰棍麻花的，甚至包括整天什么事也不做、专门勾引拐骗别人家小媳妇的光棍与流浪汉。

一湖清水，养四面八方人，这是大自然的仁慈与馈赠。而"韩老妈子"，就是这南漪湖边的"阿庆嫂"，一张饭桌招待当地外来五湖四海客。她高挑个儿，大身板，一头黑里夹灰的齐耳卷发，也被老韩打理得日新月异。一口上海话，虽多半听不懂，但显出了海派的孤高和文艺范儿，真切满足了少小时对大上海十里洋场的无边想象和懵懂向往。

每年春节，尤其大年初一，孩子们一大早抹黑出去拜年，都不约而同争相第一个往湖下老韩家跑。因去得晚了就没了利是赏品。敲门，磕头，说一气老套拜年话，"韩老妈子"慷慨地递给每人几枚柿饼，上面覆有一层细碎甜蜜的白砂糖。据说，这是她远在上海的侄儿侄女特地寄来孝敬她的。

她也偶尔回大上海，但又总待不了多久。我们这帮孩子，更盼她早些回，因她回来的包囊里有乡县商店也见不到的零食和糖果。某年夏，她从上海回了，走前好好的，临回却赶上大水，桥断路淹，从县城徒步往村子走，走走就没路了。一湖浩渺的水，也不见一叶舟子。韩老妈子干脆把外衣裤和凉鞋脱了，塞进随身的提包里，再用裤带勒紧，往头顶一搁，一手扶住；下了水，先蹚，再单手游，三四里远。当她手提包裹、浑身湿漉地爬上岸，推开家门，把孤零在山上临时搭就的草棚里栖身的老韩吓一大跳，以为撞见活鬼了。

她曾对我们夸耀说，这是她少女时代在上海滩练就的游泳"童子功"。

农村大集体解散，尤其八十年代后期打工潮席卷后，老韩家的日子，由小康旋即跌入困顿。分田，没他的份；村里也没了统一理发的要求；人口外流，年轻人大批进城打工，剪发的越来越少。再者，老韩也只会传统剪剃刮，不会现代染焗烫；带的几个徒弟，也相继离开，各自营生。现实汹涌浪潮，像隔几年就发一次的大水，把他俩彻底拍散，最终吞没了。

没了活计、断了生路的老韩和"韩老妈子"，洒泪而别，劳燕分飞，一个去了芜湖，一个回到上海。排灌站旁的土屋，久没人住，成了夜猫野狗的天堂，不多时，就塌了。再后来，听说他俩短暂又回来过，旋又分开，各走天涯，投奔亲友。这是近二十年前的事了。

最终听老家人说，老韩再没回来过，生死不知。"韩老妈子"在上海的日子不太好过，亲朋无人搭理，甚至嫌弃。七十开外的老太太了，念想起乡下自在的生活，和乡下人的好，又折回来，在已坍塌的老屋场子收拾出半间住处，在原先菜园的坡地上，杂七杂八地种了些庄稼，多数时刻靠捡破烂、讨饭糊口度日。乡亲们没忘过去的交道和情谊，多有接济，但总不抵一个完整的家的保全和牢靠。她八十好几，生了场病，偎在残破摇晃的床上，拖了些时日，死了。

是三爹家的老大，随三婆来到刘家、打了大半辈子光棍的外姓叔叔，把"韩老妈子"放进一口硕大笨拙的土缸里，用板车拖到老大队部旁边的集体树林里，挖了个深坑，埋了。没起坟。烧了几刀纸，在上面移栽了棵老家特有的四季常青的松树。

光蛋杨江海

　　三十多年前，东头隔壁村有户人家，姓杨，老两口，靠湖滩住着三间土坯茅草房。那个年月的南方农村，大多如此。

　　大门朝北，一湖汪洋浩渺的水光，映着中堂；屋后是缓起的山坡，有成片葱绿的竹林密布环绕。按说风水也好，甚至极佳，该兴旺的。有田有地，兼养猪养鸭养鸡养鹅，还养牛，日子过得还算凑合。有一独子，二十左右精壮小伙，名江海。迷信地讲，单从这名论，注定了要云游闯荡。

　　江海中等个头，精瘦，口齿伶俐，能说会道；单眼皮，满是精明。这在乡下，说法就很不一，好赖难做定论。可令人欣喜的是，江海会一手绝好篾匠活，一把篾刀，砍劈破削，在他手中翻飞自如，一根普通青竹，不一会儿就变成一摞薄如蝉翼的篾片，编筐织篓，一日数成，给家里挣得许多外快。

　　不几年，寒来暑往，老两口相继去世，江海就成了孤家寡人，没了约束，也少了牵挂。大门一锁，与同村一位年纪相当的伙伴，兜里揣副扑克，满州县四处跑，打花牌。

打花牌，是那个年月流行的一种极简易赌博方式。一副普通扑克牌，只抽取三张，一张是 JQK 类的花牌，两张是 1 至 9 的素牌。一只手里捏两张，另只手捏一张，左右手来回翻飞，倒腾，交叉换牌，最终把三张扑克平扣在桌面或地上。聚赌的，押哪张是花牌，押中即赢，押错则输。

这种把戏，那时，坏小子都会玩，但也只是年节耍耍而已。可江海却把它当作生活与口食的手段。谁也不知他赚了还是赔了，数年间，他很少回家，村人难得见他一面，仿佛没这人似的。无人住居的土房，屋顶漏了，墙也歪了，屋前屋后，蒿草比人高，成了耗子狐狸们的家园，几近颓倒。

忽一日，江海回来了。也不见有多变异。他把老屋收拾了，住进去，开始种地；闲暇之余，又磨光了篾刀，十里八村地做起了篾匠。村里人，尤其亲戚和老一辈，都欣喜得不行，觉得像那么回事，这人有望了。

某年秋，庄稼收完了，江海揣着篾刀，受人请，去十几里外公社上面的村子，替人织筐。几天后的傍晚，他回村，身后多了位亭亭玉立的大姑娘。据乡亲们说，随后的几天，江海家的大门，就没怎么打开过。明眼人一瞅，这男女，是过上日子了。

这丫头，是雇主家的女儿。

不几日，丢了姑娘的雇主，好不容易打探到湖边，把两人堵在屋里。好一顿大呼小叫，歇斯底里厮打斥骂；等平静下来，姑娘仍死活不肯随家人回去，铁了心，要跟江海过，哭天抹泪的。又一番冲突。村里人纷纷聚拢来，有年长的，向对方好言相劝，总算没有闹出人命来。

女方家长也是乡下老实种地人，看生米已煮成熟饭，且弄得路人皆知，脸面上也挂不住，只好顺水推舟，对江海说，你去提亲吧，好歹要明媒正娶。这可真是件大喜事。族里的亲戚，也替他高兴，觉得一个好不容易浪子回了头转了意的单身汉，总算有了媳妇，老杨家不会断了根。

第二天，秋雨绵绵，我正挑着米菜和书包，走在泥泞的乡间田埂，往四十里外的学校赶。忽见身后上来一行人众，皆沉默着匆匆绕我而前。我一搭眼，看到江海，按说还是远房亲戚，他也认得我，但彼此没有言语。那些天，我没少听村里人说他这档子事，就有意多看了那姑娘几眼：一根长及腰身油光水滑粗大黑辫子，穿件碎花斜襟单衣，其他人都赤着脚，唯她穿一双高筒胶靴；微埋着的头，面上有隐约的哀怨和难色。

后来的事，就出人意料。女方家同意嫁，但有个条件，要江海拿一份不菲的彩礼。按说，在农村，这也不算太过分。可这，着实把他难住了。

冬天，临近春节，我从学校回家，听说几里外另一个村里的国营代销点被盗，丢了几百元现金和许多烟酒糖点。青砖砌成的后墙，夜间，被贼生生掏出一个可供爬进爬出的窟窿。而掌柜的，是位六十开外，害有眼病，整天眯缝着眼，校秤付货的老头；当晚，还喝了几两地瓜干，愣是没听见一丝动静。

公社派出所立案，侦查排查，最终锁定江海。一顿毒打，他招了。

老婆没娶成，自己进了号子。几年后，江海放出来，整个人，一下子苍老羸弱到中老年人的地步。看人也是愣愣的，原有的机灵劲荡然无存。老屋也坍塌了。他从倒了架的废墟里，抽出些房梁和木头椽子，在屋后山岗上搭了间仅供容身的小窝棚，前不着村后不着店，孤零零的。

也不下地干活了。几年牢房坐下来，剥了皮抽了筋失了魂，整个一个病秧子，似乎丧失了劳动能力。更不出去揽篾匠生意，整天像个鬼魅，破衣烂衫，在左邻右舍上下村子里闲晃。原本还算标致的青年，一变为佝偻着腰杆的游手之徒。遇见谁家开饭，他也不打个招呼，径直奔灶间去，捡只碗，盛满饭，再在人家的饭桌上搅几筷子菜，转身蹲在墙根或门边，一言不发地狼吞虎咽。吃完，把碗筷随手一丢，抹抹嘴，走人。都乡里乡亲，低头不见抬头见，也不额外烦人。

那时我已上了大学，寒暑假回家，几次路过他的临时窝棚。夏天还好办，赶上雨雪的冬日，见他蜷曲在一床暗到发黑的破棉絮堆里瑟瑟发抖；看人的眼光，直直的，也不言语，完全一精神病人了。

某年春节，村里人几天没看见江海的身影。有远房亲戚提了饭菜，去窝棚看他。发现他早已硬在低矮破旧的竹凉床上。

随后，亲戚找来几张芦席，就着那张凉床，把他包裹起来，用板车拉到公家的荒山坡上，挖个坑，草草埋了，连纸钱也没人给烧一张。

木 匠 老 项

　　村子往东，沿湖滩走，隔一里多路，是另一个自然村，叫牛路巷。村子更小，只十来户人家。

　　别看村子小，村名却有些来头。传说大明洪武年间，沿南漪湖东南一侧，一年四季，皆有大片茂密青嫩的湖草，此处是官家钦定的养马场。牛路巷再往东一里左右，有村名"马村"，可为证。后马场撤去，养马的军户转业成了种地耕田的农民，要吃饭，牛自然得有，并且一下子多了起来。周围十里八村放养的牛，在靠湖边山坡繁茂葳蕤的竹林树林里，踩出条条逼仄的窄细似羊肠的牛路。村名由此而来。

　　春秋两季，是牛们最辛苦的时节，但也是它们最欢腾欢实之时。耕劳之余，清晨或傍晚，年少时曾见，几十上百头健壮的公牛，埋头啃饱了满肚子湖草之后，撒起欢来，首尾相接地不停奔跑，转成大圈，场面欢动而壮观；跑着跑着，有的牛，互瞅一眼，觉得对方都不顺眼，远远地各自扬起头，彼此僵持地对望着，都不服气，不时摇晃起硕壮威武的牛角；先慢慢移步凑拢，离一二十米时，分别猛然低头，狂奔着冲向对方，两副牛角激烈碰撞一处，开打，发出骇人的咔咔声响，牛鞭脱出体外老长。放牛的孩子，惊吓着四散，又好奇刺激地聚拢过来观战，分帮，为各自的牛喝彩喊加油；可一旦打红了眼，犯起犟脾气，个把小时也难解胜负，打起了死架，就麻烦了。这时候，该大人出面了。一旦有一方认输，拔腿后撤，会被赢的一方长时间死死追撵，大有不置其于死地誓不为牛的架势。那输了的牛，一生都得绕着赢了的牛走。其实，这是地位的角逐。

介于两村之间，有一独户，属牛路巷村，主人姓项。一人多高的土坯围墙，圈起挺宽敞的院落，墙内四周，一溜栽有高高的冠顶如盖的泡桐树，几间茅草房，收拾得也算规整；院子里养几条各色草狗，晃晃悠悠，可但凡看见行人，不论生疏，远远的，就呈扑咬状，吠声如豹，凶猛异于常犬，把整个院落渲染得肃穆庄严，气氛凝重恐怖，令人望而却步。别说进入，我一次都没敢靠近过这家院落，唯只远站在自家地头，深望端详过。对我来说，那，就是块神秘怪异的禁地。

老项是个大个子，平时种地，农闲四邻八村做木匠活。但许多次见他找父亲申请救济粮救济款，总近九十度地佝偻着腰，腰后身别着根粗木尺，平时做木活儿用的，双手后背着，于尺两端握着，这样就维持了身体前后的平衡。同时，他的右小腿，粗肿很多，皮肉溃烂，白一块红一块的，淌溃烂的脓水，瘆人。腿上常年都抹着黄油类的药膏，用棕榈皮似的油纸包缠着，再打绑腿般，捆扎几道布条或麻绳。

听村里老人讲，老项是江北人，年轻时一米八几大个，虽腿上打小带点毛病，但整个人长得还算端正帅气。做事认真，干活仔细，为人通情达理，还有份木匠手艺，按讲在农村娶个正常的女人做媳妇，是不难的。可自打腰杆子出了毛病，整个身体逐渐前趋，变了身形，佝偻得像个反写的 C。自此他失了自信，眼见岁数不小了，就跑回老家，随便找了个精神不太正常的女人成了家。这女人，口齿不清，豁牙露齿，也不怎么梳洗打扮，一年四季蓬头垢面。

两口子接连生下四个孩子，两男两女，也算完满。与周围村子不同的是，老项全家讲一口听起来极其别扭的江北话，常见一家老小在孤零零的院子里大呼小叫，起争执，同时伴有凶声凶气的狗叫。大伙就觉得有些隔眼，甚至不吉利。

老项家的孩子也和我们一起先后在村小学读书。不知怎的，这几个孩子，确与常人有异，不合群，看人的目光很警觉，性格偏执，不怎么讲话。我们这些半大孩子，约好了般，都怯怯地，像怕沾染上什么麻烦甚至疾病似的，离他们远远的。

某年深秋，老项在附近别的村子做完一天的木匠活，正遇有户人家杀年猪，就割了一斤多连皮带骨的肉，用几根稻草挽成一股绳，拴了，拎着回到家。进了院门，随手交给一旁正收拾场院的媳妇，说："烧烧，晚上吃。"老婆应声，接过猪肉，转身进了灶屋。

也较麻利。开饭了，几碗家常菜上了桌，却不见那份肉，老项就往灶屋喊："肉呢?"老婆在厨间忙用半清不明的嗫嚅口腔应声道："快了快了。正在掏，正在掏。"闻声，老项就感觉诡异且不妙，忙起身进了偏厦屋的厨房间，见老婆正撅着屁股，土了灰脸地用火钳在灶坑里的火堆里来回扒拉。老项明白了。顿时火起，一把揪住媳妇常年蓬松似鬼的长黄头发，拖到院子中间，这一顿毒打。四个孩子缩成一团，躲在墙角，不敢出声。撕打与辱骂，哭泣和惊喊，呼救加狗叫，直搅得左右两村人，晚饭都没吃安生。

估摸有二十多年了吧，老项去世了，老伴也没多活很久。他家的大儿子，年龄和我相仿，读书上下届，可小学没念完，就回家放鸭子了，后来也成了家，有了孩子。常在湖里打小网，捞鱼，补贴家用，日子过得也蛮好，挺安稳。可不知怎的，某天半夜好好地打渔，凌晨收网撑船快到岸了，一没留神，一头栽倒进水里。按说湖边水，才齐腰深，可他一个中年健全人，居然没能爬起来，淹死了。不久，媳妇改了嫁，好端端的一个家，说散就散了。

另外几个孩子，也不知怎样。想想，手心捏一把汗。

诗 人 老 曹

老曹，是我老早年前的朋友。有多早？上世纪八十年代中期的事，算起来，有三十四五年了。中间足够搁得下一代人。

那时我在芜湖读大学，十七八啷当岁，而他是芜湖纺织厂消防队开指挥车的，好像大我几岁。到底大多少，至今未究，不明。

怎么结识的，也记不大清了。我一普通学生，认识的校外人，极少，除了一门远房亲戚，住在老东门。细想，是先认识了一位来自老家的本科自考生，姓李，油头粉面油光水滑的，爱喷一头钢丝般的发胶，皮鞋总擦得一尘不落，裤线熨烫出刀刃状，割得出血来。后两者，直接深刻影响并造成我至今的某些恶习，常遭人无情诟病与戏谑嘲讽。

夏日某傍晚，他来宿舍找我闲聊，其实是来学校猎艳的。突然间说："走，给你介绍一人，我同事。"

坐在这哥们自行车屁股后头，出陶塘正校门，绕赭山公园南围墙，朝东北方向骑，穿几条胡同窄街，拐进一居民楼。

大热天，这家的门敞着，一家四五口，正围着八仙桌挥汗吃饭。我俩拘谨地站在门外，见正对门一人陡然站起，扔下饭碗，快步迎出来，边走边两手比画边大声嚷嚷："进来进来，吃饭吃饭。"声音嘎嚯，多少有些磕巴，但因语速快，几近不计。

这就是老曹。一张娃娃脸，个子不高，甚至可说矮，一米七不到，体型倒是敦实；上嘴唇两撇处，有稍重的绒毛，到老，肯定是八字胡。二十刚出头吧，长得却似三十多，老成。后来相处久了，觉得他是骨子里的幼稚和一辈子的单纯。

事情的发展总是令人难以预料。我和老曹愈发热络近乎起来，撇开朋友，直接联系。日久生熟，实名不呼，直叫他"老曹"，至今未改。

老曹是写诗的，在当年那座江南小城，颇有名气。

诗名首先来自芜湖纺织厂宣传栏。"芜纺"是家国有大型企业，职工上万人，尤以年轻女工居多。老曹爱舞文弄墨，还擅长绘画，描摹那种，但这也相当不易了。其文其画其名，总在宣传栏里出气冒泡，再加又是开通红警车跑火警的，穿制服，平日的工作，除了睡觉，还是睡觉，清闲待遇高，好生风光。

诗名再来自本科自考学员群体，以手抄本形式流传。按老曹自己的话讲，按天分，他本该上大学的，可偏偏心血来潮，高中没毕业，就瞒着父母，报名参了军，生生给耽误了。不然上个本科，探囊取物耳。谁成想，一列闷罐车，径直将他拉到内蒙古呼伦贝尔大草原，还空军。这在当时，等于是变相提前上了大学，该庆幸的。

当时我就存疑，他那口吃的毛病，不轻不重的，咋就进了空军呢？邪门。后来我北上两千里，去东北读书。那时刚入秋，关外冷得早，身上穿的，就是老曹退伍时发的那件崭新军大衣，他赠予我，相当御寒，帮了我大忙。出于好奇，我反复细问他当年从军的经历，他开始遮遮掩掩，继而语无伦次，终经不起我较真，反复追问，他才如实相告。所说的空军，不过是地勤部队，也就是替飞机揩揩翅膀擦擦屁股加加油而已，离地三尺都没飞过。也难怪，这也验证了老曹一生最大的两个缺陷，除了忽略不计的期期艾艾外，就是夸大其词，不惜一切代价或方式往自个儿脸上贴金，死要面子活受罪，从不认尿。

老曹的名气真正得以在江城显露，且声名鹊起，是他的那些狗扒潦草字迹的诗句，变成了全国各地文学期刊上的白纸黑字。后来还出了几本不算太厚，但颇为可观的诗集，当时都送我，后来东南西北地跑，也不知扔在何处。可以想见的是，先是"芜纺"一大批文青女孩朝老曹围拢过来，后是"自考"队伍里一大批高考漏子女生围过来，像一群没头苍蝇，乌泱乌泱的。老曹受用得很，小个儿不高脖子扬得贼直，像只得意扬扬的小公鸡，振翅夯膀；如老鳏夫径入寡妇院，似狡狐狸溜进鸡鸭棚，不惜惹出许多桃色事件，是绝不肯盛名虚度的。青春年少男人嘛，爱上层楼，何况有点雕虫文心的江南才子，千百年来，难免。

说他的诗写得好，也仅从当时论，这也得真话实讲。时也，气象也，氛围也。那可是个全校写诗的时代，甚至是个全民写诗的年月。老曹的诗，意象是有的，意境也是有的，但情绪比较荷尔蒙，走的是李金发戴望舒徐志摩相融相杀的路数。我还依稀记得他发表于《青海湖》的某首诗，赫然有这样的句子："我把殷红的裤衩/高高挑挂晾晒在竹竿之上/那分明是青春的旗帜/欲望的风向标。"极尽煽情忽悠扯淡之能事，能不撩拨起女孩们的朦胧心思和暧昧情愫吗？

老曹还陪我回过我那家徒四壁的农村老家。那是大二的暑假。他也不嫌弃，临去前，还细心地给我父母带去了那座小城名动天下的小吃——傻子瓜子。皖南农村，无酒无肉，只些湖塘里的鲜虾小鱼，老曹也食之大快。和我祖胸露乳地在铺地竹席上睡了几日，走时选的是水路。在一艘进县城的木渔船上，老曹立在船艄，烈日当头照着，他也不避，那形象与情状，有些像李白，大呼小叫的，网红表演般。我有些脸红，因船家是亲戚，以为我在城里交友不慎，领回来位精神病朋友。好半天他折回到船内，见到渔家养在舱里的几条野生鳜鱼，又神经质般咂数遍嘴，少见多怪，掏钱悉数买下。

当日下午，回到芜湖，我要回寝。老曹一把薅住我手腕，生拉硬扯把我拽进他家。

家里无人，他麻利地下厨生火，少时烧出一盘活色生香的红烧鳜鱼，手艺不凡；又跑进他父母那屋，翻出一瓶高度古井贡。老曹父亲，当时是芜湖土产公司经理，也是不小的官，近水楼台，家里自然不缺酒了。每次见我，他父亲皆高门大嗓地直呼我名，平易近人地和我拉扯那么几句，从无嫌色。反倒是他母亲，总默默看我那么几眼，言语极少，令我敬畏不已。

那顿不午不晚只一道菜的酒，我俩推杯换盏，赶在他父母兄弟下班回家之前，直喝得双双趴在桌上。痛快啊。

后有将近大半年，我和老曹没怎么见面。那是大三，我在班里处了个对象。想来恋爱了的人，是三亲六故都懒得顾的。其间，老曹也骑车特意来宿舍找过我几回，也见到过那女孩几面。有日，他突然板起脸，像个老巫婆似的，一本正经地对我说我和对象一瘦一胖，不太般配。我就很气恼，讨嫌得很，直接把他从宿舍轰走了。

果不然，大三下学期，对象黄了。准确地说，是被踹了。失魂落魄的我，茶饭不思，课也不上，日日睡到日上三竿，人暴瘦到脱形，整日像个游魂，有时郁闷出校闲逛，连公交车都坐反方向，居然被拉到郊区终点，反正也无目的，上哪儿都行，无所谓的。

这种时刻，就念想起老曹。徒步十多里，去寻他，多数是饭口。他的宿舍在厂后门一侧，从后门进，是无须登记查证的。有时老曹不在，与他同宿舍的消防队长老刘，与同事小田，或推开二楼窗户，或跑到厂院里，扯嗓子大呼"老曹，老曹，你同学来了"。当时我满脑子不理解和不情愿，虽说他俩早也认得我，可我和老曹是哪门子同学呢？

但老曹是全国第一批本科自考生，是货真价实的，论素养学识，一般念正规本科中文的，也不比老曹来得专业。这点，我唯于心底默认，嘴头上，多是不服不饶的，每每义正辞严纠偏矫正他的书本缺陷和知识盲点，老曹也不气恼，只嘿嘿地苦笑。

见我来，知我恓惶，老曹会从厂里食堂多打些饭菜，颠颠捧回宿舍；有时又一声不吱地跑下楼，拐出后厂门，去街角的卤鸭摊，剁半只卤鸭，或捡几枚鸭头鸭脚鸭翅鸭脖鸭肠鸭胗之类下水；有时还带只暖水瓶，灌满满一瓶当地散装古泉或大江牌啤酒，与我痛饮，为我滋补。想想那时的老曹，倒像个小脚仁心妇人，蛮细心周到体贴的。这是他诓骗那些单纯幼稚女孩的不二法门，血液里的，一般人是学不来的。

大学读的是师范，到大三结束，同学们一个个都神秘神经神道起来，不想将来做教师的，都鼓足气力准备考研。我一想，对象黄了，朝里无人，不甘回乡，于是也心向往之，没日没夜看书复习，整天不和人犯一句废话，昏天黑地柏拉图亚理士多德黑格尔康德孔老庄朱光潜李泽厚的。我喜好美学，这也是老曹较认可接纳我的某处。将近有半年，我把老曹置之脑后，春节也没回家，走出考场的那天下午，我刚回宿舍，见老曹急吼吼过来，老远就喊考得怎么样，旋即拉我去喝酒。他到底还是没忘了我。

是老曹的卤鸭加散装啤酒一时救了我。至今，我孤悬塞外，唯一念兹在兹的江南首选之食，芜湖卤鸭耳。有那么几次，忽思其味，遥遥给老曹打去电话，他先是嘲笑我一番，复用下贱语词勾引我回芜一次吧，随后还是航空快递而来，卤汤是少不了的。每当我捧起鸭腿大快朵颐，总忆起老曹的好，觉得这孤寒东北，诸般简陋，无以相赠，愧疚不已。可食后，即忘。

趁我准备考研那阵子，老曹也没闲着，他恋爱了。那女孩，我是早早就认识的，是他自考班的同学。人家是大家闺秀，父母是那座城市最好的医院里的教授级大夫，尤其她母亲，出身南京名门望族，其舅，做过蒋介石侍从武官。冬日某午后，老曹和对象在学校后身赭山公园的石洞里，以读书之名，行调情之实。许久未见了，我如约而往，他俩也不避讳，照样勾搭如常。傍晚，于一处小店用膳。饭后，老曹骑一辆"二八大踹"，前车杠坐的是对象，后车座坐的是我。先到他单位后门，把我放下，叫我上宿舍等他；再调车头，送女孩回家。扬扬手说一会儿就回。

　　那晚临他值班。我拥着床薄军被，只等老曹到半夜。风雪突至。他跌撞着推门进屋。只见他脸白如纸，气喘吁吁，双腿打晃，喝多酒般，力不支体。没等我问，他嘴唇哆嗦且磕巴着说："行了行了，大事已毕。"

　　我不知所云，但见他说此番话时，面带诡异自得窃喜之色。后来他玉山倾倒，斜靠床头，稳了会儿心神，缓过劲，醒过味，一阵狂笑。我才知，他和对象，已将一桩儿女情长的痴语疯话，坐了实。

　　那年深冬，老曹奉子成婚了。女方是冒着与父母断绝关系的风险，把户口本偷出来，和老曹结婚的。

　　转过年，放暑假，我带着新处的对象，一路从沈阳经蚌埠下合肥到芜湖。老曹的新家，安在厂里的平房宿舍，一室一厅，厨房厕所公用。屋虽逼仄，可其乐融融。那晚奇热，对象和他爱人睡床上，孩子睡摇篮，我和老曹，铺的凉席，就地而卧。电风扇呼呼不停地摇，仍睡不着，咱俩约好似的，同翻起身，只穿着裤衩，蹑手蹑脚出了屋，轻带上门，沿一条小街，不一会儿就走到江边；各自伸手掏裆，朝大江撒了泡腥臊的尿；复跃身跳入滚滚长江水，洗了个痛快淋漓的夜澡。

老曹后来调入报社，编副刊，仍不停地写诗。待做到报社副总编位置，突然就离了婚。我是不在乎他工作上的高下行止的，只觉得他们夫妻间那么铁那么瓷实的感情感觉，说离就离了，我不明白不舒服，仿佛离婚的是我，心里多少有些嫌恶他，自然话不投机，最终无话可说。

随后我也结婚，再去南方，又折回，反复数载。大家各忙各的，少有音讯，像不曾认识似的。可夜深人静无法安眠时，难免会忆起以往与老曹的旧事，和阻隔陌生了的现在，觉得这大凡都是生活所迫所至吧，谁也救不了谁。

突然有一天，老曹打来电话，说自己下周结婚，喜帖已发，酒宴已订，邀我回去。我自然替他高兴。回家向老婆通报，正准备请假。才过两天，又接他电话，磕磕绊绊地说别回别回了，婚不结了。我大怒，直接骂他你逗我玩还是怎的！这样又沉寂了数年。随着报业的沦落，老曹的工作变得可有可无，提前养老了。

听别的朋友讲，老曹痴迷上了收藏，一有空，就往皖南山区老村落里扎，家里摆了一座不知睡死了多少人的老床榻，旧家具老座椅，破损雕花门窗，门石墙砖，瓶瓶罐罐，书法字画，阴森森惨兮兮的。还有一溜满墙的博古架里，塞满了据说是从东晋到民国的茶壶，丑俊不一，居然约请了国宝鉴定大师杨仁恺先生题了匾，曰"百壶居"。杨先生我是面见多次且共饮数回的，也不知老曹凭何手段就轻易"降服"了杨老。至于老曹打哪儿淘来这些稀罕之物，奉之如宝，也是个业界深藏的谜，不解开为妙。殊不知这十之八九，是假的。

这话，我没敢说与他听，怕他受刺激，经受不住。

老曹后来还是不得不结婚了。刚得知这消息，我没大信，是不敢信，更没答应他回去，怕他又发神经，诓我陪他喝酒扯淡。可后来知，这回他是玩真的，又是奉"子"成婚。我彻底傻了，心底却为他难过，殷鉴不远，何以重蹈。是情种，逃不出罗网，总有痴迷不悔的永远的。

临他婚礼前一日，我给大哥去了电。也是豁出去了，吃了人家那么多只卤鸭，他首婚时，我穷学生，食不饱衣不暖，这次就吹肿全身，充当回过年肥猪吧。回到家和老婆商定了，她极同意，咬咬牙备了份大礼，一万元，也趁机了却欠下的遗愧与积愿，叫大哥代我出席老曹婚礼。大哥也是早就认得他的，数年里，家里遇到难事，也没少找他帮忙，老曹每回都有求必应，跑来跑去，诸事倾力。

后来听大哥在电话里讲，老曹的二婚，办得排场极盛大，氛围极隆重，集声光电唱于一处，还有缥缈雾气相衬托，简直美轮美奂，不可一世。只是许多来宾朋友相互一聊，都说不认得新娘子是谁，从未见过。

结果可想而知。没过两年，老曹又离了。失之东隅，收之桑榆，快半百的老曹，喜得一子，终未白忙。老曹有后了，我也生欢喜。

可我无数次陷身沙发，想起老曹这大半辈子的轮番婚变与蹉跎情事，就脑袋生疼地感叹，他坚如磐石的生存之心，从来没被哪怕虚情假意的爱融化过吗？他的那些情诗靓句，难道全是写给别人读的，丝毫也没能感化过自己于一瞬吗？他买给我吃过很多次的那些卤鸭，为何每每于煮熟之际仍复振翅飞远了呢？这些，或许也有我的一二责任吧。可再投缘的朋友，其家事，又是谁能插手并料理得起的呢？！

不知老曹现今怎样了，我也懒得问或打听，于心底，我是渴盼他好的，包括他身边跑马灯般晃来换去的诸多女人。

微信兴风作妖的这些年，我俩的微信加了删，删了加，最终我把微信页面设置为我"不看他"，眼不见心不烦，美好永存于记忆；但仍让他可以看我，以示彼此仍活于当下，并无忘却。男儿相忘于江湖，并非没相濡以沫。想必他也做此番想的吧？！

得承认，我这么做，有些故意。我想，这烦恼慵懒的日常，太琐碎乏味沮丧痛楚，我之不想拿来烦他，大抵也一如他不想拿来烦我一样吧？！更像泥潭里的两只乌龟，残喘着忙于曳尾，防的是盔甲皲裂，仅为活计耳；因为它们心底明晓，只要大家不死，还是有再碰面嬉戏、共游沧海、以遣余生的可能的。

是吧？！老曹。

"干佬"杨金财

一

"干佬"杨金财，前年 11 月 2 日，农历九月十三傍晚，天擦黑，突然去世，享年七十八岁。

听母亲讲，去世的前一天，天气好，大姐去帮他洗棉被。他闲着没事，就拎起斧子，劈柴，汗如雨下的。大姐就劝，说"干佬"你别劈了，才生完病，刚安上血管支架，累着了，不好。他接话说我要烧柴啊，天好，能劈就多劈点吧。

当时没事。晚上吃完饭，烧一锅热水，准备洗澡。衣服还没脱尽，顿觉心慌，不妙；拎着衣服跑到路对面邻居小两口家，忙说："赶快给叫辆车，送我去县医院。"还没等找到车，人就倒在人家院子里了。

"干佬"是个麻子，满脸黄豆大的坑，年少出痘留下的病迹；

中等个，紫堂脸，身板敦实；干活做事，不偷懒，出死力；性子直，较真，爱惜名声甚过性命；只抽烟不喝酒，当过生产队长，操心时政，从村到乡至县及省与中央，说论评判，头头是道；临了，总以一句话作结，"只有仁义过天，哪有英雄盖世"。

他一生未娶，无儿无女，这是被那张麻脸给耽误了。

二

说起"干佬"，绝不能不提"干佬"的寡娘。

人民公社时代，"干佬"和寡母相依为命，住在我家老屋西北角百十米远的两间土坯屋里。农村时兴认干亲，按湖北老家习俗，我们唤她老人家为"家（gā）婆"。论情感，比身边的祖母、三四十里外的外祖母，亲近多了。

母亲多次对我说，那时，活重，大姐四岁，大哥两岁，我刚出生；她每天出工，挣男劳力一样的工分，一早，把我们仨往家婆屋里一送；多数午饭晚饭在家婆家吃，晚上家婆再把我们仨洗漱收拾干净，连抱带牵，送回来。两个淌鼻涕的脏孩子，和一个只会爬的婴儿，在人家里混吃混喝拉撒打来闹去的，"干佬"连眉头也没皱一下，更没呵斥过，还给我们洗手洗脚洗脸洗澡外加把屎把尿擦屁股。尤其我，还没断奶，家婆就把大米炒熟，到焦黄，用小石磨磨成粉，搅成糊糊状，一勺勺喂我。

每说到此，母亲总眼泪巴擦地感叹，说我是家婆用纯天然的米粉糊糊喂大的。

家婆虽是旧社会过来的小脚老太太，可干净利索讲究。衣服不论多旧，从来拾掇得冷冷新新，清清爽爽；一头黑发梳得一丝不乱，油光锃亮，在脑后盘个髻，插根银簪，再戴上黑纱罩。有老年哮喘病，每至冬，喘得厉害，就随身携一小手炉，炉底铺层稻草秆麦秆之类的干燥物，上面盖层还未燃尽的火灰。这样，整个炉子就暖暖的，捧在掌心，双手袖拢，再隐在围裙后，第一取暖，待咳嗽一气，迅速背转过身去，将浓痰吐进手炉灰里，怕人嫌脏。家婆还做得一手漂亮针线活，尤其虎头鞋，绣得细密生动，熠熠生辉。每年底，总见她斜戴着副歪头跛腿的老花镜，飞针走线，眼花缭乱的。临近过年，姐哥我，包括后来两个小妹，一个不落，棉鞋单鞋，人人脚上穿只虎头，让别家的孩子好生羡慕。

刚记事那会儿，某日，"干佬"用一张竹凉床，做成一副担架，垫上被褥，唤来几位乡亲，把家婆抬到三十多里外隔壁公社的圩区去住了。据说那是他们的老家。担架抬起那一刻，六七岁的大哥见状大哭不已，死拽着担架不松手。家婆微抬起身，说那就上来吧。"干佬"二话没说，一手拎起大哥，塞进家婆的怀抱，把没有血缘关系的祖孙俩一并抬走了。可至今也不知当初他们为何要走。

他们那两间空闲的土屋，不久就倒了一间；另一间，成了我们家的猪圈。

有段时间，家婆又回来和她女儿一家，住在村子后边湖滩的排灌站里。那是一溜青砖到顶的钢筋水泥建筑，有水泥地面和通透阔气的玻璃大窗户。有时躲懒，总往那儿跑，闷头做针线活的家婆见我来，也不言语，只从老花眼镜的上方抬起上眼皮，微笑着怔看一小会儿。那时，她女儿，我唤叫"大幺"的，从湖边渔户收些鱼虾，再挑到集镇卖，小生意。有次，我又去躲清闲了，刚进屋，家婆就频频向我使眼色，往屋子后头大窗户下努嘴，示意我，我一头雾水地出门拐到屋后，懵懂地四处瞅，在一报废的半截铁铸排水管里，发现藏着几条新鲜鱼。这才明白家婆的意思。我半遮半掩地掖上鱼，弓着身，敏捷地爬上几十米高的斜陡坡，一溜烟回家了。这种事，后来发生多次，我和家婆祖孙俩眼神接眼神，心照不宣，只言不提，默契非常。

宗亲姻亲之外，过去农村，时兴认干亲。干亲认准认好了，比真正的亲戚还亲出十倍，能显示出巨大的亲和力，是种无与伦比的人脉和人望资源。

确切地讲，这门干亲，是父母当年叫大姐认下的。顺理成章，我们兄弟姐妹五人，都一溜顺水成了家婆的干孙儿干孙女、"干佬"的干儿子干闺女。这事，也不知到底便宜了谁。

小学五年级那年，有人捎来信，说家婆病了，且不轻。当时是夏天，发大水。第二天，父亲领着我，一大早就上了路，蹚河摸水的，中午才赶到。家婆躺在蚊帐里，听到动静，老远就唤："是'练兵大队长'来了吧?!""练兵"是我的小名，"大队长"是打小她给我起的外号。

待了两天，要走了。临行前，已直不起身的家婆哆嗦着抬起手，朝我摇，唤我过去。我怯怯地挪到床边，老人家把瘦长干枯的手放我头顶，摸来揉去，面带微笑，低缓却清晰地说："好好念书，家婆保佑你考上大学。"我多少有些胆怯，甚至害怕，强抿着嘴，想哭，可到底没出声。

也没上医院，挺了几个月，一进深秋，天气刚凉，家婆就溘然长逝了。

三

觉得"干佬"好，是与吃，怎么也分不开的。

那个年月，难见荤腥油水。家里人口多，母亲咬牙狠心买来斤把肉，开荤，扯小半捆青葱，烧炒，刚上桌，转眼就见碗底；且多是干体力活的大人先吃，哪有小孩子的份儿。可我发现，只要去"干佬"家，总有好吃好喝好招待，还管够管饱。去他家，根本不用干活，就甩膀子玩，俨然阔气人家小少爷。对瘦小枯干、总爱偷懒躲懒的我来说，没有比这更过瘾更有瘾更上瘾的了。

于是，总找各种理由或借口，不辞辛苦地往"干佬"家跑。记得上初中了，放暑假，我又摸河过沟地去了。那时，家婆已不在。一留在村小学教书的上海"知青"住在"干佬"家。随后的十多天，"干佬"从村里的养鸭户，一天买来一只鸭，顿顿鸭肉。"干佬"也会做，独自生活惯了的缘故吧，各种做法，红烧，煲汤，卤。我一手拿着从上海"知青"的床底翻腾出的各种书报，一手抓着鸭大腿鸭胸脯鸭翅膀鸭脖子，顿顿吃天天吃，过足了鸭肉瘾，一直吃到见到鸭肉就胃泛酸水的地步。而养鸭户讲，满河塘满栏的鸭子，见到"干佬"，都条件反射似的惊悸而起，四散奔逃。

其实，"干佬"那会儿也穷，买鸭子的钱，都是等秋后收了粮食，用箩筐挑了，去按价物物兑换的。

至今，鸡鸭鹅之类，我最爱吃的，是卤鸭。

"杀猪佬"来福

一

乡下老家，管屠夫不叫屠夫，直接叫"杀猪佬"。

来福是十里八村闻名遐迩的杀猪佬。每到年关，是他最忙最风光的时刻，虽说那时举国上下"割资本主义尾巴"，但善于勤于持家的农户，在完成生猪上缴任务的同时，多会养头自宰的猪，改善生活，主要是为了解决大半年里的食用油。

杀年猪，对农户来说，是件大事，需提前给来福打招呼，亲自登门"下请帖"。他会按时间先后，距离远近，尤其邻里乡亲熟络程度关系远近，排好顺序，一路杀去。来福杀猪，是不收取任何费用的，唯一的报酬，也是乡下约定俗成的规矩：是公猪，从腹下猪鞭部位起，往后沿猪尿脬和猪卵子，一长条割下来，零零碎碎，轻重一两斤左右吧，附带许多肥油，他拎起，团缠一处，随手挂在铁钩子上；是母猪，则在猪下裆靠后腿部位，割下一两斤重的赘肉，归己有。这个部位的猪肉，属于典型的囊囊踹，肥肉肥油多，别说城里，农村人也多不喜。干这事时，来福从不与主人商量，他是爱面子的红脸汉，彼此关系走得近的，话能讲到一处的，厚道善良人家的，碍于情面，他下刀就礼让谦卑得很；若是遇上抠搜吝啬小气的，做人做事不讲究的，人品口碑差劲的，他反而下刀狠，割的就多。你也不能把他咋的。

在年底的乡间小道上，总能看到来福用一根大拇指粗细、黑里透亮的钢筋铁棍，俗称"通条"，挑起个椭圆形的"腰子盆"，手里拎着一只扁竹筐，里面装着整套杀猪用的称手的工具：尺把长锃明瓦亮的双刃放血刀，剔骨尖刀，剁排骨的大砍刀，分肉的小板刀，刮猪毛用的铁皮刨子，一条油渍麻花的捆猪腿的麻绳，一件刷了厚厚防水油漆的帆布外套；最不起眼的，是一截圆锥状的木楔子，沾满血迹，三四寸长，用来堵塞猪颈脖处的刀口。来福杀猪，稳准狠，从不拖泥带水。到了人家，话也不多，放下"腰子盆"，吩咐主人快烧大锅的沸水，抹身到猪圈瞅一圈。他这是在目测猪的大小轻重，伸手摸摸猪鬃，试试软硬，察猪的性情。若猪大，又不喜欢人摸，说明其性子烈，难对付，他马上会吩咐主人去村里找个帮手。等泼泼一锅热水烧开，来福穿上外套，系牢，再次来到猪圈，围猪转两圈，趁猪不注意，突地伸出手，铁钳般抓住猪的一只后腿蹄，顺手一撇，将猪撂倒。没等猪缓过神来，他从猪后背处，左腿单膝狠劲一跪，压在猪的前脊背，两手迅猛攥住猪前两腿，此时的帮手也蜷住了猪后腿。来福接过递来的绳子，三下两下绑个结实，动作迅疾麻利。再厉害的猪，哪见过这般身手，唯有扯嘴嚎叫，最后哼哼唧唧，末了残喘服帖。

来福杀猪从来只需将两条长板凳错落并排合拢一处，至于案板，只待分肉时用得上。按他常年杀猪习得的经验，案板太宽，猪就能吃得住力，就有拼命挣扎来回折腾的空间；两条窄长板凳交错地并着，担着侧躺的半拉猪身，就这么半擎着，猪想翻身想蹦跶，也较不上劲；而猪头部位，正好低斜着探出一条板凳的头，没其他啰嗦障碍，便于下刀，血也放得快，淌得干净。

夺命时刻到了。但见来福用左膝盖顶住猪脑壳外上侧，伸出左手反复来回捋捋猪下颌和颈脖处，这既是安抚，也是在探寻下刀的准确部位，嘴里念念有词。随后一把捏合猪的上下颌，右手的刀，微斜着从咽喉下去，先微微地用力，缓缓地进入，待约莫杀进两三寸许，突然发力，猛地往深处一送，整个刀身即刻没入进了猪的颈脖。他并不急于抽刀，而是手握刀把，将刀在猪脖子里做左右前后的逡巡。待整个猪身疲软松弛下来，方缓慢地撤刀，汩汩殷红的血，突射的箭矢般喷进盆里。来福用手中的刀，在血盆里轻轻地搅拌，拎起，将刀身在猪颈脖处擦拭几遍，确保无血了，才收腿，立身。整个过程，不慌不忙，沉着冷静，气定神闲，风采照人。

而显出来福男人的伟岸霸气与威武雄壮的，是给猪吹气。猪在"腰子盆"里经滚开的热水烫过，大处的猪毛虽脱掉，但杂毛还多，仍需仔细剃毛。这关系到来福杀猪的道德与做事的精细，关乎他的名声与口碑，绝不能让主人吃带毛的猪，马虎不得。可软塌塌的猪身，是不便下手的。

先"打通条"。用刀在猪后脚的上脚趾处，割出寸余宽的小口，把丈余长、大拇指粗细、顶端带圆头的铁棍，从小口处插入，再渐次推送进猪皮与脂肪间的夹层，用力朝里朝前捅，依次捅至猪两耳部、下颈下颌部，以及腹部和四肢处，在猪皮下层，打出数道气孔通道。随后来福屈身半蹲在猪后腿边，一手紧攥住猪后脚腕，嘴贴紧猪脚趾丫的刀口，鼓起腮帮，调动强大充沛肺活量，一口一口不紧不慢舒缓有致地往猪体内吹气。只见铁棍经过处，气充猪体，暴出股股鼓胀的气道。吹时，手松开，吹一会儿，停下稍歇，有力的大手死死攥紧猪脚腕不放，不让气泄出；再俯身，紧一口慢一口地吹。如是数遍，直到把一只绵软皮塌的猪身，吹成圆咕隆咚的球状，腹部溜鼓，四肢坚挺如杵，两耳支棱，脊背厚重坚实，通体肿胀，用手指敲一敲，发出嘭嘭的响动，极富弹性；此刻的猪身，再短再杂的毛，皆毫发毕现，无处隐藏。

就来福说来，这绝不是吹牛，说吹牛，也是文不对题；吹猪，才是他的独门绝技。见他这手好活儿，许多村汉表示不服，每每把来福拽开，嚷嚷着，跃跃上前试吹，结果，不是把猪脚丫吹烂，就是把自家的嘴丫吹破出血来，弄得满嘴的血腥和油腻，而猪身丝毫不见鼓起。唯来福拿捏得恰到妙处。气量强大与否是一回事，舒疾缓猛是另一种技能与境界，按老家的俗话讲，"牛皮不是吹的，麻姑山不是堆的"，无千百次的演练和实战，弗及。

二

　　靠这门杀猪的手艺，来福降服了大伙儿。在老家那个只有十几户的小村，都一个祖宗繁衍下的家族，唯来福一家是个不沾亲带故的外姓。他的家，孤立在村子的最西北头，在一个不大的土岗上，稍高出全村一头。每临下雨，不高的土坡，湿滑一片，上下稍不留意，就会滑倒，摔一身泥。来福中等身材，可体格健壮，走路生风，这或许与他频繁杀猪有某种内在勾连。他性子暴烈，总白刀子进去红刀子出来，见的血多了，性情里少了那么点温情与忍让，嗓子与肺腔里，似乎总隐埋有一枚枚用不尽的炸雷，说话豹气虎声的，像吃了枪药。他家的孩子也多，老大老二还与我小学上下届，平日在一间学堂念"我爱北京天安门""千万不要忘记阶级斗争"，可小伙伴们也极少去他家串门玩耍，多是怕他那一对豹眼，别说说话，只远远地朝你一瞪，就寒气逼人，令人胆颤。

　　连他与缠过小脚、走路一瘸一拐的老母亲讲话也如此。母子俩不时因家庭琐事发生争吵，他也时常暴跳着凶言狠语的，甚至动手。有次又闹别扭了，母亲举起拐杖满院打他，来福情急之下，居然抄起靠在茅房边的粪瓢子，扣在母亲的头上，就那么扣着拽着母亲在屋前的稻场上转圈。大家都于背后数落他的不孝，可毕竟是外姓，再加都有些怕他，谁也不愿当面管他家的闲事。

来福虐完母亲还打媳妇。他媳妇身体一向不好，歪歪倒倒的，不是气闷心口疼，就是脑袋犯迷糊，一溜生养下三儿两女五口，愈发虚弱了身子骨，走起路来像草扎纸糊的灯笼，摇摇晃晃病恹恹的。从没听过她大声讲过话，尤其来福在的场合，总闷声不响，有满腹的心事。夫妻三天两头一事不谐一言不合就吵嘴打架，她哪里撕泼得过来福呢，每回都被来福三拳两脚胖揍一顿，打翻在地，晕昏背过气去，哆嗦抽筋，半天不起。被吓破了胆的孩子们扶起，抬上床，一躺几天，茶饭不思。每至此，来福就一丢袖子，离家而走，在外浪荡数日，都不知他去了哪里，反正他的交际交往广，朋友多，自然是饿冻不着的。

可来福有时又极孝顺，母亲生病卧床了，上不起也无医院可上，他就下湖里摸鱼捞虾炖成汤，把杀猪带回家的肉剁碎了，和米熬了粥，毕恭毕敬地端到母亲床头，精心伺候，细致周全。这个时候的来福完全变了个人似的，他确有许多副面孔。

来福最孝顺最令人唏嘘感佩的举动，是在母亲死后那场隆重庄重轰动一方的葬礼。他亲戚不多朋友多，四面八方送来的孝幛挂满塞满了三间低矮茅草屋。送老人上山那天，下着小雨，整匹的孝幛被长长的竹竿悉数挑起，由我们这些小孩靠在肩头高高举着，五颜六色，飘飘荡荡，在泥泞的山路上蜿蜒出一两里路长。来福披麻戴孝，一身缟素地骑坐在母亲高大厚重的棺材顶上，一路嚎啕大哭，不停以额撞棺，眼泪鼻涕横流，八仙隆重地抬着寿材，炮仗轰天，锣鼓震地，唢呐呜咽，哀声一片。乡亲们都啧啧称叹，这老太婆备极哀荣，风光无限，即便尊崇如皇上他妈也莫过如此，死得值啊。

三

来福的直性与勤快，在村里赢得了人心，这使他当了数届的生产队长。在这个百分之九十九由宗亲构成的生产小队，爷孙父子兄弟叔侄姑嫂妯娌，表面看一团和气，其实内里矛盾重重，乡村政治的复杂与诡异，是丝毫不逊于朝堂或大内的。这就给来福主政一村提供了绝佳的条件与合适的环境。互不服气的，都服来福；彼此矛盾的，都依仗来福。每日清晨，来福起得早，站在自家高高的院场，调起肺活量，只听一声复一阵清脆悠长的哨子响，各家男女劳力纷纷出屋，扛锹背锄拿刀的。来福高门大嗓地把全天的生产活计一一分派清楚，人人领了任务分头出发，重活累活脏活，留给他自己领着几个精壮劳力去做。每天记工分，年底分稻谷，奖勤罚懒，来福毫不含糊。说来奇怪，很少有谁敢与他争长论短，有个别埋怨的，来福也懒得费口舌，只瞪大一双鼓突突豹眼珠，直朝那人吼过去："年前还打算叫我给你家杀年猪了不？"遂无语。

来福真性情，也戏谑，爱说笑话，讲荤段子，尤其和岁数相仿的妇女和刚娶过门来的小媳妇。一个村的，也只有他敢这么做，这或许是因为他是这村里唯一的外姓，没有太多复杂的禁忌和顾虑的缘故吧。来福讲笑话，冒坏水，大家都能接受。

某年冬，起塘泥，这是件挺脏且累的活儿。可塘仍得按时起，否则塘泥淤积多了，来年开春蓄水就少，再则，田里的肥料也不够，需靠塘泥补。起塘泥，需分几组，每组又得分几级传递接力，妇女与年老体弱的，一般在塘的最底部，用铁锹把稀软的塘泥切成长条的块状，传递到上一级，这样一级一级往上传，站在塘沿边的最后一级，活最累，这人得用鸭嘴状的泥撮子，把塘泥又高又远地抛到田里四处，有时远达二三十米。这就需要一股子臂力和蛮劲。这累活自然少不了来福。某年又起塘泥，一刚嫁过来的小媳妇向来福恭敬请了假，有事要回娘家，没有出工。下午，小媳妇回来了，正花枝招展兴高采烈地穿过田畈往家走。来福从塘沿下伸脖子抬眼一看，心头冒出一股坏水，他手端一瓢塘泥，瞅准方位和距离，使劲地朝毫无戒备的小媳妇抛去。来福的方向与力度拿捏得极准极刁，这瓢稀泥，不偏不倚，正好丢泼在小媳妇的一双绣花鞋上，烂泥溅满一身。小媳妇惊叫之余，抱头大哭。而来福一开始猫腰蹲在塘沿下，装着不知，捂嘴抿笑；继而扔掉泥瓢，摇身跃起，三步并作两步，跑到小媳妇面前，一个劲地道歉赔不是，连说失误失误，真是没瞅见；同时伸出一双沾满污泥的粗壮大手，在小媳妇上下身反复拍打，帮忙收拾。不清理倒好，这一扑棱，小媳妇浑身满是他肮脏龌龊的大手泥印。

　　那时候日子苦，缺吃少喝，一年四季难见荤腥。身为"杀猪佬"，来福嘴头享的福自然比大伙儿多，可他还是时不时提出"打平伙"。"打平伙"以秋收时节为多，就是队里出粮出钱，买来鸡鹅鸭鱼肉和酒，集体开荤，全村男女老幼携家带口，凡能走得动路张得开嘴的，一个不落，缺谁也不行。也确缺不得谁的。这简直比过年还过瘾还热闹，全村人都感念着来福的英明与好。"打平伙"不在某一家摆桌，因任何一家地方都小，人多坐不下，故皆选在村里稻场，或村边开阔地。打下午起，按来福的分工，该干活的干活，由厨艺最好的某家主妇牵头，谁负责采办酒肉，谁埋锅造饭，谁安排桌凳碗筷，各有所司，有条不紊，此刻的人，都勤快起来，风风火火的。一俟日落时分，汽油防风灯高悬朗照，秋高气爽，晚风微吹，温暖和煦，全村欢声笑语，喜气盈盈，大排筵宴，其情其势，赛过任何一家娶媳妇嫁姑娘。连各家的狗都闻味聚拢来，追逐打闹，争抢撕咬，惹得狗主人们纷纷跑过来拉偏架，狗仗人势，人借狗威，互不相让，复指斥撕咬不止。

三年苦难时期，全村人都饿得慌，开始吃"观音土"，开始逃荒，开始死人。生产队仓库大门的钥匙在来福裤腰带上拴着，仓库里是有些存粮，还有一席垛山芋干。可谁敢动一根手指头啊。某夜，来福独自一人开了仓库门，点着油灯，背着手在仓库里转了又转，随后出来，敲开几户村里主事人的门，几人一合计，救命要紧，分了吧。同时拟定同盟，若大队追查，就一口咬定仓库被盗了。可粮食毕竟少，全村吃不几天，又没了接续。这时来福的狠劲上来了，某日深夜，待一家人都睡定了，他拎出了使唤惯了的杀猪用的家伙式儿，那把尺把长的双刃尖刀，磨了又磨，试了又试，锋利到吹刃断发的程度。他掩门而出，与几个白天商量好了的同伴，在村后湖边的竹林里汇齐，一头扎进漆黑的夜里，屏气憋声地朝十几里外的圩区摸去。圩区里，都是较大的生产队，属别的公社，人多水田多，养的牛也自然多。第二天，每家都分得一二十斤新鲜牛肉不等。一顿两顿吃不了，像商量好了似的，纷纷把牛肉切成大块，塞进土罐，密封严实，在隐秘的墙角，挖坑埋好，不时掏出一罐，抵挡饥饿。来福是冒了杀头的危险，救了人命的。

四

　　村里的人后来零星得知，来福每次打完老婆从家里出去，都是去会了老相好。

　　第一个相好，是南边山冈上另个村子里老裴家的媳妇，老裴是出了名的本分老实庄稼汉，一生只知俯首与土疙瘩打交道，土里刨食，磨子都碾不出一个响屁来。偏媳妇是个美人坯子，高挑个儿，瓜子脸水蛇腰，留齐耳短发，于两腮旁呈弯月扮云状，捧着一张苍白的面容；春天爱插栀子花，抹花露水，走道一步三扭；可天生屁股与胸都小到无形，亏她想得出，将家里的旧棉絮，蓬松开了，再窝成圆状，垫在胸前和裤子屁股部位，装出丰乳肥臀的样子。又整日阴沉个脸，在村子里游来荡去，抛眉撒眼的，不安分，从没见她下地干过农活。来福与她勾搭上了，但知道两家离得近，熟人多眼睛密，故每次都双双出走，到离家十几几十里外的村镇四处闲晃，串门走亲戚般，这家住一宿，那家过一夜，一对野鸳鸯，四处打游击。三五天回转，都不爱回各自的家，怎么办？还是来福有主意。那时每个村子都有冬季储藏山芋种的地窖，一排排，一群群，错落地皆挖在村边的山坡或干燥的空地。有竖窖，也有横窖，窖口圆小，肚子大，一人多深，类似放大版的酒壶。每到冬季，家家户户都把山芋放进窖里，窖口覆盖高高厚厚的稻草，成锥形，风吹雨淋雪飘不到。转年春夏，起窖，山芋完好无损，下地排种，生出一排排青葱般新嫩的山芋苗，剪下，栽种。这种地窖，土质干燥清爽，冬暖夏凉，可反复使用；到夏季，地窖空了，是孩子们平时偷懒躲活，夜晚捉迷藏的绝佳之地。来福选中了地窖，把地窖当成他俩寻欢作乐的隐蔽之所。深更半夜，不时从地窖传出他俩寻欢作乐时野兽般欢快放肆的喊叫，离窖近的人家，每有所闻，惊恐大惧；胆子大的，蹑手蹑脚地靠近，想一探究竟，可黑灯瞎火的，时不时发出那么一两声狞叫嘶喊，窖又多，实难确判，都以为出了鬼了，不敢近前。

后来来福在圩区又结交了一位新相好。女子何人？村里人都没见过。来福像着了魔，抛了旧人迷新人，三天两头有事没事尽往人家家里跑，惹得那村里众口沸然，俨然闯进了一头猛兽。来福也不在乎，没事人似的。赶上这家是个当地大户，兄弟姊妹连襟舅哥多，这女人的丈夫在将老婆毒打一顿后，与几位兄弟定下计策，不作不休，只等来福再上得门来。闯荡江湖惯了的来福也没在意这些。按说他该谨慎警惕的。也许他的脑子真的坏了，糊涂了。初春某日，刚过完年不久，也没农活，他到离家四十多里的县城串门，回转的途中，想起了新相好，拐道又往那村子里去。渡过一条河，翻过一道圩埂，村子就在眼前。令来福没有料到的是，他刚从圩埂上露头，圩埂下的路边走过来四个人，朝他靠拢，他以为是过路的，没理睬，迎面继续朝村子走。彼此交臂的一刹那，几个人四面将他围住。

据别的路人私下惊骇地讲，来福当时以一抵四，亏他身板好，力气足，开始还有所招架，可打着打着，渐渐难敌群手，彻底落了下风；又冲突不开，逃无可逸。五个人死缠乱打，从埂头打到埂沟，从坡上打到水里，复又回到岸上。最终来福倒下了，一个常年与精壮的猪们搏斗的莽汉，一身泥与血，像条死狗，躺在料峭的春风里，湿冷的泥地上。

来福当时并没死。天擦黑时，被路过的人发现，好心将他扶起，一看，认识，慌忙跑出十几里，到他家报信。家里人急忙用板车把来福拉回，那时也不知紧急送医，也是碍于其他的顾虑吧，只当成一般的病，在家静养。

其实，当天，来福的五脏六腑全被打坏了，体格强壮的他硬是在家躺了小半年，可挡不住体内器官严重受伤，又无医无药，最终腐烂变质，发出阵阵掩鼻的恶臭，死了。

一篇久藏的后记： 手指的方向

四年前的六月，接到吉林大学研究生录取通知书，对有过一次名落孙山经历且年过四十的我，内心的喜悦与激动，多少有些平复了。

从大学殿堂走出十八年后，是什么样的企图促使我意欲返身再行一遭？至今想来，仍还模糊。只知道，四年间——不！再往前追溯四年——总有位仁者智者的身影，在我的眼眸与心头徜徉，勾起了我对学习的向往、知识的渴望、智慧的慕仰。"至愚"的庶民，也有"至神"的企望，其间也许只隔着一层际会，等待于一桩因缘，如歧路彷徨者，需要的是手指的方向。

这令我想起了这么一则充满禅意与妙机的历史片段：五百多年前的一天，泰州人王艮出行归来，阳明先生问他："在外边都看到些什么？""但见满街都是圣人！"先生听了十分高兴："你看满街的人都是圣人，满街的人倒看你是圣人！"心物两契如此，修炼取乎一念。一生独服王阳明的人，很多，曾国藩、毛泽东，甚至包括臭名昭著的日本海军司令东乡平八郎。犹如西人之拜基督，国人之膺孔孟，人活在世，总得服些什么。

吾服吾师！

早就谙熟孟老的盛名，但只是耳闻或停留在文字的层面。真正结识孟老是极其偶然的。那时的我，刚从中国的"窗口"——深圳——寥落失意地回转沈阳，惶惶如丧家之犬，似一株病树，遇春也华，临冬则凋，羸弱地苟活着，成材无望，沦落为季节的简单标志与象征。也读书，仅因职业——编辑——的缘故，真正的一目十行，连观都算不上，纯粹的"不求甚解"。在一次酒足饭饱、忘乎所以、不知天高地厚地否定一切之后，孟老一改往常的和颜悦色，喝令道："你需要学习！"那是在夜间沈阳一条破败得不行、闪烁着昏暗路灯、杂乱地错列着一溜烧烤的初春的马路牙子上。

雨水总在闪电之后。而闪电常有，甘霖则难常现。

第一次考博，挽胳膊搂袖子的，信心似乎要爆棚，但侥幸的成分居多。失败是注定了的，因为荒废已久的缘故。从江南到关东，再从关外到南国，万里腾挪，辗转于杂志与报纸之间，赶制应景和补缝之作，大多无关乎性灵之痛痒。——十几年里，折腾并颠簸着，问学之心荒芜成野原，衰败为枯草。仓促上阵，丢盔卸甲，再自然不过的事。刚刚于心底燃起的摇晃不定的火熄灭了！此时的孟老，只淡定地说了一句："再考一回吧！"

怎样的恩情与关怀，才能唤起失意者的雄心与壮志?! 只此一句，于我，足矣！

此后，学习与写作论文的日子，始终沐浴在孟老的阳光与春风里。孟老的每一次点拨与指导，对我，皆如迷航的海船之见灯塔，令我看得更清，行得更稳，走得更远！尊者如许，他们的心，始终向我敞开着。我很惬意！这是上天的恩惠、眷顾与赐予！因为孟老，我有幸拜识了老校长刘中树先生、张福贵院长、陈武军副院长、贺绍俊教授、王学谦教授、王桂妹教授、白杨教授和研究生院苗英楠副处长等师长，从平时学习的安排，到论文方向的选择，直至开题报告的设计与论文的写作，他们悉心指导，倾囊面授，使我左右逢源，茅塞顿开，受益多多。"胡马依北风，越鸟巢南枝。"师生情愫，千古一传，于此为信！

感谢辽宁北方出版传媒有限公司李家巍董事长、辽宁人民出版社张东平社长、辽宁教育出版社刘国玉总编辑。在我考博与读博的过程中，他们给予了我精神与物质上极其重要的扶持与支援，没有这些，我可能一事无成。

于此，深深感谢爱人和女儿对我的鼎力支持、鼓励与理解。无数个意消志灭的当口，来自夫人的只言片语，总能拯救我于迷茫的深渊与无助的泥潭。而每当我在单位电脑前编织文字而苦于找不准一个确凿的资料和注释，一个电话打给女儿，她总能"按图索骥"，从书架书堆里帮我迅速查检出具体的篇目和页码，虽说她还只是个初二学生。家，始终是我停泊和重新出发的港湾。我越发觉得，这或许正是传说里那只总能给人带来希望、福祉和安宁的"青鸟"吧！

感谢大学同窗赵顺宏、硕士学友方维保、师姐梁晓君、师妹周荣、师弟唐伟，他们总能恰当地出现在我每个求教的时刻，有求必应。我深知，这并不总会是出于一种偶然的！

感谢同事袁启江、刘瑹、沈剑、王静、马慧、吴璇、叶北宁，为我论文的编辑、校对与印制，他们都给予了我兄弟姊妹般的无私相助，这份情义，我深深铭记着！

追慕前贤，不如从善当下。你们正是我的"圣人"，拥有了你们，是我一生的财富与荣幸！于此，再次表达我深深的谢意！

二○一二年三月

后　记

由衷感谢北京三联的常绍民先生，得其抬爱并举荐，才有了我与上海三联这层因缘。我与先生素昧平生，至今未曾得见，此一情愫，千万言难表。不久前才知，常先生是苏南人，而我来自皖南，同属古江南人，古诗有云："胡马依北风，越鸟巢南枝"，或许因这，偏得他的眷顾，于我，实莫大恩惠和鼓励。

这本集子几乎所有文字，都是于手机微信里写就的，随写随发。圈里的人，已忍受忍耐很久了。但都别怪我，要怪就怪智能手机。于我，若无智能手机，就绝无这些文字。故则要冒天下之大不韪地感谢苹果456。至于789，一直没能使唤上，就不死乞白赖上杆子套近乎了。

这些文字，同时是私密个人的，是夜深难眠时，写着玩，消磨时光的，没作其他非分想，只在微信朋友圈里兀自漂泊，多不远。如今和盘托出，招摇显摆，确有违初心初衷。我深知，很多互加了微信的朋友——许多只是一面之缘——因这些文字，很快就选择了屏蔽我。对此，我深自理解，不恼。谁会天天时时忍看一个在微信朋友圈里自说自话者的聒噪呢。其实，我心里一直有愧，觉得很对不起他们。于他们而言，一时碍于情面或出于某种冲动，不慎添加了我，却长此忍受语言的凌迟而闭嘴不死的煎熬与磨难，还不如抽刀引一快，一蔽消百厌，眼不见心不烦算了。漂亮。这事，我干过。

对长此以来总见龙在田地于我微信下孜孜不倦点赞，竖大拇指，甚至极尽夸赞飘扬之能事的朋友，我就不矫情地多说什么了。我唯乐意且能做的，即是在这些微信段子汇集一处，正式白纸黑字出版后，腆脸奉送给您，以示对多年来于我容忍式褒奖的回报和酬谢。这些朋友，深谙"假话全不说，坏话绝少说，好话宜多说"的传统为人为事之道，都是我的良师益友兼好哥儿们，对像我这样可怜脆弱的自恋自美者，他们的爱惜与眷顾，肯定比老家的南漪湖深、麻姑山高。至于"村头厕所"缺不缺纸，就懒得去问去管了。

而它们第一次变成印刷体，约莫记得是六七年前的事了。某年春节，我回皖南老家，酒后阑珊，失意寥落地在乡村土道上乱转，眼见数十年前的故园山川陌生得不行，老者早已不在，父母年老体衰，兄弟姊妹各顾奔波离多聚少，儿时同伴拖家带口大江南北地打工求活，等等，晚上辗转无眠，按诗经四言体，写下一组文字。一位在东北某报副刊当编辑的同学，大我两岁，在点赞之余，私下发来句话，叫我把这些文字收拾下给他。我深知他的美意，可实在不愿狗尾续貂了，微信里他来我往嘻嘻哈哈调侃扯淡一番，没当回事。没成想，他不辞辛劳，从我微信里前后扒下一组文字，合两千余言，辑成一集，且很用心地起了个标题《笁篱集》，置于不久后的副刊头题。亏他想得出。后来又陆续给我发了数篇数组。略有反响。主要是他不嫌弃还不嫌累，我自然赚得高兴，每次居然有百十元大钞稿费邮来，无论多寡，有钱自身外来，不也乐乎。

其实，他负责的"万泉"副刊在国内挺有名望，素不缺稿的。

他叫王辉，上下届的同学都高低呼之为"大辉"，是离烟远酒不交际，话少语缓言谈迟，似佛近道如老儒的那种书虫，文字极美，写作有功，每有佳作，怡人心神。几年前，在一个电闪雷鸣狂风骤雨的初夏夜晚，一贯夜猫子的他，说是早早睡下了，可第二天快中午了，没见他按惯例起床先就腐乳喝粥再刷牙洗脸了。

我一直怀念他。

这次辑集，本想以《笁篱集》作为书名来的。可最终还是放弃了。不是这名起得不好，是我每看到这仨字，心底就莫名难受，有不可抑制的奔涌崩溃的感觉，诸如：人生不满百，常怀千岁忧；佛陀西来，六祖南奔；受今日苦，作来世修；好人不长命，恶人活千年；青山难遮，逝水东流；白驹过隙尚有绰，人生连戏都不如啊！

大辉，对不起了！

伍立扬先生是早在九十年代末就结识了的。那时他尚在"人日"。那年，钱锺书先生仙逝，我所在的出版社，抢先出版了各大报刊杂志发表的纪念钱先生的文章，我是责编，煌煌四十余万言中，收了他两篇文章。立扬是钱先生无可撼动的"钢丝"，说是"钱学"的传人，也不为过。出版发布会是在北京搞的，立扬来了，那时我刚做编辑不久，虽说在记者行当也厮混了七八年，可帝都新闻界跑文化的记者，皆不熟。立扬的学识、文章与专著，我是评价不了的，唯一个字，服；爱人和女儿都是他的粉丝，全家服。可我最服的，还是他的道德人品。在我一筹莫展之际，但见立扬一通电话，从京城四面八方须臾来了一批大报记者，集中采访，帮我解了大围，纾了大难。临了，十多人只在街边一简陋菜馆胡乱了却一顿，各位领命而去，连路费都没发一分。不日文章纷纷出笼见报，大枪长戟，各展其能其妙，引发声动，一时舆论景行。

某日晨，心急的我给立扬去电，一时忘了他的起居习惯。他的声音听上去极疲惫，果然，是被稿债画债会债酒债催逼的。怕节外生枝，一上来我直奔主题请他给本集写序，他沉吟半晌，欲推难却的样子，内心肯定挣扎得很，说太累了，别叫他写了，请个大家吧。我说，一请不来大家，二你就是大家。他在电话那头又好一阵沉默。我知道他极痛苦，也明白他痛苦的缘由。就我这些琐碎凌乱文字，他写些什么好呢。我顾不得许多，强行下了断语："别人的，你写不写我不管；我的，你得写。"随即挂了手机。也不怕他说我土匪，强人所难。

于是，就有了集前的序。那么多的溢美之词，皆是鼓励与期盼。此生，肯定要辜负立扬兄，欠他一辈子了。

我本无才，可出版做得久了，窥明且坚信，给自己的书写序的名家多了，自然会沾染上些许才气的。需彻底交代的是，我也企图请王跃文先生写序的。至今未能与王先生谋面，只在微信里联系，虚拟的场景。向王先生约过书稿，他不是不给，是我接不住。仁者智者如跃文老师，还屈尊送过我墨宝，是"虚怀抱"之类的训言警语，走笔朴拙老辣，我精心裱了，挂在办公室正对面的壁上炫耀，自悟，直到我没了单独封闭的坐处，拿回家挂上，每每观去，如面。看我执着的份儿上，王老师说他不再给人作序写推荐语的规矩不能随便打破，但题写书名还是可以的。这就有了"北风南枝"的题字。

我居然还天真地想请刘春给这集子写几句话。说前完全料到了他一脸鄙夷地拒绝的神情。果不然。其实，我话刚说完，就后悔了。细心的读者会发现，集子里多回提到他，且总拿他说事打趣，埋汰揶揄甚至打击丑化。多个微信朋友好奇认真地问我刘春是谁，与他是什么关系，我每次回答都说与他的关系就是没有多大关系，仅在同个教室听过几年课而已。至今，我们仍亲切但多少有些诡异地叫他"阿春"，他不仅不恼，还很受用，大家都很欢喜，觉得发达了的他，没变，还是同学。只是他越来越爱惜羽毛了，但都理解。不写就不写吧！

亲爱复尊敬的微信圈朋友们，读者朋友们——如果有读者的话——当我某日不再于微信里胡乱涂写时，你们会怎么看，作何想呢？我好关注好想知道。

是为后记。

图书在版编目（CIP）数据

北风南枝/刘一秀著. —上海：上海三联书店，2021.10
ISBN 978 - 7 - 5426 - 7480 - 7

Ⅰ.①北… Ⅱ.①刘… Ⅲ.①散文集－中国－当代
Ⅳ.①I267

中国版本图书馆 CIP 数据核字（2021）第 129162 号

北风南枝

著　　者 / 刘一秀

责任编辑 / 宋寅悦
装帧设计 / 一本好书
监　　制 / 姚　军
责任校对 / 张大伟

出版发行 / 上海三联书店
　　　　　（200030）中国上海市漕溪北路 331 号 A 座 6 楼
邮购电话 / 021 - 22895540
印　　刷 / 上海普顺印刷包装有限公司

版　　次 / 2021 年 10 月第 1 版
印　　次 / 2021 年 10 月第 1 次印刷
开　　本 / 890mm × 1240mm　1/32
字　　数 / 265 千字
印　　张 / 13
书　　号 / ISBN 978 - 7 - 5426 - 7480 - 7/I · 1711
定　　价 / 68.00 元

敬启读者，如发现本书有印装质量问题，请与印刷厂联系 021 - 36522998